ローラとアンの子育て物語

福田二郎

音羽書房鶴見書店

ローラとアンの子育て物語

まえがき

これから『大草原の小さな家』、『赤毛のアン』というベストセラー小説を書いた、ローラ・インガルス・ワイルダーとルーシー・モード・モンゴメリについて語ってゆきます。二人の作品は、ジャンルとしては児童書、少年少女のための文学といった分類がされています。

しかしこれらの作品を子供であった昔から、還暦間近になる今でもずっと好きだった私としては、「大人ではなく児童が楽しむ子供向けの物語」というのも違う気がするし、「子供が主人公で子供の視点から描かれた物語」というのも違う気がしているのです。

『大草原の小さな家』は、西部開拓の時代で、幼い子供たちを苦労しながら育てる若い夫婦の話ではないか？『赤毛のアン』は、ちょっと風変わりな孤児を引き取ることになった中年の兄と妹の子育て奮闘記ではないか？と思うのです。

これらの「保護者」が物語の本当の「主人公」だ、というつもりはありません。しかしこれらの物語はローラやアンの視点からすべて一人称で書かれているわけでもないし、我々読者は物語に出てくる子供が主人公になっていても、その子供たちの視点で読むと同時に、保護者の視点でも読んでいるのです。

そういった意味で他の例を挙げると、間違いなく「子供向けの児童書」である中川李枝子さんの『いやいやえん』を考えてみましょう。私の娘は三歳のときにこの本を読んでいました。主人公のしげるちゃんよりも年下です。それでも娘は、「しげるちゃんは困ったものだねえ」と保護者のように、傍から見る立場で読んでいました。この物語は親の視点から描かれてはいませんが、娘は同世代の主人公に感情移入することはなく、「困った少年にはどう考え、どう対処したらいいのか」という「大人の立場」で読んでいたのです。そこに文学作品を味わうことの奥深い面白さがあると思いませんか。

というわけで、これから世界中で読まれてきた、日本でも例外ではなく大人気であり続けてきた二人の作品について、少し大人の視点から語ってゆくことにしましょう。脱線、時代背景の説明やうんちくに走ったりもしますが、基本的には親子の物語、特に「母と娘の関係」を中心に、それぞれの「子育て物語」を語っていきます。

目次

第二部

第一部

Laura Ingalls Wilder, 1867–1957

ローラの子育て物語

多くの日本人にとって『大草原の小さな家』は、ローラ・インガルス・ワイルダーによって書かれた原作ではなく、NHKで放映されたドラマが一番なじみ深いでしょう。マイケル・ランドンによって製作されたこのアメリカNBCのテレビシリーズは、一九七四年に開始されてから二〇三回にも及ぶ連続ドラマとなり、以来世界一四〇か国で放映される大ヒットとなり、今でも地球上のどこかで放送されています。八〇年代に中東で戦争していたイランとイラクの両国で人気だったし、米国のレーガン大統領やイラクのサダム・フセイン大統領も大ファンだったといいます。[1] まさに国、民族、宗教も超えるワールドワイドな人気作品です。

このテレビシリーズの最初に、パイロット版として正味九七分、テレビで二時間枠の作品が製作されています。[2] この成功によって、その後の長いシリーズが始まったわけです。そのパイロット版は原作に忠実なエピソードが使われています。しかしその後のシリーズは、ほとんど原作とは関係ありません。そもそもあんな西部開拓地にひっきりなしにいろんな登場人物が現れたり、毎週のように大事件が起こるのは無理がありますよね。[3]

というわけで、テレビシリーズを見たあとで原作を読むと、それは全くの別物だと驚くわけです。テレビでのローラの宿敵であるネリー・オルソン役をしたアリソン・アングリムは、出演が決まったあとに原作を読んだら、それがあまりに「のんびりで退屈」であることにショックを受けたと言っています。マイケル・ランドンが毎週のように「冒険・興奮・お涙」を盛り込んだので、ある人が「どうして原作に忠実にしないんだい」と言ったときに、マイケルは「一章がまるまるリンゴのフリッターを作る話になってたりするんだよ。映像になんか出来ないよ」と答えたそうです。

何せ原作は「大草原での開拓」の話です。私もテレビシリーズを見たあとで原作を読んでみたときに、テレビとは大きなギャップがあり、特に「事件」が起こるわけでもないその「ほのぼのさ」に驚きました。たとえばとある章では、小さいローラが父親に「行ってはいけない」と言われていた土手のほうに歩いて行ってしまい、そこにいた穴熊にびっくりして戻ってきて、あとで正直に約束を破ってしまったことを告白したら、両親は当惑してたしなめる、という話があります。話としてはそれだけ。とても一時間ものドラマにはできないと判断されるでしょう。

しかし「何もない」大草原にも、じつは草があり土手があり川があり風が吹き、つまり豊かな自然があり、好奇心いっぱいの子供ローラは親のいいつけを守らずに冒険をし、穴熊に驚いて逃げ帰るという恐い経験をし、両親にうしろめたい思いをした後に告白をし、一方で両親のほうはかわいい娘のしつけに当惑するというヒューマン・ドラマになっている。おそらくこれは「映像にできない」のではなく、「多くの人にうけない」ということになるのだろうと思います。

というわけで、これから『大草原』の原作、さらにはその草稿や時代背景、歴史、文化などに考察を広げていきたいと思います。

「小さな家」シリーズは、一九三二年の『大きな森の小さな家』から始まり、『農場の少年』、『大草原の小さな家』、『プラムクリークの土手で』、『シルバーレイクのほとりで』、『長い冬』、『大草原の小さな町』、『この素晴らしい幸せな年月』までが一一年をかけて出版された八部作と言われています。

内容を見ると、二作目の『農場の少年』だけはアルマンゾの少年時代を描いたものになっている例外ですが、あとはインガルス一家の物語で、ローラがまだ小さな女の子であった頃から始まり、その後は一家が西部開拓地をあちこちに移住してゆくうちにローラが成長し、最後の作品ではアルマンゾとの結婚があり、結果として両親の家を出てゆくところで終わります。つまりこのシリーズを全体として見れば、ローラの成長物語であり、小説の伝統的な終わり方である「しあわせな結婚をしましたとさ」と大団円を迎える、きれいにまとまった内容になっているわけです。[4]

しかし作者ローラの死後に、生前には出版されなかった『最初の四年間』や『我が家への道』というローラとアルマンゾの結婚後を描いた原稿が見つかりました。[5] またその後に「小さな家シリーズ」の草稿『開拓の少女』が発見され、もとは「インガルス一家の物語」というよりは、ローラの自伝の形式をとっていたことがわかりました。つまり草稿の段階では、物心がついてから結婚生活が始まるまで、ローラの視点による長々と続く思い出話だったのが、のちの八部作の完成体ではローラが大人になってゆく過程を描いた、インガルス一家を中心とする西部開拓時代の物語になり、それが全世界で四五言語に翻訳され、六千万部以上も売れるような世界中で愛されるものすごいベストセラーになったのです。

●注●

1 一緒にテレビを見れば話が合ったかもしれません。
2 その後のシリーズは一話約四六分、つまりCMを含めて一時間枠です。
3 ならず者たちが町にやって来てトラブルになったと思ったらペストが大流行してみたり、近所の人やクラスメイトがやたらに入れ替わったり、一週間おいて見るのならまだいいけれど、DVDでまとめて見ると少し当惑します。毎週違う宇宙人が地球にやってくる「ウルトラセブン」や、毎週同じような悪い奴らが出て来る「水戸黄門」を三話続けて見るのがつらいのと同じです。

4 「シンデレラ」に典型的に見られるように、女性を主人公とした物語は「結婚」がひとつの結末パターンです。男性を主人公にした場合は、事業を起こしたり社会的地位を築き上げたりする成功物語になったりもしますが、女性の場合はそういう選択肢がほとんどなく、人生の大きな区切り、極端に言えば「ゴール・イン」は長らく結婚だったのです。

5 これらの原稿は、ローラの死後に発見されました。

「小さな家」シリーズの誕生

ローラは、『大草原の小さな家』（一九三五）を出版した翌年、とある講演で自分の作品にこめられた思いを以下のように述べています。

このすべての物語を通じて、金のより糸のように紡がれているのは、人生における同じ価値観です。それは勇気、自分への信頼、独立心、誠実さ、そして人の役に立つことです。

さらにその翌年、作家と読者を招待して交流の機会をもうけようという出版社の企画で、ローラは読者、そして子供たちに向けて以下のように語っています。

私はなんて素晴らしい子供時代を送ったのだろうか、と思うようになりました。私は開拓地、森、大平原にあるインディアンの土地、開拓の町、荒野に鉄道が敷かれるところ、まだ出来上がっていない国、入植、そして土地を得ようとやってくる農民たちなどを、まるごと見てきました。私はそのすべてを見て、体験してきたことがわかったのです。西部開拓の一連の段階、最初は未開拓の地に分け入り、それから開拓をし、そして農民となり、町となるすべてです。それから私の人生において、私はアメリカ史のまるごと一時期を体現するものだとわかったのです。

ローラの言葉をみると、自分の生涯を振り返れば、それは波乱万丈の人生であり、さらにそれが西部開拓、ひいてはアメリカ建国の歴史と重なることに、執筆の意欲をかきたてられたということのようです。『開拓の少女』という草稿を書いた段階では自伝の形をとっていましたが、残念ながらそれは出版社に「売れないだろう」と却下されてしまいました。

その後、ローラがやりとりした書簡や原稿の書き込みなど様々な資料が明るみに出され、どうやらプロの作家として有名になった娘のローズによって草稿が改編され、それがいまのシリーズになったようです。それではまず、草稿であった『開拓の少女』がどのように改編されて、現在の「小さな家」シリーズになったかを見てみましょう。それによってローラ（そしてローズ）が描きたかったテーマがあぶり出されてくるからです。

まずは冒頭の場面を比べてみます。

『開拓の少女』

はるかずっとむかしのこと。父さんは馬車を止めました。一家はインディアン居留地の大草原をやってきたのです。

父さんは言いました。「よし、キャロライン。ここが探し求めてきた土地だよ。腰を落ち着けるとしようよ」

『大きな森の小さな家』

むかしのこと、六〇年も前に、小さな女の子がウィスコンシンの大きな森の、丸太で作られた小さな灰色の家に住んでいました。

その大きな森の、大きな暗く鬱蒼とした木々は、家の周りにぐるりと立っていました。その向こうには別の木が、その向こうにもずっと木が立っていました。

「むかしむかし～」という型通りの始まり方は同じですが、草稿ではローラの視点による「思い出話」になっていました。著者のローラは子供の頃、父親の話を聞くのが何よりの楽しみでした。それは大草原の孤立した生活の中で、父親のヴァイオリンの演奏と共に、数少ない夜の娯楽でした。テレビやスマホはもちろん、本もほとんど手に入らない生活でしたので、家族の団らんに父親は自分の経験談を話すしかなかったのでしょう。その原体験をもとに、ローラはまず自分の体験を語る形式にしたのでしょう。

しかし個人的な昔話は、たとえば自分の両親や祖父母など、親しい人のものであれば興味深いかもしれません。でも見知らぬ人の思い出話は、よほど珍しい出来事でもなければ長々と聞かされても、他人にとっては面白くないでしょう。ローラの話も、読者にとって所詮は無名の人間の自伝であったのです。そこで娘のローズは、一人称による昔話のノンフィクション形式を、三人称によるフィクション、つまり「ひとりの女の子」の物語形式に変更することを提案したのでしょう。

　ローラは娘のローズに、作家になる手ほどきをお願いしていました。それに対してローズは母親の作品が売れるように原稿を手直ししたり出版社にかけあったりと、精一杯助力を惜しみませんでした。しかし物語作家ではなく、自分の思い出を残したいと思っていたローラからすれば、自分の話に「作り話」を混在させることには反対で、その点については母と娘のうんざりするほどの激論が続いたようです。[6]フィクションにすれば、エピソードを豊かにし、波乱万丈で「都合のよい」筋立てを創作しやすい。一方で事実に基づいた伝記は、退屈な内容になりがちです。結局ローズは草稿全体を三人称に変えて、筋立てに脚色を加えるという改編を行いました。その結果、一作目の『大きな森の小さな家』は、不況にもかかわらず発売当初から大ヒット作品となったのです。

　では他の改編の例を見てみましょう。『大草原の小さな家』のクリスマスの章は、草原の真っ只中で両親が一生懸命に子供たちを喜ばせようと奮闘する話です。この話は前述したテレビシリーズが始まる前のパイロット版で使われましたので、それを見て覚えている方も多いかもしれません。

　人里離れた開拓地での生活では、クリスマスを祝おうにも子供たちにご馳走やプレゼントを用意するのは困難です。しかも一二月の雪に覆われた季節であり、両親にとって遠い町まで出かけて買い物をしてくるのは出来ない相談でした。そこで近所に住む独り者のエドワーズが、インガルス一家の子供たちのために雪の中を町まで歩き、凍る川を渡ってプレゼントを持ってくるのです。もちろんそれは自分からではなく、町で偶然サンタに遭遇し、ローラ姉妹のためにプレゼントを預かってきたという作り話。
この章は大草原での厳しい冬の描写に始まり、子供たちがクリスマスをとても楽しみにしているということ、しかしサンタはこの深い雪の中を来ることが出来るのかという心配、両親がなけなしの材料でなんとか盛り上げようとする涙ぐましい努力、そしてエドワーズの驚きの訪問と、それに続く子供たちへのサンタとの遭遇のお話。対して子供たちは矢継ぎ早に質問を浴びせかけ、エドワーズは困りながらも当意即妙のつじつま合わせで返す。子供たちの大喜び、そしてエドワーズへの両親の無言の熱い感謝と大団円を迎えるのです。

しかし草稿のローラの一人称の語りでは、そのような脚色が出来ません。ローラは朝に目覚めると、両親のプレゼントの他に隣人のブラウンさんが持ってきたプレゼントを発見するだけです。

> 川向こうのお隣さんであるブラウンさんが、私たちを見つめて立っていました。ブラウンさんが言うには、サンタクロースは前の晩に川を渡れなかったので、ブラウンさんにプレゼントを渡したのだそうです。それでその朝に川を泳いで渡ってきたというのです。[7]

この話は『大草原の小さな家』では十五ページにもなる独立した章になっていますが、草稿ではほんの一〇行程度だけだったのです。「サンタが子供たちのプレゼントを預けてよこした」というエピソードは、大人向けであれば、読者はほほえましい「大人の嘘」を推測することになりますが、子供向けの物語としてはもっと説明が必要になりますから、場面設定から会話を加えて完成させた「作り話」にしたのでしょう。

その結果として、子供の視点からでは「サンタからのプレゼントをもらえてよかった」、さらには「大人になってみると、当時はだまされたけれども今となっては感謝です」という思い出話に過ぎませんが、外側から語る物語形式にすることによって、親がクリスマスに子供たちを喜ばせようと奮闘するところが中心に描かれます。涙ぐましい親心の話になるわけです。実際、サンタが持ってきたと嘘をついてプレゼントを渡すイベントは、子供より大人のほうが喜んでいるともいえるでしょう。

さらには人里離れた地域での隣人との心温まる友情も加えられています。キャロラインは、娘のローラに唾の飛ばし方などを教えるエドワーズさんが嫌いでしたが、子供たちを喜ばせるために大雪の中を川まで渡ってプレゼントを届けに来てくれる行為に感謝し、彼をすっかり見直すのでした。つまり子供を介しての「大人の話」になっているというわけです。

次にまた有名なエピソードですが、ローラの髪の色についての話です。『開拓の少女』の草稿では、茶色の髪のローラは、姉メアリーのきれいな金髪に劣等感を持っています。ささいな姉妹の喧嘩の際に姉に髪の自慢をされたローラは、姉の顔を叩いてしまう。ローラの思い出話ですから、「パーは（子供言葉での父親の呼び方）私のおしりをたたき、私は泣きながらしばらくすねていました」というふうに話は続きます。そして「暗くなってから、私を膝に乗せてなぐさめてくれました」と展開します。

しかし『大きな森の小さな家』では、父親と娘のやりとりが描かれたあとに、ふたりの会話がつけたされています。ローラは父に言いました。

「父さんは茶色い髪の毛よりも金色のほうが好きなんてことはないよね？」

父さんの青い目が光ってローラを見つめ、こう言いました。

「そうだなあ、ローラ、私の髪も茶色だからなあ。」

ローラはそんなことを考えたことはなかった。父さんの髪の毛は茶色だ。髭も茶色だ。ローラは、茶色って素敵な色だと思ったのでした。


草稿の思い出話だけでは、このような感動を生み出さなかったでしょう。この会話は、おそらくはローズによる創作です。[8] 子供の視点からなるローラの思い出話が物語形式に改編されるとき、ローズによる大人の視点が加えられたために、このような感動的な話に変わったのでしょう。その感動とは、ときには子供を厳しく叱らなければならない責任とそのせつない気持ち、そして子供をなぐさめて元気づけて笑顔になったときの喜び。それは親の視点から見た子育てのしあわせなのです。

このようにヒット作となったシリーズから見れば、草稿は量もずっと少ない子供目線のシンプルな作りだったのですが、それが大人目線の「子育て奮闘記」が加えられたことによって、はるかに豊かな内容になったのだといえましょう。

●注●
6　話を盛り上げるために、ためらいなく脚色に専念したマイケル・ランドンとは対照的です。
7　『開拓の少女』という草稿を出版したパメラ・スミス・ヒルによる版には、詳細な注がついています。ここの場面、エドワーズさんは、草稿ではブラウンさんになっています。そこでヒルさんがこのエリアの一八七〇年の人口調査を調べてみると、どちらの名前も見つからないそうです。ただインガルス一家の小屋の近くには、エドワード・メイソンというイギリス人の、二五歳の独身の農夫が住んでいたそうです。その人がエドワーズさんのモデルだったのかもしれません。『大草原の小さな家』を読んで楽しむにはどうでもいい話ですが、そこまで調べる研究者の執念を感じますね。

8

「小さな家」シリーズが有名になってのち、この物語が事実であるのかどうか、数多くの検証がなされ、様々な事実との齟齬が指摘されました。まず六十歳を過ぎてから、小さな頃の思い出を綴るのであるから、思い違いがあるのは当然のことです。次に「創作」の疑いですが、ローズはそのような指摘に対して「母の作品がフィクションではないかと非難されているが、あれは事実であり、事実だけなのであり、何も作り話は加えられていない」と強く否定しています。草稿が明るみに出たことによって、シリーズはローズによる改編が行われ、さらに創作部分が存在していることも明らかになってしまったのですが、当初ローズが協力していることは隠しており、本質的な筋立てはローラの実際の思い出に基づいているのだと言いたかったのでしょう。この髪の毛のエピソードについても、父親が自分の髪の色も同じ茶色だと実際に言ったか言わなかったかは大きな問題ではないではないですか。

子供向けになった「小さな家」シリーズ

次に子供向けの方針に変更した際の改編を見てみましょう。『開拓の少女』は章立てもなく、ローラの小さな頃から結婚に至るまでの自伝形式の話になっています。それが「小さな家」シリーズに改編されたときには、アルマンゾの少年期の話を加えて八冊の章立てをした本になりました。量にすればかなり増やしていることになります。全体を増やしているのに、それでもカットされた部分があります。まずは子供向けには相応しくないと判断したであろう例が見られます。

ひとつには、残酷であったりグロテスクであったりする場面です。大草原に雷を伴う嵐が襲った後、見知らぬ二人の幼い少年がおびえた様子でとぼとぼと歩いてくる。町の娘が話しかけても答えない。ようやくわかったのは、一家全員が町から二マイルも離れたところで「眠っている」ということだった。雷に打たれたのです。父親はあとから意識を取り戻して九死に一生を得ましたが、子供たちの母親、叔母とその連れ合いも死んでしまいました。

その少年たちはそのことについて何も話そうとしませんでした。長い間、じっと座って宙を見つめているだけでした。そして遊ぼうともせず、ただ家の周りを歩き回り、ずっと変な様子で怯えているようでした。

この前には、猛吹雪で近所に住む一家の子供たちが凍死してしまうという話も出てきます。このような痛ましい事件は、開拓地ではひんぱんにあったことでしょう。幼児死亡率はとても高く、医療や福祉制度は整備されておらず、自然災害は熾烈で、ローラはそのような生活環境について、この草稿で多くの体験を書き残しています。自身の開拓民としての人生、その経験を残そうと思って書き始めた伝記ですから、最初は思い出したことをできるだけそのままに書いていったのです。しかし「子供向けの物語」に改編する際、家族を失い路頭に迷って生き残れるかわからないような少年たちのエピソードは、やはり残すのははばかられたのでしょう。

またインディアンの赤ん坊の遺体が吊るされてミイラになっており、それを見つけた白人が持ち去ってしまい、大きなトラブルに発展してしまう話もシリーズには残されていません。こういった子供向けにはふさわしくないと削除されたエピソードは、当時の開拓地の様子を記録する昔話としては十分に価値あるものでしょう。このような体験談は、おそらくは当時の家庭内ではどこでも語り継がれていたのでしょう。

次に削除された例としては、男女関係の話です。シリーズでは恋愛関係の話がほとんど出てこないのは、子供向けの物語として当然かもしれません。ローラがアルマンゾにアプローチされるのも、町の集会のあとに送ってゆくという申し出からで、短い距離を家まで歩くだけ。その後は馬車でドライブするというデートが続く程度です。ローラが思春期になる『大草原の小さな町』では、町で企画される親睦会や文芸会といった様々な催しのエピソードが描かれており、そういったものはもちろん若い男女の重要な出会いの場となっていたはずなのです。しかし男女関係のあれこれは、全くといっていいほどに書かれていません。

『開拓の少女』では、そういう場面の話が多く書かれています。思春期の話なら当然でしょう。ローラの家に若い弁護士が男女の集う催しへ誘いにやってくるエピソードがある。ローラはまだ一〇代のなかばで、それが彼女にとって初めての男性からの誘いであったのですが、父のお眼鏡にはかなわなかったらしく、まず父親から誘った弁護士はあっさりと断られてしまいました。

そういうわけで、トーマスさんはひとりで行ってしまいました。すると父さんは私を見て笑い、トーマスさんが来たのは私を誘うためだったのだと言いました。私は男性からの初めてのお誘いを断ったのでした。そして私は腹が立っていました。もし彼が私を誘いたいのなら、どうして「私と一緒に行きましょう!」と言えないで、あんなに憶病だったのでしょう。私は彼と行きたかったのではなく、お楽しみを逃したのが嫌だったのです。というわけで父さんと私は出かけることができず、その晩はずっと家にいたのでした。

その頃に成年男子が十代の少女を直接誘ったら、それこそ父親に怒られてしまったかもしれません。弁護士は礼儀というか配慮をもって、まずは父親を誘ったのでしょう(実はアルマンゾも、ローラを誘う際にはまず父親の許しを得る方法をとっています)。しかしローラは弁護士の態度を「臆病者」と批判したのでした。あとで未来の夫であるアルマンゾに対するローラの態度も取り上げますが、ローラはなかなかきつい女の子でした。

また若者たちの間ではよくパーティーが開かれ、そこでは男女の楽しみを盛り上げるダンスやキスゲームといった遊びが流行っていました。アーネストという青年がローラに御熱心でしたが、ローラはなかなか頑なだったようです。

翌週もアーネストは私を誘いにやってきました。このときは以前ほどには人々の集まりもキスゲームも好きでなくなりました。アーネストが助けてくれたおかげで私はスクウェアダンスもうまくなりましたが、ジェニーとゲイロードが私たちをひやかしたので、気分が台無しになったのです。

家に帰るとき、アーネストは上着をすっぽりと私にかけました。そして彼の腕を離すのを忘れていたのです。私はあんまり恥ずかしくて、それ対して何もできませんでした。でも、もう二度と行かないと心に決めたのです。

まわりに冷やかされたローラは頑なになりました。若者にありがちなエピソードですし、アプローチしている青年がローラの肩にかけた手は、はずすのを「忘れた」はずがありません。このような思春期の男女のやりとりは、子供向けではないと削除された例です。シリーズでは、アルマンゾ以外の男性はほとんど「相手」として出てきませんが、実際には、やはりそれなりに様々な恋愛や求婚にまつわる出来事があったのです。[9]

次はもう少しきわどい話。ローラが十代になった頃、インガルス一家はウォルナット・グローブの町で様々な仕事を親子共にしていました。この時期は、子供向けの話として、そして「開拓の物語」としてはふさわしくないと考えたのか、シリーズではほとんど削除されています。インガルス一家が働いていたホテルのオーナーの家族には、妻を銃で撃ったこともあるという荒くれ物のウィルという男がいました。そのときローラは、オーナーの家に住んでいた病気の娘ナニーを看護していました。

私はナニーとあまり長い間一緒にはいませんでした。ある晩、ぐっすり眠っていたときに、ふと目が覚めてウィルが私にかがみこんでいるのに気がつきました。彼の息はウィスキーの匂いがしました。私は急いで起き上がりました。

「ナニーの具合が悪いの？」私は尋ねました。
「いや」と彼は答えました。「横になってじっとしてろ」
「すぐに出て行って」と私は言いました。「さもないと叫んでナニーを呼ぶわよ」
彼は出て行き、次の日に母さんが家に帰っていいと言いました。

さすがにローラが強姦されそうになったこのエピソードは、シリーズでは削除されました。

この逸話には、当時の負の面が隠されています。開拓時代には男性に比べて女性の割合が極端に少なかった。ローラが生まれたのは一八六七年ですが、その少し前の一八五〇年には、西部オレゴン州のポートランドでは男女比が三対一であり、カリフォルニア州では男性の人口が九十％を占めていたというデータがあります。ゴールドラッシュのサクラメントでは、女性の焼いたビスケットが一枚十ドルで売れたという逸話も残っているくらいです。アルマンゾがまだ十代のローラに熱心になった理由のひとつには、西部開拓地には若い女性の争奪戦があったという背景も忘れてはならないでしょう。

フロンティアの時代には、女性の仕事は極めて限られた範囲でしかなく、それはローラとその母キャロラインも従事した教職、もうひとつが売春婦といった選択肢が主な職業でした。十九世紀の中頃には、女性人口の数パーセント、働く女性の五人に一人が売春の仕事に関係していたという調査があります。ローラが大人になってからその存在を知らないはずもなく、自身が経験した「典型的なアメリカ開拓の歴史を残したい」という自伝の執筆の動機もあったはずなのですが、この問題に関しては『開拓の少女』の草稿でも触れていません。そういった負の存在をないものとする典型的なピューリタニズムの表れと見ることもできます。[10]

●注●

9　ちなみにローラにふられたアーネストという青年は、傷心のまま長く独身で暮らしたと『開拓の少女』には書かれていますが、ヒルの調査によれば、彼はそれほど時を経ずに結婚していたという記録が残されていま す。登場した人物すべてを実際に調べ上げる研究者の執念にも感心しますが、ローラもローズも有名になったあと、そういった詮索をとても嫌がっていたということを記しておきます。

10　キリスト教のなかでも、特にピューリタンは「ピュア＝純潔」という言葉からきているように、けがらわしいとされるものを徹底的に否定して嫌います。それでも人間にはいろんな面があるものですから、本音と建前が乖離してしまいます。なので「男はみんな助平」なんてことは絶対になく、チャールズはひたすらキャロライン一筋で、一生どころか四六時中「ずっと愛して」います（笑）。

コラム①

『大草原の小さな家』というタイトル

この作品のタイトルは、日本ではこのような訳が定着しています。『大草原の小さな家』はシリーズものなのですが、三作目の *Little House on the Prairie* が人気のテレビシリーズでも使われているので、このタイトルがシリーズを代表するようになってしまったのでしょう。テレビシリーズは、シリーズになる前に作られた単発のパイロット版を除いて、ほぼ原作とは違う話です。そもそも映像の舞台は人里離れた大草原ではなく、インガルス一家はウォルナット・グローブという町に住んでいますしね。

「小さな家」シリーズの第一巻、*Little House in the Big Woods*（大きな森の小さな家）が出版されたのは一九三二年ですが、実はその元となる原稿 *Pioneer Girl*（開拓民の少女）という作品があったのが近年になって発掘され、二〇一四年に出版されました。それはローラが一人称で語る自伝的作品で、「私が小さかった頃〜」という形で話は進みます。残念ながらそれは出版社に送り返されて没になり、それを娘のローズと相談しながら書き換え、「とある小さな女の子が〜」という物語風に変わったのが大人気となった今の作品です。そうするとテレビシリーズは「ローラの物語」ではなく、「インガルス一家の物語」という内容ですから、『大草原の小さな家』というタイトルにして正解なのでしょう。

「小さな家」シリーズの脚色

次に、開拓民としての生活を脚色していた例を見てみましょう。あえて「脚色」というのは、草稿と改編した「シリーズ」との違いを見てみれば、のちにローラとローズが伝えたかった狙いが浮き彫りになってくるからです。

この作品の冒頭は、幼少のローラの最初の記憶であるキャンザスやウィスコンシンといったインディアン・テリトリーに隣接、またはテリトリーに不法に入り込んだ土地での生活から始まります。開拓の初期は農民というよりは狩猟の生活です。『開拓の少女』ではそういった生活の中でも、インガルス一家の子供たちは学校へ行っているのです。しかし『大きな森の小さな家』では、そういったエピソードがカットされている。『開拓の少女』ではローラたちは近隣の親戚の家に遊びに行きますが、そこに住む家族には五人の子供たちがいる。その子供たちが通う学校の生徒たちは、みなスウェーデンからの移民グループだ。開拓時代には様々な国から来た移民のコミュニティーが散在していて、お互いの生活上の距離感や意思疎通に苦労していた面があり、それもまた記録すべき興味深い点なのですが、シリーズでは削除されています。このように改編されたシリーズでは量が格段に増えているにもかかわらず、登場する人物はだいぶ減らされている。さらに研究者らの執念ともいえる綿密な実地調査によれば、実際にインガルス一家が住んでいた場所と町や隣人との距離は、物語で書かれているよりもだいぶ近かったことが判明しています。つまりシリーズでは「人里離れた場所での開拓」という環境が誇張されているのです。

シリーズ六作目となる『長い冬』は、開拓地での厳しい冬の経験を扱ったシリーズの中でも異色の作品となっています。草稿の『開拓の少女』で対応する部分の何倍にもなる量になっており、改編というよりはわずかな草稿を元にほとんど新たな創作をしたと言えるものです。寒さや飢えと闘う壮絶な描写は、執筆時に娘のローズに子供向けのシリーズとしてふさわしいものかどうかの葛藤を手紙で語っています。

「長い冬」というタイトルの通り、この物語のなかでは零下二十度を下回る猛吹雪が十月にやってきて、零下四十度まで下がる冬は五月まで続きました。小さな家で、吹雪に閉ざされた生活が実に八ヵ月も続いたのです。子供たちはストレスがたまり、しばしば喧嘩をして両親はなだめるのに苦労する。それもまだ序の口で、吹雪が続くなか、家の中でストーブを焚いても、何枚重ね着をしていても寒さは厳しく、やがて石炭や薪はなくなり、最後には擦り切れる手で干し草をねじって燃やし続け、食べ物はなくなって種麦をコーヒー・ミルで挽き続けながら、インガルス一家は長い冬を凍死と飢え死に一歩手前で耐え続けたのです。生き延びるための一家の孤独な闘いは、西部開拓地の孤立した生活の壮絶な厳しさを際立たせています。

しかしローラの思い出話である『開拓の少女』、つまりおそらく事実では、知り合いの息子ジョージ・マスターズと、スコットランド人の妻マギーという二人の居候が同居していたのです。その妻はそこで早すぎる出産をするというわけありの夫婦でした。ジョージは干し草をねじる手伝いをしようともせず、しかも滞在費を払いもしないのでローラはだいぶ不愉快に思っていたようです。

ローラはローズへの手紙で、『長い冬』のなかに出すべき人物について相談しています。ここでローズは好人物のエドワーズやボーストを登場させようと提案したようです。しかしローラは反対しました。その厳しい環境をきちんと描くには、登場させるとすればマスターズ夫妻のような卑しい人物でなければならないとローラは考えたのです。しかし最後にはインガルス一家の孤立感を減じる同居人の存在は削除するという結論に至ったようです。

「小さな家」シリーズの文化的価値観

次に『開拓の少女』からシリーズに改編される際に挿入されている文化的価値観について考察しましょう。それは娘ローズとの相談によって加えられたものですから、おそらくはローズの意見が強く反映されているものだと想像されます。ここで少しローズの経歴を紹介しておきましょう。

ローラの父チャールズは、晩年、地方判事（町の裁判や宣誓の確認・結婚式の立会いなどを行なうマルチな役人で、通常無給の名誉職）や、郡保安官代理（シェリフ、すなわち警察官）などを任される町の名士になっていました。そんな影響力を持ったおじいちゃんのおかげで、ローラの娘ローズは、通常の子供よりも一年早い五歳から学校に通うようになり、そこでは教師が一目置くほど早熟の才能を示していました。本人は学校生活での授業の内容は馬鹿馬鹿しいほどレベルが低かったとも言っています。高等学校を卒業して電信技士として働き始めますが、二〇代の終わりごろからジャーナリストとして新聞に記事を書くようになり、それからは次々に著作を発表し、名の売れた作家として順調にキャリアを積んでいました。

ローラは長い旅の人生を経たあとで、終の棲家となったミズーリ州マンスフィールドに落ち着いた後、地方新聞に農家の生活や家庭的なトピックを扱ったエッセイを書き始めています。都会のサンフランシスコで働いていた娘に会いに行ったときの夫への手紙には、ローラがローズに文章を見てもらうという話が出てきています。それはもう五十代になってからですから、だいぶ遅咲きの作家志望ですね。そしてローズが母親を作家として成功させようと本格的に指導を始めるのは、その数年後ぐらいです。その後ローズはローラに文章の手ほどきを続けるのですが、ローラが『開拓の少女』を書いたのは六〇代のなかば頃です。ローズと親しい関係にあったウィリアム・アンダーソンによれば、ローラの鉛筆書きの草稿をローズはタイプし、何度も意見を交わしながら推敲しています。母と娘の間で、だいぶ激しいバトルもあったようです。

さてシリーズに加えられた文化的価値観に戻りますが、今では女性差別だ、ジェンダーの刷り込みだ、と怒られそうな「理想の女性観」から取り上げましょう。「女はおしとやかで、家の仕事をしろ」っていうやつです。

どこの世界でもそうかもしれませんが、母キャロラインはしつけにとても厳しい。入植地を求めて一家が広い大草原を旅しているとき、大地の真ん中で家族みんなで食事をしていました。吹き抜けるここちよい風を感じながら鳥のさえずりを聞いて、ローラはあまりの気持ちよさに鳥に声をかけるのですが、そこで母は注意します。

「朝食を食べてしまいなさい、ローラ」母さんは言いました。「お行儀よくしないといけません。どこからも百マイル離れていたとしてもです。」

「インディペンデンスまで、たったの四十マイルだよ、キャロライン。それにきっとご近所さんがいるさ。それよりもっと近くにね」と父さんが穏やかに言いました。

「じゃあ四十マイルでいいですけれど」母さんは認めて言いました。「とにかくテーブルで歌を歌うのはお行儀よくありません。」それから「まあ食べているときということですけれど」とつけ加えました。なぜならテーブルなんかなかったからです。

テーブルがないところで「テーブルについているときには……」とキャロラインが言ってしまったのはご愛敬ですが、誰が見ていないところでもレディーとしてのマナーを守ることには大変厳しい。チャールズのまぜっかえしなどには妥協しないキャロラインなのです。

チャールズが大草原に小さな家を建てているとき、ローラとメアリーは跳ね回って遊んでいます。ローラが大声を出していたら、母さんがやはり厳しくたしなめます。

「まったくローラ！　どうしてインディアンみたいに叫んだりするの？　あなたたち、インディアンみたいになってしまうわよ！　どうして何度もボンネットをかぶりなさいって言わなきゃいけないの？」と母さんは言いました。

頭をすっぽり隠すボンネットは視界を遮るし、夏にはひどく暑いので、ローラは首から後ろに下げたがるが、キャロラインはそれを許さない。[11]

またプラムクリークの土手に住んでいるときは、熱波に苦しむ夏も、家の中のほかは日陰がありませんでした。その家も土手に穴を掘ったようなものだったので、風通しがなくとても暑かったのです。日曜には正装をして、母さんが子供たちに聖書を読んであげました。しかしあまりの暑さに、小さなキャリーは耐えられなくなりました。

「暑い！　ちくちくするの！」小さなこぶしで聖書を叩いてキャリーは言いました。母さんはキャリーを抱き上げましたが、キャリーはそれを押しのけて、すすり泣いて言いました。

「母さんも暑いの！」

可哀そうなキャリーの肌は、あせもで赤くなっていました。ローラとメアリーは、下着にズロース、ペチコート用の下着の上にまたペチコート、長袖にハイネックの服で、胴回りがきっちりと絞められている。おさげ髪が下がった首の後ろはむんむんしていました。

いったい何枚重ね着をしているのでしょうか。今ならば、ほとんど虐待と言われそうなほどの徹底ぶりです。他人が全くいない大草原の真ん中でも、日曜にはこんな服装で過ごさなければいけないのです。

これは宗教心というよりも、「文化的な生活」に対するキャロラインの執着心でしょう。[12] そのあとローラは地雷を踏むようなセリフを言ってしまいます。


「私、インディアンだったらいいのになあ。そうすれば、服なんか着なくていいのに」

「ローラ！」母さんは言いました。「日曜だっていうのにそんなこと！」


キャロラインは原住民をひどく嫌っていました。そしてローラが原住民に興味を示すこと自体も嫌っていました。いまでは偏見・差別と言われますが、当時は原住民を「未開人」、「野蛮人」と見ていたのです。いまでもありますね、「あんな子のまねするんじゃありません」とか「そんな子とつきあうんじゃありません」というやつです。

「日曜だっていうのに！」というのは、もちろんキリスト教にとって大事な安息日だったからです。旧約聖書の「創世記」では、神様が天地創造の七日目に休息をとったと書かれており、その由来からキリスト教信者は仕事を休む日だと定められているのです。旧約だと安息日は土曜日なのですが、キリスト教ではキリストの復活が日曜日だったので、それを記念して礼拝を行う日と定められました。

シリーズでは子供らにとっての日曜日の苦行が描かれています。遊ぶどころか、走ったり、大きな声を出したり、おもちゃで遊んでもいけない。そんな厳しさに活発なローラが癇癪をおこしたところで、チャールズはもっと厳しかった自分の子供の思い出を話すのでした。例をあげれば、日曜の朝は料理もしてはいけないので冷たい食事をとり、馬車を用意するのも「仕事」だから教会には歩いて行く。歩くのもよそ見はせず静かに前を向いてだし、礼拝では牧師から目を離さずに、ぴくりともしてはいけない、とされていたのでした。それはたまりませんね。

そして母のキャロラインは、かつては女の子にとって、さらに厳しかったと言っています。日曜日のみならず、女の子は常に「小さいレディー」でなければならなくて、普段から男の子のように外で遊んではならず、家の中でじっと裁縫のなどをしていなければならなかったのです。親が「自分の子供の頃はね～」と子供に語るのはどの時代でも不変なのでしょうか。

この両親は自分の子供の頃に比べて、かなりリベラルになっていたと自覚しています。チャールズは言うことを聞けないローラにおしおきをしなければならないとおしりをたたくのですが、それは少しも痛くないように形だけぽんぽんとたたくのでした。かわいい小さな娘をたたかなければいけないのは、たたかれるほうよりもつらいことでしょう。

先ほど暑さの試練が出ましたが、学校に行くときの服装のコードも厳しかった。特に暑い日でも、女の子はボンネットをかぶり、首、手首、足首まできっちり覆った上で、腰をきっちり締める服を着せられるので汗疹との闘いだ。秋になるとローラたちは、いくら暑くても厚着をさせられて、フランネルの下着を着せられるのは、大変な試練だった。

月曜が来ると、ローラはいらいらした。赤いフランネルの下着がひどく暑くてちくちくしたからだ。

背中と首と、手首までかゆくなった。その赤いフランネルは足首のまわりまで重なっていて、靴下の中やつま先までまとわりつくようで、もう気がおかしくなりそうだった。

薄い下着に代えさせてほしいというローラの嘆願にも、母は許してくれず、ローラはかゆみで勉強どころではない苦行を強いられた。

朝に学校に行くと、男の子たちがボール投げをしています。ローラは飛んできたボールを思わず見事にキャッチしてしまい、喝采を受けて遊びに誘われます。しかしローラは断り、傍らに立っていた女の子たちの視線を気にするのでした。

もちろんのこと、女の子たちは男の子たちと遊んだりはしない。ローラはどうしてそんなことをしてしまったのかわからず、恥ずかしくなってしまった。女の子たちが自分のことをどう思うか心配になったのです。

大人のしつけは子供たちに浸透しているだけではなく、子供たち同士でも、お互いの振舞いを意識しあい、縛り合う構図が出来てしまっています。また冬になると、休み時間では男の子たちが氷の上で遊んでいる姿を窓から見ていて、ローラも一緒に遊びたいと思う。

「あんまり大きくなんてならなければいいわ」とローラは言った。「若いレディーになるなんて、ひとつもいいことないもの」

この頃ローラはまだ小学生の年であり、もうすでに「レディー」であることのたしなみが重視されていたのです。

また鉄道工事現場の近くに住んでいるときには、母は娘たちが野蛮な労働者たちに近づいてほしくなかった。工事の様子を見物したいローラに対して、母は以下のように注意する。

女の子というのはつつしみを大事にして、きちんと小さい声で話し、ふるまい方を知り、いつでもレディーでいてほしいの、と母さんは言いました。

ローラの活発な性格をある程度は受容している父親に対して、母親はかなり保守的です。開拓民として未開の地を進んで行きたいチャールズに対して、常にキャロラインは「文明」のある町に落ち着いて、子供たちに文化的な生活をさせたいと望んでいました。しかしローラのほうは、父親と同じで開拓の生活が好きだったようです。

『長い冬』では、『開拓の少女』の草稿に対して、アメリカの伝統的な価値観に対するローラの葛藤が加えられています。厳しい冬が来る前、インガルス一家は秋の刈り入れ期に農機具を買い入れ、収穫の手伝いに人を雇うどころか、日々の食事も制限しなければならない状態で、チャールズは空腹の状態で必死に働いていました。『開拓の少女』では、その描写はすぐに終わり、チャールズが町で大工仕事をするという話に変わります。しかしそれは『長い冬』では削除されているのです。チャールズが町で様々な仕事をするエピソードは後のシリーズではほとんど削除されており、そのことに関しては後述します。

刈り入れの場面に戻りますが、男手ひとつで奮闘している父親を見かねて、ローラは手伝いたいと申し出ます。チャールズは最初ためらって断りますが、ローラの熱心な気持ちに動かされ、実際はとても助かるのでやってもらうことにしたのでした。ローラは早速母親にそれを報告しますが、キャロラインは内心賛成できないのでした。

「そうねえ、出来るとは思うけれど」母さんははっきりしない言い方をしました。母さんは女が畑で働くところを見たくはなかったのです。そんなことをするのは外国人だけ。母さんと娘たちはアメリカ人であり、男たちのするようなことはしないのです。でもローラが干し草の刈り入れを手伝えば、問題は解決するのです。母さんは腹を決めました。「わかったわ。ローラ、やっていいわよ」

アメリカ人の女性は、男がするべき力仕事をするのが恥だというわけです。インガルス一家を含めて、西部の開拓民はすべて移民のルーツを持つわけですが、ここで「外国人」というのは、当時あちこちにいた「最近移民してきたばかりの英語がおぼつかない人たち」という意味です。原住民は入っていません。英語圏以外の移民は、少し見下すところがあったのです。ともあれアメリカで生まれた二世や三世である「アメリカ人女性」は、「野良仕事などはせず、しとやかにしているべきだ」というのがキャロラインの信条なのですが、彼女は一家の危機的状況にやむを得ず娘の畑仕事の許可をします。思春期にさしかかったローラですが、そのような因習的な価値観に反発を覚えるのでした。

ローラはおしとやかな姉のメアリーと違って活発な少女ですから、外で遊ぶのは好きだし農作業にも関心がある。しかし女性がするべきとされている仕事は嫌いです。裁縫などはもっとも嫌いな作業です。

メアリーはそんな仕事が好きでしたが、いまは目が見えないので出来ませんでした。縫い物はローラの頭をおかしくするほどで、叫びたい気持ちになりました。肩は凝るし、糸はねじれてこんがらがりました。縫ったのと同じくらいまたほどかなければならないくらいだったのです。

当時の文化的価値観を重んじるキャロラインは、ローラに裁縫をするように厳しく命じます。それが女性としての「正しいたしなみ」だからです。ローラは小さい頃からずっと裁縫に苦しむのですが、大きくなってから驚く発見をします。それはメアリーが都会にある盲学校に行く準備で、たくさんの服を準備しているときでした。そのときローラは、母の顔に隠された秘密を見抜いてしまいました。

ローラは、母さんが縫い物を嫌いだなんて、ずっと知らなかったのでした。そのやさしい顔は、今でも決してそれを見せてはいないし、その声はぜったいにいらいらしたりはしません。でも口元を見るとぐっと我慢をしていて、それでローラは母さんが自分と同じくらい縫い物が嫌いだと気がついたのです。

子供の前では忍耐強く立派な母親を演じる姿の裏に、顔にも声にも出さないが、実は裁縫が嫌いな母の本心を見たとローラは思ったのです。親は子供の前では自分が理想とする姿を演じようとします。それは「理想」ですから、普通はその理想通りにいかないものです。[13]それで子供が大きくなると、だんだんボロが出てばれてくるものですよね。

中学生くらいなら口をとがらせて反抗もするというものです。そしてもう少し大人になると、「しかたがないなあ」と我慢するようになったりします。そして自分が母親になったときに、さあ自分がかつて批判した母親と同じようなことをするでしょうか。そして母親に対する評価は変わるでしょうか。

ローラは七十歳になったとき、すでにシリーズも四作目を出版して好評を受けていました。そのとき、出版関係者を集めたブックフェアーでの講演を引き受けました。そこで母キャロラインについて、以下のように語っています。

母さんは古いスコットランドの家系の人で、スコットランド人の倹約精神を受け継いでおり、それが家計の助けになっていました。開拓地に生まれ育ったけれども、母さんはとても教養のある女性でした。とても静かでやさしくあり、それでも誇り高く、あらゆることのきちんとした行儀作法にうるさかったのです。

すごく尊敬してますね。キャロラインはきっとあの世で涙ぐんで喜んでいることでしょう。

もうひとつ、ローラの娘ローズによるキャロラインの思い出を紹介しましょう。アルマンゾとローラは、ローズがまだ八歳のときにはるか南のミズーリに引っ越してしまったのですが、ローズは祖父チャールズと祖母キャロラインについて、後年語っています。

おばあちゃんは、本当に優しく、忍耐強い女性でした。茶色の髪が真ん中で分けられていて、後ろで結んだ髪に貝殻の櫛がささっていました。強烈に暑い日に、洗濯桶の前にいるときも熱いストーブの上でアイロンをかけているときも、おばあちゃんはいつもきちんとしていました。午後には白いエプロンに変えて、居間で揺り椅子に座り、繕い物や縫い物、絨毯の端切れを縫ったりしていました。

さすがに小さいローズは、祖母が本当は裁縫が嫌いだったとは思いもよらなかったでしょう。しかし孫の前で、常に演技をしていたはずもありません。やはり根っから「美徳の人」だったのでしょう。

そんなしつけに厳しいキャロラインは子供の教育熱心で、チャールズが町や学校のない開拓地に行きたいという希望にはずっと反対でした。ローラは父親似で、学校に行くよりは大草原でのびのびと遊んでいたかったのです。『シルバーレイクのほとりで』では、西部を旅してきた一家がついにブルッキンズという地で土地の払い下げ申請をして（なんと新しく役所が開くのを待っていた）、農地を手に入れて落ち着くことになります。そのときキャロラインは、お隣のボースト夫人に嬉しそうに語ります。

「落ち着けるのならありがたいわ」と母さんは言いました。「これが最後の引っ越しになるでしょう。インガルスはミネソタを出る前に私に約束したんですよ。うちの娘たちは学校に行って、文化的な生活を送るのです」

まあたしかに野宿しながら西部を馬車で旅していくのは「文化的」じゃないかもしれませんね。チャールズにとって狩猟の生活をしながら「開拓地」を求めて旅を続けるのは男の夢。しかしそれはいつか落ち着く土地を見つけるのが目的です。キャロラインにとってそれは通過地点の「非文化的」な生活で、「それまでの我慢」だったのです。彼女にとって、落ち着いてきちんとした生活が始まることが望みでした。ですから誰が見ていなくたって、キャロラインは「文化的」な振る舞いに強くこだわりました。どんなに灼熱の暑さのなかでも、子供たちにびっしりと服を着させるように。

『長い冬』では、あまりに冬が厳しいので、一家は町で過ごすことにし、そうなると子供たちは学校に行くことになるのでした。

「あなたとキャリーは、明日学校に行くのよ」母さんの声は嬉しそうだった。

ローラは何も答えなかった。ローラが知らない人たちに会うのをどれだけ怖がっているかなんて、誰も知らなかったのです。知らない人たちに会うときは、ローラの胸がどきどきして、胃がずーんと重くなることなんて、誰も知らなかったのです。町も嫌いだったし、学校だって行きたくなかったのです。

行かなければならないなんて、不公平だ。メアリーは学校の先生になりたかったのに、目が見えないからもうなれない。ローラは教えたいなんて思ってなかったのに、やらなければならない。母さんを喜ばせるためだ。

キャロラインは「文化」のある町で娘たちを学校へ行かせ、当時女性として唯一「立派な」職業である教員の仕事をしてほしいと願っています。父と同じく開拓の仕事が好きで、他人と交わることに恐怖さえ覚えるローラですが、そんな母の期待に背くことはできない。そんな葛藤を抱えていたのでした。

さてシリーズ終盤の二作、『大草原の小さな町』と『この素晴らしい幸せな年月』では、キャロラインが望む「文化的な生活」が舞台になります。町での生活は、他の人々との交流が始まるので、両親は我々もよく知る子育ての苦労を味わうことになります。

新しく出来たデ・スメットの町には酒場が二軒あり、ローラは酔っ払いの醜態を見てお腹が痛くなるほど笑ったのでした。そして家に帰って両親と姉のメアリーにその話をするのですが、どちらも笑いませんでした。メアリーは「ぞっとするわ」と怯え、母さんはローラの目の前で酔っ払いの騒ぎがあったことに怒り出します。

「お酒の売買を止められないなら、女たちが奮起して何か言ってやらなきゃいけないんじゃないかと思いますよ」

一方で父さんのほうは、ローラに目をぱちくりさせて少しも怒っていないのでした。アメリカではアルコール飲料に対する長い批判の歴史を持っています。特に一九世紀には禁酒法の運動が広がりました。その背景にはもちろん禁欲を重視するプロテスタント的な宗教観があります。なかでも酒を原因とする野蛮な暴力の犠牲者になりがちな女性の声が強く、実際に二十世紀になってから「禁酒法」が議会を通過することになります。しかしやはり需要は衰えることなく違法な酒は出回り続け、結局は十年と少しで禁酒法は廃止されることになります。

●注●

11 テレビシリーズでも子供も含めて、女たちが暑そうなボンネットをかぶっているのは視聴者たちにはおなじみのスタイルです。これは撮影時に、ローラをはじめ子役たちには大変な苦行だったとのちに述懐しています。

12 キャロラインの先祖はスコットランドからの移民であり、開拓民である自分らは「文明人」だというプライドを持っています。英国人たちは、植民地においても自分らの生活習慣に強いこだわりを持っており、服装にも自国のスタイルを通そうとする傾向を持っていました。私は英国植民地時代の香港を訪れたことがありますが、そこにあった英国の商店マークス&スペンサーでは、厚手のスーツばかりが置かれていました。あのひどく蒸し暑い香港でも、英国人は寒い本国で着るような正装の服装をすることにこだわりを持っていたのです。

13 子供の成績に異常なこだわりを見せる親は、自分の子供の頃には特に成績がよくなかったり、大人になっても全然勉強していなかったりするものですよね。また子供の片付けにうるさい自分が面倒くさがりだったり。

コラム②

テレビ・シリーズの人物たち
マイケル・ランドン (1)

日本の「小さな家」シリーズのファンは、いや世界中のファンの多くは、ローラ・インガルス・ワイルダーの書いた原作ではなく、テレビ・シリーズのファンではないだろうか。

テレビ・シリーズは大事件の連続である。人の少ない開拓地で、あんなに毎週事件が起こるわけもないのである。だから一回ぽっきりしか登場しない「近所の住民」が次々に出てきたりするし、時には同じ役者が違う役を使い回しで出てきたりもする。またインガルス一家には原作にはない家族が増える。あれだけ貧乏なのに養子が三人。ちなみに準レギュラーとして定着したアルバート役のマシュウ・ラボートーは、チャールズの子供時代の役もやっていた。

使いまわすという意味では、レギュラー陣もときに様々なキャラクターを演じることがある。たとえば人が変わったように困った頑固者になったり、トラブル・メーカーになることもある。友人のエドワーズやガーベイといったレギュラー陣もその役割を担わされ、それを我らがヒーロー、チャールズ・インガルスが持ち前の行動力、心の広さ、機転を利かせて解決するのである。

そう、テレビ・シリーズの主人公は、ローラではなくチャールズなのだ。たくましくて頼りになり、妻と子供、すなわち家族を心から愛している（ひっきりなしにそう言うし）。思いやりがあってやさしい気配りができるが、茶目っ気があってかわいく抜けているところもあるから、妻には「私がいなければダメね」と思わせる部分もしっかり残している。

とことんまで「女性から見た理想の夫」を体現したのがチャールズ・インガルスなのである。ネリー役のアリソンは、まわりの人たちに何度も「マイケル本人もあんな人なの?」と聞かれたそうである。おそらくは他のレギュラー陣も、その質問を繰り返し聞かれたことであろう。私だって一般人の渥美清を想像できない。あの顔を見れば「寅さん」としか思えないのであるが、もちろん渥美清さんは、「寅さん」とは全く違う人物だろう。チャールズ・インガルスはあまりにも理想の男性、夫、父親なのであり、それにうっとりする女性たちは、マイケル・ランドンがチャールズのような人物としてしか思えなくなってしまうのである。マイケル・ランドンは自分を主役にして、あまりにも「おいしいとこ取り」をしてズルイ気もするのだが、女の心をつかむことには見事に成功した監督といえるだろう。

学校でのトラブル

さて母さん念願の、子供たちの学校が始まると、当然のことながらいろいろと問題が起こります。ローラの行った学校には、なんと意地悪な宿敵ネリー・オルソンがやってきます。準レギュラーだったテレビシリーズとは違って、ネリーの家は店を失っており、少ししか登場しませんが。ローラはネリーがきれいな服を着ていたことが面白くないのですが、母さんは「あなただってボンネットをかぶればいいでしょう」と慰めます（的外れ！）。父さんは、ヴァイオリンを弾いてローラの気持ちをなだめるのでした。そりゃあ親は子供にいろいろ買ってやりたいものですが、せつないことに、そうはいかないものです。

学校はワイルダー先生のやり方がうまくいかず、学級崩壊状態になってしまいます。ネリーはワイルダー先生にローラがその首謀者だと吹き込み、不当にもローラと妹のキャリーが学校から返されてしまい、両親は驚きます。母さんはとてもうろたえますが、父さんはローラにこのように言うのでした。

二人とも明日の朝は学校に戻るんだ。そして何もなかったように振る舞いなさい。ワイルダー先生は間違っていたかもしれないが、でも先生なんだよ。私は自分の娘たちに、学校で問題を起こしてもらいたくはないんだ。

ローラの両親は、もし先生が間違いをしたとしても、子供の前で先生を批判したりはせず、まずは自分の娘たちにきちんとした態度でいてほしいと伝えます。

最後には、理事を務めているチャールズが学校に行って暴れている子供たちを諫めます。家に帰ってから、なぜワイルダー先生がローラが学級崩壊をさせた首謀者と思うようになったのかを尋ね、それはネリーの策略だということをつきとめ、さらになぜネリーがそんなことをしたのかを聞くと、ローラがかつて「田舎の子」とからかわれたことなどが許せず、いまだにけんかをしているということを知ります。

それを聞くと、母さんはこのように言います。

「ローラ、ローラ」母さんは嘆いて言いました。「どうしてそんなに人を許せないの。もうずっと前のことじゃないの」

父さんのほうは、「忘れなさい」と言って慰めます。どちらもローラに理解を示し、批判や説教はしません。まずは悪さを企んだネリーに、そしてそれに軽率にも乗ってしまい、大人げなくもローラを不適切に扱ってしまったワイルダー先生に怒りの矛先が向かってしまいそうです。しかしローラの両親はそのような感情を微塵も見せていません。もしローラがネリーのような意地悪さ、ワイルダー先生のような軽率さを見せたら、とても悲しんだことでしょう。しかし両親共に、最初からローラが間違ったことをするはずないと信じていることを伝えています。

その上で、母さんは意地悪なネリーに寛容な態度を示してほしいと願っているのです。自分の娘は、ずる賢くて強くて勝ち誇った人間にはなってほしくない。「意地悪をされる」ことには悲しまないが、それを執念深く根に持ったり、仕返しを考えるような人間にはなってほしくないと思っているのです。読者のみなさんは、自分の子供が、人を叩いたり物を取り上げたりする「ジャイアン」と、いつも叩かれたり物をとられたりする「のび太」と、どちらが嫌（もしくは「まし」）でしょうか。ずる賢くて人を蹴落として金持ちになるのと、やさしくて人に譲ってばかりで貧乏になるのと、自分の子供だったら？　インガルスの両親は、おそらく後者を選ぶでしょう。

町での流行

次に品物の話。町ができるとモノが増えます。大草原で自給自足の生活をしているときは、ほとんどモノがありません。なのでエドワーズさんがクリスマスプレゼントに街からブリキのカップを買ってきてくれたときには、ローラはものすごく喜びました（サンタがくれたということになっていましたが）。町で学校に行き、同世代の友達ができると、自分が持っていないモノを目にすることになります。ネリーが「東部で流行っている」と自慢したのが、自分の名前が印刷されている「名刺」でした。仲良しのメアリー・パワーやミニーも手に入れて、友達に配りました。

牧師の養女であるアイダは、自分のおかれている状況を理解しており、そんなものは「虚栄」と考えて欲しがろうともしません。そんなアイダはみんなから好かれています。ローラはそんなアイダみたいになりたいと思いつつも、自分の欲望を抑えることができません。

ローラは、そんなモノは「必要」でないことはよくわかっているのです。しかし「幸・不幸」というものは、しばしば他人との「比較」によって生み出されます。「他人に後れをとりたくない」、できれば「他人を出し抜きたい」という欲望から発せられるのです。子供がよく使う「みんなもってるもん！」というやつです。

そこで親は葛藤するわけです。特にプロテスタント的な禁欲を重んるチャールズとキャロラインは、正論から言えば「そんなものが本当に必要か」とか「虚栄心に振り回されるものじゃありません」とはねつけることも考えるでしょう。しかし子供はかわいくて喜ぶ顔が見たいし、自分たちが貧乏をしていることにも、子供に対してすまない気持ちになるのです。やっぱり二人は買ってやることにしたのでした。


「ローラ」

「はい、父さん？」

「お前はその流行っている名刺というのがほしいんだろう？」父さんは聞きました。

「私もちょうど同じことを考えていたんですよ、チャールズ」と母さんが言いました。

「うん、そう、とってもほしいわ」ローラは認めました。「でも必要ではないもの」父さんの目はきらりと光って微笑みました。そしてポケットからお金を出して、十セントをふたつと五セントのコインを数えました。

「これで買えるんじゃないかな、小びんちゃん。ほら」と言いました。

ローラはためらって「ほんとに買ってもいいの？　うちにそんな余裕あるの？」と聞きました。

「ローラ！」母さんは言いました。「父さんに何てことを言うの？」急いでローラは言いました。

「父さん、ありがとう！」[14]

ローラが家計を心配するなんて、両親は泣けてきますね。でも娘を喜ばせることができて幸せです。ローラも、両親の自分を思いやる気持ちを忘れないことでしょう。モノは、あふれるように贅沢品をもらっても、必ずしも幸せを増すことはありません。むしろ薄まってしまいます。しかし精一杯の気持ちがこもったものであれば、どれだけささいなモノであっても大きな幸せをもたらすものでしょう。[15]

●注●

14　チャールズはローラのことを「こびんちゃん」と呼んでいますね。これは原作では“Little half-pint”と言ったりもしますが、チャールズが使う一番長い正式名称（？）は“Little half-pint of sweet cider half drunk up”です。「半分飲んじゃった甘いサイダーの小さいハーフパイントの瓶」という意味ですね。ハーフパイントは約二三六㎖程ですので、牛乳瓶くらいです。説明すると長くなるし、愛称ですから長いと変なので、翻訳者泣かせのセリフというわけです。

15　草稿の『開拓の少女』では、町にネリーは出てこないし、名刺のエピソードも出てきません。ということは、娘のローズが、もしくはローズとローラが相談して作り上げたフィクションの可能性が高いでしょう。「小さな家シリーズ」のすべてが、実話である必要もないでしょう。しかしこのように心温まるエピソードは、「シリーズ」への改編で多くつけたされているのです。

髪と服装

さて女の子とくれば、当然洋服や髪形の問題が出てきます。それはどこからともなくやってくる、だいたい「都会」から来るもので、西部開拓地からすれば「東部」からやってくる「流行」です。振り回されると確実に不幸が増すような気がしますが、当事者にとっては死に物狂いになって追いかけなければならないものになったりします。

インガルス一家は貧乏なので、ローラは質素で変わり映えのしない服で我慢しなければなりません。もちろんローラは贅沢を言ったり文句を言ったりは出来ないとわかってはいるのですが、やはり他の女の子たちの服装がうらやましく見えるのです。

そして西部開拓地の町でも、「フープ・スカート」が流行り出しました。ヨーロッパの上流階級の間で流行ったもので、スカートに「フープ（輪）」を縫いこんで張り広げ、釣り鐘のような形にしたものです。（もともとは女性がトイレの用足しのときに便利なように作られたものだそうです）

「質素」や「節制」を重んじるキャロラインでも、さすがに抗いきれないほどの流行だったのでしょう。ローラもフープの入ったふくらんだスカートを作ってもらい、それをはいて学校に行きます。せっかく精一杯の努力で新調してもらった服なのですが、実はローラは他の女の子の服のほうがよさそうに思えてしまいます。おまけに風が吹くと針金で作ったフープが上がってくるので、自分がくるくると回っていちいちそれを下げなければなりません。妹のキャリーは、「そんなの着ないですんでよかった」などと言っています。

牧師の養女であるアイダは、慈善でもらった服以外は着られません。しかし彼女は感じが良くて明るいので、どんな格好をしてもかわいく見えます。ローラは流行を追ったフープ・スカートをはけて一応は嬉しいはずなのですが、それでも「自分の姿にこだわればこだわるほど、ますます満足できない気持ちが高まっていく気がする」のでした。「流行を追う」ということは、宿命的にそういうものでしょう。町に住むということは、「他人との比較」にさらされるということなのです。

髪形も、常に変化するものです。服装と同じで、流行に振り回され、他の人に後れを取りたくない、同じにしたい、出し抜いて少し「進んだ」違いを見せたい、などなどといった無限に終わることのない追及が続くのです。そして「変だ」と「素敵」はいつでも紙一重。少し世代が違えば価値観は変わるので、母親と娘はしばしばぶつかり合います。

母親はローラが流行を追っている髪形がどうも気に入りません。そのときに流行っていたのは“lunatic fringe”という髪形でした。“lunatic”というのはもともと「気の狂った」、「おかしな」、「精神異常」という意味で、そういう「ふさ毛」ということで、単に前髪をおでこにたらした髪形です。キャロラインの世代は前髪を切らずに、長い髪を全部まとめて後ろで縛り、前髪をたらしはしません。しかしローラは町の親睦会に出かけるとき、どうしても友達のメアリー・パワーのように（ここが大事）したくてたまりません。そこで母さんに頼み込んで、少しだけ前髪を切っておでこの上に垂らす許可を得たのでした。母さんは「気の狂った前髪」とはよく言ったものだわ、と苦言を口にします。父さんのほうはにっこりと笑って、「どうしてもそうしなきゃいけないというなら、よくやったんじゃないか」と褒めてくれます。

その後も母さんとの平行線は続きました。学校に行くときも、母さんは気になって言います。「切り下げた前髪はあんまり似合うとは思えないんだけどねえ。そうやって、後ろで髪をまとめて、おでこにばさっと前髪をたらすと、どんな女の子でも耳が大きく見えるのよ」。母さんは気遣って助言をしてくれます。（どうやら耳は小さく見えるほうがいいらしい）

そこで母さんは思い出し笑いをしたので、子供たちがその話を聞きました。母さんは子供の頃、耳を出して学校に行ったら、先生に教室の前へ呼ばれて、みんなの前でそれは不遜で品の悪いことだ、と叱られたことがあったのです。ローラは「それで母さんはいつでも髪で耳を隠しているのね」と言ったのでした。流行や価値観、風俗や習慣は常に変化していきます。従って常に「最近の子供たちは〜」という世代間のあつれきが生まれることは、不可避なものなのでしょう。母親も、自分の親にあれこれ言われる子供時代があったわけで、「私だって許されなかった」と自分の子供にも己の価値観を押し付けるタイプと、押しつけられる理不尽さを繰り返さないように自重するタイプがあり、キャロラインは後者の、だいぶ柔軟な姿勢だったようですね。チャールズはいつもローラには甘い理解者です。逆にいうと、こういう問題ではぶつかることがないので、影が薄い。

コラム③

テレビ・シリーズの人物たち
マイケル・ランドン（2）

本物のチャールズ・インガルスは、吹雪の中を道に迷ったときに雪の中に穴を掘って一晩過ごすほどタフであるが、体はガリガリである。自給自足の開拓地で収穫がおぼつかないときには子供たちに食べさせるために、ほとんど食事を摂らずに野良仕事に奮闘するし、冬に食べ物に困っているときには「目が落ちくぼんでやせ細っている」と描写されている。しかしマイケル・ランドンはやたらにたくましい上半身を常に誇示している。その分厚い胸板は、毎日ステーキを食べてジムに通い詰めているとしか思えない。それが十九世紀の開拓民でいいのか？

ドラマを制作したNBCの調査によれば、視聴者の一番多い層は四十歳以上の女性だったそうである。ほのぼのしたホームドラマですからそうでしょう。ネリー役のアリソンによれば、マイケルはそのことをよくわかっていて、毛が無く（原作ではヒゲボウボウなんだが、やっぱり米国人でも胸毛もじゃもじゃはダメなのでしょうか？　引き立て役はそろいもそろって毛むくじゃらときたもんだが）、汗の滴る上半身をさらけ出すことは常に意識していて、なんとぴっちりした尻のラインを強調するために、ズボンの下にパンツをはいていなかったそうである（当時はTバックのパンツという選択肢はなかったようです）。おばさん受けのする健康的なセクシーさよ！

彼は背が低かったことにコンプレックスを持っていたらしく、内部で密かにかかとの高い、いわゆる「シークレット・ブーツ」をはいていたとか。なので常に前のめりでチョコチョコと歩いていたそうだ。撮影時にはいつも相手を低く、自分を高い位置に写る映像にしていたという。たしかにすらりとしたキャロラインのほうが身長が高かったように思えるが、チャールズのほうが背が低いという映像は思い浮かばない。みなさんあらためてそのあたりを意識して見直してみて下さい。たしかに全ショットで細心の措置が取られています。

マイケルについては「暴露本」めいたものを書いてしまったアリソンであるが（タイトルは「草原のあばずれ娘の告白」）、彼を立派な監督だと尊敬していました。超人気番組「小さな家」シリーズの主役であり監督の彼は、現場では暴君的なところもあり、監督を他の人物にまかせたときでさえも、すべて自分流に事を進めたとか。この番組には子役が多かった。スタッフのひとりが、「うまくできたらガムをあげるよ」とお菓子で釣ろうとしたとき、マイケルは毅然と止めてこう言った。「子供たちは金をもらっている。ガムがほしければ自分で買うだろう。うまく演じられてもガムをやる必要はない。うまく出来なければクビにするだけだ」。厳しい監督だったようである。

ローラと仕事

子供が成長すると、学校の次に出てくるのは「仕事」です。それではローラが職業とした教職について取り上げましょう。「小さな家」シリーズは、アメリカの保守的な伝統的価値観に満ちています。すなわち愛国心、ピューリタニズムに基づく倫理観、勤勉、家族の絆の重視、その中ではっきりとした年齢別、性別の役割分担（もちろん厳格な家父長制）などです。そういった価値観に従って、ローラの両親は娘たちには家の仕事を厳しく手伝わせますが、外の賃金労働に関しては反対です。そもそも女性の経済的自立というものは想定されていない時代でして、家族を単位とした分業がきっちりしているのです。

隣人が何キロも離れていることもあるような西部開拓地では、もちろん公教育制度はまだ整備されていない時代でした。それゆえに、とりわけ女性は、子供たちに教育を受けさせることに熱心だったのです。[16] ときには何時間も歩いて集まってくる生徒たちが学ぶ学校は、床のない丸太小屋なら良いほうで、芝土を積み上げて造った小屋や、土手に掘った横穴の家ということもあったそうです。そんなところでは、部屋のなかに突然ヘビがぼとりと落ちてくることもあったとか。それもガラガラヘビといった毒ヘビですよ。

教員の資格は男女に開かれていましたが、資金は寄付や持ち寄りでまかなうために給料は極めて低く、家計の足しにする程度で、教員のほとんどが女性でした。この物語では、ローラが十五歳のときに初めて教職の仕事を得ています。しかし当時、唯一といっていい女性にとって恥ずかしくない仕事である教職は、一般的に結婚するまでの短期間のアルバイトでした。実際にローラは結婚を前にして、姉のメアリーに以下のように言っています。

私はもう十八歳になって、学校では三学期分も教えたわ。母さんが教えたより一学期分多いの。もうこれ以上教えるのはごめんだわ。私はこの冬はもう自分の家に落ち着きたいの。

西部開拓地では、女性が社会的な尊敬を受けるのは「妻」となり「母」となることであったため、女性は経済的に「自立」することは想定されていませんでした。[17] 独立心を持って未婚で働き続けることは、むしろ「オールド・ミス」として憐れみの対象になったりもしました。[18] ローラは「嫌々」そして「しかたなく」裁縫や教師の仕事をして家計を支えますが、上記の引用にあるように、彼女の希望は「家に入ること」、すなわち専業主婦だったのです。ちなみに趣味の習い事をしたり、おでかけしてちょっと贅沢なランチとママ友とのおしゃべりを楽しむ、といった有閑マダムとは大違いの、朝から晩まで家事に追われる立場ですが。

『大草原の小さな町』の最後は、ローラが教員免許状を取得した場面で終わります。本来一五歳では免許が取れないはずなのですが、ローラの家から二十km も離れた土地で教員が必要とされているために、特別に試験を受けて許可が得られたのです。いまの日本で言うと中学卒業時の年齢ですね。でも学校教育が始まった明治時代には、その年齢で小学校の教員になることはありましたが。

チャールズは娘が一人前の教員になれたことに喜びますが、少し寂しそうです。というのは、ローラが家からいなくなってしまうからです。たしかに、親にとって娘が就職して出てゆくこと、嫁にいくことは嬉しいことではありますが、悲しい別離でもあるのです。

ローラの初めての教員生活は、十五歳の子供にとってはかなり過酷なものでした。職場は町から二十㎞も離れたところで父さんに馬車で送ってもらうのですが、冬の寒さと雪はひどく、簡単に往復できるものではないため、二ヵ月間は家に帰れないという覚悟で出かけてゆきました。下宿先のブルースターの家では、奥さんが不機嫌を通り越してヒステリー状態であり、同じ部屋に居ることが耐えがたい状況でした。しかしローラの寝る小さな部屋にはストーブはなく、学校にいる以外ではその奥さんと泣き叫ぶ子供と一緒にいなければならないのです。

教育実習なんてないのですから、教えることに未経験で途方に暮れていたローラも、時が来れば立ち向かわなければなりません。生徒は五人で、そのうちの三人はローラより年上で背が高かった。もちろん開拓地で育った子供たちを教えて教室を管理するのは大変な苦労だった。しかしブルースターの家でその奥さんと一緒に過ごすことは、ローラにとって地獄の苦しみだった。外は吹雪なので逃げようがないのです。

そういうわけで、ローラにとって、来る週末が試練であった。学校がないため、二日間はまるまるブルースターの奥さんと狭い部屋で一緒にいなければならない。考えるだけでもぞっとする状況でした。そして金曜の授業が終わろうとする頃、雪の中をそりの音が聞こえてくる。なんとアルマンゾがローラを迎えに来たのであった。それから毎週、吹雪の日でも、アルマンゾは毎週末にローラを実家と職場に送り迎えするのでした。ローラはとまどうが、これはアルマンゾにとってローラに近づく最良の手段だった。

ローラの最大のピンチは、ちょうど折り返しの四週目のことだった。夜にブルースターの奥さんがヒステリーを起こし、ブルースターに向かって包丁を振り上げ、開拓地を引き払って東部に戻れと金切り声を上げたときだった。ローラはベッドのなかで、いつブルースターの奥さんが包丁を持って自分に飛びかかってこないかと震えるのでした。

このエピソードの背景には、西部開拓時代に見られた問題の特徴が現れています。篠田靖子の『アメリカ西部の女性史』によると、「男性の作家が描いた文学作品の中には、夫が下した移住の決定に妻がいやいや従って荒野のなかに連れ込まれ、厳しい労働に従わされて孤独と寂しさに耐え切れず、時には発狂する女性の話が描かれてきた」ということです。

当時は一般的に家父長制であり、移住の決定権も男が持っていました。インガルス家でも、チャールズの希望で開拓地への移住が繰り返されており、キャロラインは何度も文化のある町に住みたいと不満を述べています。篠田の研究によると、当時の日記や手紙などに残されている史料には、書き手の性別によってはっきりと相違が残されているそうです。つまり男によって書かれた史料には「冒険、対立抗争、競争、狩り」といった内容が多く、女によって書かれた史料には「移住する家族の健康、病気、食事など日常生活に密着した情報」がほとんどを占めていたそうです。

男はワクワク、女は心配、というわけです。そりゃあそうでしょう。特に出産や子育ての責任を任されている女性には、医者もおらず衛生面でも劣悪な環境にある開拓地の生活が望ましいわけはありません。インガルス家でも、生まれたばかりの男の子が亡くなっているし、乳幼児の死亡率はとても高かったのです。

さてそんな荒れた環境のブルースター家に住みながら、ローラは必死の思いで八週間の教師生活を送ります。ローラは両親に心配をかけまいと、その辛い環境を話すことはしません。しかし両親はローラの様子を見ていて、あまりにつらいならば辞めてもいいのだと伝えます。でもローラが受け取る四十ドルの賃金は、メアリーの盲学校の経費のために是非とも手に入れなければならないとローラは考えます。両親はそれをわかっているからこそ、まだ幼いローラを働きに出したわけで、それはさぞつらかったことでしょう。

そんな逆境だからこそ、ローラは一番大切なことを学んだのです。週末に実家で朝を迎えたとき、ローラは家族がいることをしみじみ有難いことだと気づきます。

「おはよう！」キャリーがベッドのなかから言いました。そしてグレイスが飛び上がって叫びました。「おはよう、ローラ！」ローラが台所に入ると、母さんが「おはよう」と微笑みました。父さんがミルクをとってきて言いました。「おはよう、おちびちゃん！」ローラは、「おはよう」という言葉が朝を素晴らしいものにするということに、それまで気がついていなかった。とにかく、ローラはブルースター夫人からだって何かを学んでいるのだと思ったのでした。

ローラは家族から離れて初めて家族の有難さに気がつきました。両親のほうだってもちろん同じように思ったことでしょう。

ローラは晩年に、「感謝祭」についてのエッセイで以下のように書いています。

ある日、私は感謝祭の物語を読みました。そこである母親が小さな息子に、外に出てそこらで何か感謝するべきものを探してきなさいと言うのです。

でも外に出てそこらを歩き回れるということ、その少年を外に送り出す母親がいるということが感謝するに十分なことだと思われるではないですか。我々は皆、ほとんど遠視を患っており、はっきりと近くにあるものを簡単に見過ごしてしまうものなのです。

現代は生活が便利になってモノが満ち溢れており、それと反比例するように人々の欲求不満は高まっていくものです。そうなるといま感謝するべき対象が見えない「遠視」になりがちです。ローラがこのような「遠視」にならずにすみ、生きていることに喜びと感謝の気持ちを持ち続けていられたのも、子供の頃に苦労を重ねたこと、波乱万丈の人生を送ってきたからこそなのでしょう。それが執筆への動機になっていたのではないでしょうか。

●注●

16 篠田靖子『アメリカ西部の女性史』によると、「教会や子どもたちが通う学校を建設する必要性を最も強く感じていたのは女性たちであった。たしかにこうした文化活動の表面に名前を連ねていたのは男性であるが、実質的に計画をねり、募金活動をおこなって実現させたのは女性たちであった」という指摘があります。小中学校などの父母会活動は、圧倒的に女性の数が多く、とても熱心ですが、会長となると男性が選ばれることが多い、という日本の事情とそっくりですね。

17 西部開拓の時代には、女性の職業選択肢は極めて限られていたため、生活のためには売春婦となる道しかないことも多かったのです。開拓初期の時代には、一時的なものも含めれば、半数近い女性が売春に関係していたとも言われています。厳しい時代でした。『アメリカ西部の女性史』、一五二頁を参照。

18 日本でも戦後から高度成長期に至るあたりまでは、そんな価値観（いまでは「偏見」と言われるでしょう）がありましたね。いまでは一定の水準以下の男と結婚するくらいなら、自立したひとりでの生活のほうがまし、という人が増えています。だから少子化が進むわけだ。

ローラの結婚

このシリーズ最後の大団円は、ローラとアルマンゾの結婚式です。チャールズとキャロラインにとっては、「子育て」が終了するときが来たのです。西部開拓地の大草原で育った幼い子供が「一人前の女性」として、社会的に認められる存在になる大きな節目です。そのとき、プロポーズをしたアルマンゾに対してローラは勇気を振り絞ってこう言うのでした。

「アルマンゾ、聞いておかなきゃならないことがあるの。あなたは私に『従います』って誓ってほしい？」

アルマンゾは真面目に答えました。「もちろんそんなこと思っていないさ。それは結婚の儀式で、ただ形だけ女の人が言うことだろう？　本当に従う女の人も、きちんとした男でそんなことを望んでいる人も見たことないよ。

「じゃあ『従います』って言わないつもりよ」とローラは言いました。

「君はまさかイライザみたいに女権論者なのかい?」アルマンゾは驚いて尋ねました。
「いいえ。私は選挙で投票したいなんて思わないわ。でも守るつもりのない約束はできないの。アルマンゾ、私はたとえしようと思ったところで、自分の判断に反することは誰にだって従うことはできないと思うの。[19]

ローラは結婚式での誓いで「夫に従う」という言葉を発したくないと言う。アルマンゾはそれが単なる形式的な習慣であり、今では誰も従うわけではないと理解を示すが、ローラは一歩進んでその形式をも打破したいという。

アルマンゾは、ローラが自分の姉のイライザのように、がちがちの女性権利主義者なのではないかとひるむ。イライザは前述したように、教師として経済的に男に依存することのない、口うるさくて嫌われる、典型的なオールド・ミスのステレオタイプなのである。しかしローラは投票権には関心を示さない、特に男女平等を求める女権論者なのではなかった(それでは当時の子供向けの小説としては成り立たなかっただろう)。ただローラは、当時の形式的な伝統、因習には抵抗を感じて、場合によっては打破していきたいと考える、「基本は保守で、穏健な革新」という姿勢でした。[20]

ここの部分、『開拓の少女』では、「ブラウン牧師は、式の最中に『従う』という言葉を使わないという約束をしてくれて、それを守ってくれたのでした」という二行の説明だけです。やはりシリーズへの改編によって、生き生きとした物語形式にしたのが成功に導いたと言えるでしょう。

●注●

19 アメリカ合衆国で女性が選挙権を得たのは第一次世界大戦後です。日本では第二次世界大戦後になりました。

20 みなさんは結婚相手のことを、人に何と言いますか?男性から見たら、「妻」は少し照れるな。「嫁」は家制度を思わせて抵抗があるかも。「奥さん」や「家内」というのは、女性も働くのが当たり前のいま、ちょっと時代遅れ。「かみさん」はくだけた表現。「パートナー」や「ワイフ」なんて片仮名は抵抗があるかも。「つれあい」は無難か。

さて一方で女性から見ると。「亭主」や「主人」というのは「主」が入っていてまずいでしょ。「旦那」もそんなニュアンスがあります。たまに名字で呼ぶ人もいますね。自分も戸籍上その名前になっちゃってたりするのですが。「うちの人」なら無難でしょうか。

ローラはアルマンゾのことを、「マンリー」と呼んでいました。「アルマンゾ」では長いし堅苦しいですからね。アルマンゾのほうは「エリザベス」を略して「ベス」。

しかし公の場所では?ローラはアルマンゾのことを、"The Man of the Place"と呼んでいます。「うちの人」が一番近い感じですね。でも日本語だと家制度を反映した「家」ですが、英語だと「土地」です。家を建てて農地を切り開き、入植した男、という雰囲気が出ていてなかなか立派な呼び方だと思います。

コラム④

テレビ・シリーズの人物たち
メアリーとネリー・オルソン

マイケル・ランドンがチャールズ・インガルスでないように、他の役者たちも登場人物とは違うのは当たり前なのだが、なにせ我々視聴者は番組しか見ていないのだから、わかっていながらもそのギャップには当惑しないではいられない。

テレビ・シリーズ四十周年を記念して、亡くなったマイケルを除いたインガルス・ファミリーが勢ぞろいする対談番組が二〇一四年に放映されました。そのときに短いスカートで足を組んで大声を出していた女性、それがメアリー役のメリッサ・スー・アンダーソンでした。ギャップがありすぎる。メアリーは絶対そんなことしません。

アリソンの告白本によれば、メリッサ・スー・アンダーソンはおよそドラマのメアリーとはかけ離れた振る舞いの少女だったそうである。ローラ役のメリッサ・ギルバートが最初アリソンにメンバーを紹介したときに、「とにかく何をするにしても、メリッサ・スー・アンダーソンには気をつけて。すごく危険よ。ひどいのよ。それで私きらいなの」と警告したのであった。アリソンはにわかには信じられなかったが、その後に彼女が挨拶をしても、それには冷たい視線の一瞥か、せいぜい「あぁ」という一言が返ってくるくらいの難しい少女だったそうである。十歳前後の子供たちがステージママに連れられてやってくる撮影現場の生活は、なかなか大変だったようだ。

メアリーもそうだが、視聴者にとって、マイケル・ランドンがチャールズ・インガルスと混同してしまうということを前述したが、悪役ネリーを演じたアリソン・アングリムにとっては大変な悲劇であった。そもそも彼女はローラ役、次にメアリー役のオーディションを受けたのだが落選。意地悪のネリー役を受けたところで「大うけ」で採用されたらしい。

「田舎の子」という回が放映されたとき、その話はネリーの登場回で、「都会の娘」気取りのネリーが、ローラを「田舎者」扱いして散々いじわるをする場面が出てきます。そしてアリソンが放映翌日に学校に行ったとき、とある同級生が階段の上から、"You biiitchhh!!!" と罵倒したそうである。さらに道端で突然後ろから複数の足に蹴飛ばされ、道路に倒されたこともあったとか。こうなると犯罪だ。こういったことは彼女の人生でずっと続いたらしく、テレビ・シリーズが終了したはるか後、アリソンが旦那さんといたときに、とある中年女性がつかつかとやってきて、怒りに震えながら意を決するように「あなたを許してあげるわ!」と言い放ったそうである。そういえば、ショッカーの大幹部の俳優も子供にけられたことがあると言っていましたが、大人にもされるか。ネリーの母親であるオルソン夫人役のキャサリン・マクレガーさんも、子供ににっこりと挨拶をしただけで大泣きされたりしたとか。
マイケル・ランドンは役のおかげで多くの女性をどきどきさせ、かたやネリー役のアリソンはずっと嫌われ者になってしまった。しかし例外はあった。アリソンがフランスでのトークショーに出演したとき、彼女が登場するときには観客から「大草原の小さな家」のテーマ音楽、「ラ〜ラ〜ララ〜ラ〜ラ〜ラララ〜♪」の合唱で迎えられ、終始にこやかに歓待されたそうである。どうやらネリーはフランス人だと思われていたとか?

西部開拓史の背景

ここまで、草稿である『開拓の少女』から「小さな家シリーズ」に改編された部分を考察しながら、チャールズとキャロラインの「子育て奮闘記」という視点でこのシリーズを見てきました。ここからは西部開拓史の思想的背景に視点を移し、「自由と独立」というテーマから見ていくことにしましょう。

『大草原の小さな家』が出版された翌年の一九三六年に、ローラが自分の作品にこめた思いを語った言葉をもう一度引用します。

このすべての物語を通じて、金のより糸のように紡がれているのは、人生における同じ価値観です。それは勇気、自分への信頼、独立心、誠実さ、そして人の役に立つことです。

前述したように、「小さな家」シリーズの草稿『開拓の少女』は自伝的作品、いわば個人的な思い出話だったのですが、それが「インガルス一家の物語」として改編されたとき、より客観的な「西部開拓の物語」となりました。だからこそ、「勇気」「自分への信頼」「独立心」「誠実さ」「人の役に立つこと」といった価値観、思想的なものが意識的に加えられたのでしょう。おそらくは娘のローズによる提案と思われます。

『長い冬』のなかで、ローラは父さんと一緒にマスクラット（沼などに生息する、やや大型のネズミ）の巣を見つけます。その巣の壁が厚く造られているのを見たとき、チャールズはその冬がとても寒くなるだろうと予測します。それをローラは不思議に思うのです。

「父さん、どうしてマスクラットにはそれがわかるの？」ローラはたずねました。

「どうしてわかるのかは知らない。でもやつらにはわかるんだよ。神様がやつらに教えてあげるんだろうな」と父さんは言いました。

「じゃあ、どうして神様は私たちに教えてくれないの？」ローラは知りたくなりました。

「それはね、我々は動物じゃなくて、人間だからなんだよ。独立宣言で言われているように、神様は我々を自由なものとして創造されたんだ。我々は自分で自分たちのことをしなければならないということなんだよ」と父さんは言いました。

このような会話は、草稿の『開拓の少女』にはありません。改編にあたってマスクラットを出してきて、「自由と独立」という思想的テーマを挿入したかったのでしょう。

ここからシリーズ二作目の『農場の少年』を詳しく見ていきます。この作品はシリーズで唯一アルマンゾの少年時代を描いています。ですからもちろんローラの思い出話である草稿の『開拓の少女』にはなく、ローラが夫であるアルマンゾの思い出話を聞き、それを娘のローズと話し合いながらひとつの作品として完成させたのでしょう。だからローズの価値観、思想が色濃く見られるのです。

プロテスタント的禁欲と資本主義

少年期のアルマンゾの家、開拓農家の生活を見てみましょう。彼の家はすでに様々な家畜を所有し、毎年多くの収穫を得ている豊かな農家です。食事の際は、まず家族全員が頭をたれて上座の父親がお祈りをし、食べ物は父親が家族の年齢順に配ってゆく（末っ子のアルマンゾは最後だ）。食事中に子供たちは決して話をしてはいけない。話していいのは、食事を配られたときに発する「ありがとう」という言葉だけなのです。物心ついたときからずっとそうで、現代の我々から見ればぞっとするほどの厳しさでしょう。

しかしインガルス一家に比べて、食事は実に豪華です。

アルマンゾは甘くて柔らかいベイクド・ビーンズを食べた。塩漬け豚を食べると、それは口のなかでクリームのようにとろけました。茶色いハムのグレイビーソースのかかった粉ふき芋を食べ、ハムも食べた。なめらかなバターをたっぷり広げて塗ったビロードのようなパンをがぶりとかじり、パリパリにこんがり焼けたその耳も食べた。高い山のようになったつぶした白いカブも、煮込んだ黄色いかぼちゃの山も平らげた。それから大きく息をつき、赤い服の首のところにナプキンをぐっと押し込んだ。それからプラムの砂糖漬け、いちごのジャム、ブドウのゼリー、スパイスをきかせたスイカの皮のピクルスを食べた。すっかりお腹が落ち着いた。そしてゆっくりと、かぼちゃのパイの大きなひと切れを食べたのでした。

アルマンゾは四人兄弟です。ワイルダー家の食事の量は毎日大変なものだったでしょう。上記の食事のこれだけの準備、そして日頃からの食材の保存、管理、そして調理の仕事はすべて女、基本的には母親が一手に担っていたので、その苦労が想像されますね。西部開拓は男の仕事と考えられがちですが、それを支える女の仕事もかなりの重労働だったと思われます。

宗教的なしつけについては、ワイルダー家はインガルス家より厳しかったようです。それはチャールズがローラに自分の子供時代の思い出を話したような厳格なものでした。安息日である日曜は、少年にとって苦行の日です。教会では二時間も続く退屈な牧師の話をじっと聞いて目を離してはならず、もじもじしたりあくびなどは絶対にしてはいけない。常に見張られているのです。少年にとってはほとんど拷問ではないでしょうか。礼拝が終わって外に出ても一日中、遊ぶどころか走ったり笑ったり大きな声を出してもいけない。町で会った同世代の友達が都会の町で買ってもらったという帽子に憧れても、そのような虚栄心は厳しく禁止されているのです。食事のあとは、女の子だけが皿を洗います。はっきりと男女差別ですね。両親と男の子は何もしない。しかし少年たちは、何もしないでじっと座っていなければならないこと自体が苦痛です。アルマンゾは日曜が夕方になると、いつもほっとするのでした。[21]

インガルス家もそうですが、特にワイルダー家の生活様式はキリスト教、わけても厳格なピューリタニズムの影響力が大きい。さらに顕著に見られるのが「節制と勤勉」で、それは「独立宣言」の起草にも加わったアメリカ建国の父のひとりとして讃えられるベンジャミン・フランクリンの掲げた理想、「十三徳」のなかに含まれている。それは「節制」「沈黙」「規律」「決断」「節約」「勤勉」「誠実」「正義」「中庸」「清潔」「平静」「純潔」「謙譲」である。ローラは特にフランクリンには言及していないようだが、これらを見渡せば、西部開拓時代を背景にした「小さな家」シリーズすべてに貫くバックボーンになっていることがわかります。

アルマンゾは父の農場で働くことが大好きです。春が来ると農家は大忙しで、アルマンゾは「大きな戦争での小さな兵士」のように早朝から暗くなるまで働きます。その春の仕事が一段落すると、嫌いな学校に行かなければなりません。座って勉強することは、彼にとっては苦行なのです。そして秋の収穫時期になると、学校を休んでふたたび息つく暇もないほどの忙しさになります。

アルマンゾは干し草刈りの季節が大好きでした。毎日、夜明けから暗くなってもずっと忙しく、いつも様々なことをしているのです。それはまるで遊びのようでした。

アルマンゾが働いている様子は生き生きと描かれています。刈り取った干し草は父と兄が荷馬車の上に放り上げ、それを上に乗っているアルマンゾが踏みつけてゆきます。その山の上に乗って納屋まで運んでいき、アルマンゾは滑り台のように降りてくる。井戸から冷たい水をポンプで汲み上げてみんなに配るのもアルマンゾの仕事だ。刈り取ったからす麦の束を作る作業、白いんげんの豆を引き抜く仕事、次から次へとやらなければならない仕事は山のようにあり、その変化をアルマンゾは心から楽しんでいます。

収穫した小麦の脱穀は、手間と時間のかかる大変な作業です。手伝っていたアルマンゾは、父に機械を使わないのか、と質問します。手数料を取って、機械を使わせてくれる業者が回ってくるのです。それを頼めば、あっという間にすべてが片付いてしまいます。しかし父親はアルマンゾにこのように答えました。

「あれは怠け者の脱穀のやり方なんだよ」父さんは言いました。「急いては事を仕損じる、というが、怠け者は自分でやるよりも仕事を早く終わらせたがるものなんだ。機械は藁をつぶしてしまうから、家畜のエサにならなくなってしまう。そして麦をまき散らして無駄にしてしまうんだ」

「節約できるのは時間だけだよ。何もすることがなくて時間ができたって何がいいんだ？　雪嵐の冬の間じゅうに、じっと座って親指でもいじっていたいか？」

「いやだよ！」アルマンゾは言いました。そんなのは日曜だけで十分だった。

「時間を金で買う」、「仕事はなるべくはやく切り上げて自由時間を増やしたい」といった価値観のはびこる現代からは驚くようなやりとりです。フランクリンの掲げた「十三徳」のなかにある「勤勉」は「常識」となっており、労を惜しまないで働くことは、目指すべき美徳ではなく、それが当たり前に好ましいことであったようだ。

開拓時代の農家は、ほとんど自給自足です。家を建てることから、そのメインテナンス、暖をとるための薪の準備、明かり、そして食べ物を作ること、それは農業だけではなく家畜の世話、それをつぶしたり、出かけて行っては狩りや採集、漁をすることも入り、また食料の保存作業も含まれる。衣服を縫って作ったり洗濯したりするのは主に女の仕事だ。つまり誰もが一年中休むことなく働き続けなければ生活が成り立たないのである。

究極の自給自足と言えば、ダニエル・デフォーの『ロビンソン・クルーソー漂流記』が思い出されます。大西洋の孤島にひとり到着したロビンソン・クルーソーは、島の探検、住処の建築、水や食料の調達、調理、保存、そして各種家具や道具の製作、農作や家畜の管理まで、すべてひとりで行わなければならないために、いくら時間があっても足りないほどの仕事をこなさなければなりませんでした。

流通業が発達していない産業革命前の時代は、どこもおそらくそのようなマルチな作業が求められる生活をしていたのだと思われます。大きな変化が現れたのは、近代化、すなわち工業化、それは「専門化」と「分業化」という時代の到来でした。経済学の父と呼ばれるイギリスの学者アダム・スミスは、社会は分業システムが発達すればするほど、その生産性は飛躍的に高まると指摘しました。たしかにアルマンゾが住む農場だって、その社会に大きな流通市場が確立されれば、専門の大工、靴職人、機械を使った衣服の工場、農機具を作る鍛冶屋などなど、専門家による分業が成り立つようになり、そうなるとはるかに効率の良い豊かな物質社会が出来上がることでしょう。

しかしスミスは、そのような「効率の良い分業」が進めば進むほど、人は単純作業を強いられるわけだから、その人間性が失われる危険があると警告しています。例を挙げてみましょう。私の家の近くにあるコンビニには、小さな店舗でも実に豊富な種類の商品が並んでいます。充実した品ぞろえは、想像すれば気の遠くなるほどに、驚くほどの細分化された分業によって成り立っているのです。

ポテトチップスひとつにしても、その袋の印刷、デザインの作成、袋自体の材料はどこから調達してどういう過程で作られているのか、少し想像しただけでも気が遠くなるような数の人間がその作成行程に携わっていることでしょう。そしてそのコンビニ店舗にはトラックがひっきりなしに様々な商品を補充しにやってきます。とある運転手は、特定の地域の特定のコンビニに、決まったルートで毎日特定の飲み物を配るだけの仕事をしていたりするでしょう。レジ打ちの店員は、毎日棚に商品を補充し、レジを打つばかりの毎日です。とにかく恐ろしく細分化された作業の総合体が現在の経済活動を作り上げているのです。

現代の世の中は、人間がそういった無数の小さな歯車となっており、その役割をずっと続ける仕事というものは、人が喜びや生き甲斐を見い出すのは難しい。そういった人生に比べて、アルマンゾの仕事は厳しい環境かもしれませんが、季節ごとに変化に富み、「遊び」のような楽しみになっており、はるかにやりがいや達成感を感じさせるものではないでしょうか。

アルマンゾの農場は、一種の理想郷のように描かれています。それはほぼ自給自足で、必要なものはほとんど自分たちでまかなっている独立した世界です。従ってそのなかにいる限りは本当に自由だと言えるでしょう。西部開拓地を彷徨っているときのインガルス一家とは違い、軌道に乗って成功した農場だからです。しかしそこもまた完全に閉じられた世界というわけではありません。

ある日、アルマンゾの母さんが作る上質のバターを、商人が買いにやってきます。買い付け人は桶に入ったバターのサンプルを見て感嘆します。それは全部「黄金色で、固く素晴らしくおいしいバター」だったのです。母さんは自信にあふれており、一切値段のかけひきなどはしません。商人は一ポンドにつき五〇セントの値をつけ、すべて買い取っていきました。母さんは五百ポンド作っていたので、全部で二百五十ドルという大金になり、子供たちは興奮しました。母さんは刈り入れどきの真っ最中だというのに、馬車で町に出かけ、その大金を銀行に預けに行ったのでした。

これは子供の目から見て大変な快挙だったと描かれているのですが、少し考えてみましょう。母さんの技術を最大限に発揮させ、バター作りを中心に農場を経営していけば、おそらくは大きな現金収入を得ることができるようになるでしょう。しかしもちろん「金持ちになること」やそれによって贅沢を享受すること、余暇の時間を得ることはワイルダー一家の望むところではありません。仮にそのようなバター作りを専業にして成功したとしても、それはつかの間のことになります。資本家が大規模な工場を作れば、はるかに効率的に品質の保証されたバターが、安く大量に生産されることになるでしょう。アダム・スミスが言うように、近代化された分業による商業社会、すなわち資本主義社会は、ひたひたと忍び寄ってきていたのです。そこでは地主、資本家、労働者という階級社会が想定されており、自由で独立した農民というのは消え去る運命にあったのです。

七月四日の独立記念日は、誰もが仕事を休んで町で開催される大きなお祭りにでかける日です。ワイルダー一家も全員、この日のための晴れ着を着て、ぴかぴかにみがいた馬車に乗って出かけていきました。そこでアルマンゾは、知り合いの少年がピンク色の冷たいレモネードを飲んでいるのを見かけます。それは五セントで、父親にねだってお金をもらったという話でした。お祭りの暑い日に、氷の入ったレモネードはとても魅力で、さらに「お前の父さんはお金をくれやしないだろう」とからかわれたアルマンゾはくやしくなり、意を決して五セントをねだりに行きました。

おそるおそる五セント銅貨がほしいと言ったアルマンゾに対して、父さんは五十セント銀貨を取り出して、それが何かと尋ねます。もちろん「五十セント銀貨だ」としか答えられないアルマンゾですが、父さんの答えは違いました。

「これはな、労働なんだよ」と父さんは言いました。「それがお金というものだ。大変な労働なんだよ」

父さんは、アルマンゾにじゃがいもの育て方を聞きます。アルマンゾは、土に肥料をやって耕し、種芋を切って植えて、収穫して保存し、管理して春に売る、という過程を答えます。そしてそのじゃがいもが半ブッシェル（十八リットル）だと五十セントになるということも答えられました。

「そうだ」と父さんは言いました。「それがこの五十セント銀貨にはこめられているんだよ、アルマンゾ。十八リットルのじゃがいもを育てた労働が、そのなかにこめられているんだ」

そしてアルマンゾが驚いたことに、その五十セント銅貨をアルマンゾにくれると言ったのでした。

「お前にあげよう」と父さんは言いました。「それで子ブタを買うこともできるんだぞ。その気になればな。それを育てれば、何匹も子供を産むだろう。そうすると一匹で四ドルや五ドルになるだろう。でも、その五十セントでレモネードを買って、飲んでしまうこともできる。好きなようにしていいんだぞ。お前のお金だ。」


こう言われてレモネードを飲めるはずがありませんね。「好きにしていい」と言いながら、ほとんど選択肢のない父さんの勧めでアルマンゾは子ブタを買い、それを育ててお金を稼ぐことになります。[22]

ここで気をつけるべき点は、父さんはアルマンゾが飲み物の消費という短期的欲望を乗り越えてそのお金を運用に回すことを勧めていますが、その目的が「蓄財」ではないということです。焦点はあくまで「労働」にあるのです。それは聖書にある、マタイによる福音書の「タラントのたとえ」が参考になります。そのエピソードでは、主人に預かったお金を消費するどころか、しっかりと埋めて大事にとっておいた者は「怠惰」であると非難され、預かったお金を運用して増やした者が「忠実」であると称賛されるのです。つまりアルマンゾは冷たいレモネードの誘惑に負けずにお金をとっておくほうがいい、というのではなく、そのお金によって子ブタを買い、それを一生懸命育てるという「労働」に向けよ、というのです。それが何ドルにもなるというのは「目的」ではなく、「労働を忠実に行った」という「結果」の証明というわけなので、「そうしたほうが儲かるぞ」という話ではないことに注意です。

この少々わかりにくい価値観を説明するには、ドイツの学者マックス・ヴェーバーの『プロテスタンティズムの倫理と資本主義の精神』(一九二〇)が役に立ちます。この本が有名になった独創的な指摘とは、キリスト教は非現世的、すなわちこの世の繁栄よりもあの世を大事に考えて禁欲的な信仰を重んじているのですが、なかでもプロテスタントはその一方で、資本主義的営利生活に熱心になることが両立するということなのです。

「マタイによる福音書」によれば、イエス・キリストは「殺すな、姦淫するな、盗むな、偽証を立てるな、父と母とを敬え。また自分を愛するように、あなたの隣り人を愛せよ」と言いました。これならば真面目な信者は頑張れそうです。そこでとある青年が、「それはみな守ってきました。他に何が足りないでしょう」と質問をしました。するとイエスは、「帰ってあなたの持ち物を売り払い、貧しい人々に施しなさい」と答えます。真面目で資産家の青年は、それは難しいと感じて去ってゆきました。それからイエスは、弟子たちに「富んでいる者が天国に入るのは、難しいものである。ラクダが針の穴を通るほうが、もっとたやすいことだ」と言うのです。金持ちは天国に行けない。

いまでも世界中に飢えた人たちがたくさんいます。私はキリスト教信者ではありませんが、わずかながらの罪悪感を持ちながらも、持ち物を売り払って貧しい人々に施すことはできません。わずかな財産があっという間に消えるだけです。むかしこのラクダの話を読んだとき、欧米諸国はキリスト教を国教としているところが多いのに、豊かさを謳歌しているように見えるそこの人々はどういう心の整理をしているのだろうか、この世の中はキリスト教の国に限って金持ちじゃないか、と思ったものです。

ヴェーバーの考察によれば、プロテスタントが優勢な諸民族は、世俗的職業（農民であれば農業）に従事することは、道徳的実践のもちうる最高の内容として重要視したという。英語で言えば、「職業」を意味する"calling"は、神から与えられた「使命」という観念がこめられている。つまり社会的な実益に役立つ労働こそが神の栄光を増し、聖意に適うものと考えられることになった。この考え方が顕著に見られるのは、カルヴァン派から発生したピューリタニズムであると指摘しています。つまりインガルス一家やワイルダー家も含めて、アメリカ西部開拓地で広がっていた宗派です。

神のために、そして社会のために、人は労働に専念するよう努めなければならない。富を目的として追求することは邪悪なことと考えられたが、労働の結果として富を獲得することは神の恩恵だと考えられました。つまり労働に専念して節制を重んじれば、「結果として」富裕になります。それは良いことなのです。富が危険視されるのは、それが「怠惰」や「罪の快楽」と隣り合わせになっているからです。道徳的にもっともいけないことは、富を所有することによって休息することで、それは享楽や怠惰へと向かい、「聖潔な」生活と離れてしまいます。労働への専念の両極にあるのは、怠惰と時間の浪費です。それこそもっとも忌むべきものなのです。

というわけで、アルマンゾの父さんが言いたかったことは、息子が冷たいレモネードという快楽への誘惑を乗り越えて節制し、そのための費用を貯金するのではなく、子ブタに投資すること、それはアルマンゾが責任を持って飼育するという労働をさせることになり、いずれその結果は何ドルという数字であらわされることになるだろう、ということなのです。

父さんは独立記念日の夜に、アルマンゾに「斧と鋤がこの国を作ったのだ」と伝えます。

そうだ、息子よ。スペイン人は兵士で、金しか欲しがらない傲慢な連中だ。フランス人は毛皮商人で、目先のお金を欲しがるやつらだ。イギリス人は、戦争に忙しい。しかし我々は農民なんだよ。土地がほしいんだ。山を越えてやってきて土地を切り開き、そこに住んで耕し、しっかり根付いた。（中略）この国を自分のものにして、アメリカを作ったのは農民なんだよ。ずっとそれを忘れるんじゃないぞ。

どうやら息子への英才教育は実を結んだようです。それはこの本の最後が、アルマンゾが農民になることを決意する場面で終わるからです。

馬車の製造所を経営しているパドックが、アルマンゾが賢い少年で馬車造りに興味を持っていることを知ると、彼を引き取って弟子入りさせたいと申し出ました。開拓が進む西部地方では馬車の需要は高まっており、木工に興味があるアルマンゾにとって、成長産業の職人への弟子入りは決して悪い話ではなかった。事実経営者のパドックは、大きな農場を経営するアルマンゾの父より収入が高かったようである。父さんはアルマンゾの希望を聞くにあたり、フェアであろうとする。

私はお前に気持ちを決めてほしいと思うんだよ。パドックといれば、ある意味で楽な生活が送れるだろう。どんな天気でも、外に出ることなんてないんだ。寒い冬の夜には、ぬくぬくとしたベッドに入っていて、家畜の子供が凍える心配をする必要はない。雨の日も日照りの日も、風が吹こうが雪が降ろうが、建物の中にいられるんだ。壁のなかにしっかりとね。おそらくはいつだってたっぷりと食べるものと着るものはあるし、銀行にお金だってあるだろうよ。

ここで商人にさせたくない母さんは激怒します。お客さんであれば誰にでもペコペコしなければならない商人は、自分の魂を捨ててしまっているのだ、とさえ思っているからです。

しかし父さんは続けます。

しかし他の面もあるんだよ、アルマンゾ。町ではな、他の人に頼って生きなければならないんだ。手に入れるものはなんだって、他の人からもらわなきゃならないんだ。

農民が頼るものは、自分なんだよ。そして土地と天気だな。農民であれば、食べるものは自分で作り、着るものは自分で用意する。暖まるのは自分の材木を切った薪でだ。働くのは大変だが、それは自分がしたいだけでいいんだ。誰にも行けとか来いとか言わせやしない。農場では、お前は自由で独立しているんだよ。

安楽であることとか、豊か（金持ち）であることよりも、「自由で独立」していること、それがアルマンゾの父親にとって大事なことなのでした。食卓では子供は話を禁じられています。そこで初めて「望むことを言っていい」と言われたとき、アルマンゾは両親の期待に応えて父親のような誇り高い農民になりたいとは素直に答えず、「僕が望むのは子馬なんだ」と答えるのでした。お父さんはにんまりです。

●注●

21 「ちびまる子ちゃん」や「サザエさん」のエンディングを聞いて憂鬱になる日本の子供のほうがずっとましなのでしょうか？

22 私なら子供に冷たいレモネードを飲ませてあげる誘惑にとても抗えません。

コラム⑤ テレビ・シリーズの人物たち

オルデン牧師

テレビ・シリーズの脇役で、原作にも出てくるのがオルデン牧師である。ネリーと同様、原作ではちらりとしか登場しません。テレビのオルデンは太った初老の男性ですが、原作ではもっと若く、背が高く痩せている（開拓地なんだから丸々と太っているはずがないのだ）。伝道協会から国内宣教師として派遣されている彼は、常にあちこちを移動して教会を建てる仕事をしていました。つまり滅多に会えない人なのである。彼はいつも親切でやさしく、失明したメアリーのために盲学校の紹介をしている。ローラ、そしてインガルス一家にとっては素晴らしい牧師であったと書かれている。

しかし裏話がある。連邦インディアン監督官に任命されていたオルデン牧師は、新聞に「敬虔な顔をしたうそつき」、「ちょこちょこと金を着服している」と書かれた記録が残っている。その醜聞についてローラは知っていたかはわからない。しかし娘のローズに、「メアリーが大学に行ったすぐ後に、オルデン牧師は妻子を捨てて女の子と出奔したそうよ」と書いた手紙が残っています。我々も夢破れるが、ローラ自身もがっかりさせられていたのである。子供向けの物語にはそんなこと書けませんよねえ。

自由と独立

この「自由と独立」という言葉は、その後のシリーズでもキーワードとして使われています。それが繰り返し出てくる『長い冬』を見てみましょう。インガルス一家（ローラはまだ一三歳）がワイルダー兄弟と出会うダコタの町は、一八八〇年の十月半ばから翌年五月まで八ヵ月あまりもの長い間、断続的に猛吹雪が続くという異常気象に襲われた。線路は雪に埋もれ、生活物資や食料はまったく入ってこなくなった。

年が明ける頃、状況は危機的になってきた。町全体の食料はほぼ底をつき、暖をとるための燃料もなくなりかけていた。薪がなくなったため、インガルス一家は家畜の餌である干し草をねじって棒状にし、それを燃やしていた。もちろんすぐに燃えてしまう。しかし火が消えることは凍死を意味するので、一家は何日もずっと擦り切れる手で干し草をねじり続けた。

いよいよ町中に餓死という危機が近づいてきたとき、町から三十キロほど離れた大草原に、ひとりで暮らしている者がおり、その人物は小麦を持っているという噂が入った。それは単なる「噂」である。しかも場所も定かではない。断続的に襲ってくる猛吹雪は、たまにおさまるときもあるが、それがどれだけ続くかはわからない。その噂の男を探しに行くことは、町を救うための英雄的行為ともいえるが、あまりにも危険な、ほとんど自殺行為ともいえる。しかしアルマンゾは、その男を探す旅に出ようとしていた。

もちろん兄のロイヤルは、それは正気の沙汰ではないと反対した。しかしアルマンゾの決心は固かった。

「アルマンゾ」ロイヤルは真面目に言った。「もし僕がこの大草原でお前を死なせでもしたら、父さんと母さんに何て言えばいいんだ？」

「それについちゃあ何も言うことはない、と言えばいいのさ、ロイ」アルマンゾは答えた。「僕は自由で、白人で、二一歳……ていうかそれくらいだ。とにかく、ここは自由の国で、俺は自由で独立しているんだよ。俺のしたいようにするさ」[23]

ここでのアルマンゾの言い分は、「もう子供ではないのだから、自分の判断は自分で決められる」という意味でしょう。しかし無謀な行為に出ようとしている言い訳に「自由と独立」というのは、少し無理があるように思えます。作者のローラ（ローズの意向の可能性が高い）があえて挿入したかったキーワードであることが伺えないでしょうか。

果てしない雪野原のなかを、わずかな噂だけをたよりにアルマンゾと友人のガーランドは橇で進んでいった。凍傷になりかけながらも奇跡的とも言ってもよい幸運で、小麦を持っている男を見つけ出した。しかしその男アンダーソンは、自分が持っている小麦は翌年のための種麦で、売る気はないとはねつけた。しかたなくアルマンゾは、町の人々が飢えかかっていて、どうしてもそれが必要だと交渉するしかなかった。

「それは私には関係ないね」アンダーソン氏は言った。「自分で自分の面倒を見るきちんとした見通しを持たない連中には、誰も責任なんてないからね。」

「誰もそうとは言ってませんよ」アルマンゾは言い返した。「あなたに何かくださいなんて、誰も言ってません。一ブッシェルにつき、八二セントというすごい値段を払おうと言ってるのです。そして町で売るために運ぶのだってしなくて済みます。」

アンダーソンはしぶったが、結局一ブッシェル一ドル二五セントという破格の価格で、橇いっぱいの小麦を買うことができたのでした。

女子供を含めて、町中の人々が餓死するかもしれない、というアルマンゾの言葉に対して、にべもなくはねつけたアンダーソンはとても冷たい人間だと思われるかもしれません。しかしここは西部開拓地であり、すべての人間が自己責任で生きていく土地なのです。「他人のことは関係ない」という考え方もまた「自由と独立」という言葉の一面であるのです。そしてアルマンゾも情に訴える気は全くなく、あくまで対等のビジネス、値段の交渉によって小麦を手に入れたのでした。

そしてアルマンゾたちが帰ってきたときのことだ。小麦の買い付けに出資した商人のロフタスに対して、小麦を運んできた二人は、この過酷を極めた旅に対する手間賃をまったく要求しなかった。しかしロフタスは、食料がなくなりつつある人々の足元を見て、法外な値段を要求した。以下は怒って押しかけてきた人々を前に開き直るロフタスとチャールズの会話である。

「あの小麦は俺のものだから、俺はそれに好きな値段をつける権利がある。」

「そうだ。ロフタス、お前には権利がある」インガルス氏は彼に同意した。「ここは自由の国で、誰もが自分の財産は好きにする権利がある。」彼は群衆に言った。「みんな、それは事実だとわかっているだろう。」そして続けた。「我々の誰もが自由で独立しているんだということを忘れるなよ、ロフタス。この冬が永遠に続くわけじゃない。そしておそらく、それが終わったあとにもお前は商売を続けたいだろう。」

「お前さんは俺を脅かしているんだな?」とロフタス氏は尋ねた。

「そんな必要はないさ」インガルス氏は答えた。「ただのはっきりとした事実だよ。お前さんが好きなようにする権利があるなら、こちらにも好きにする権利があるってことさ。どちらにとってもそうだってことだよ。」

ここでのチャールズの言い分は、「ふっかけるのも自由だが、冬が終わってから我々がどういう行動を取るかも自由だぞ」というものだ。これが意味するのは法の下での公平性、そしてその範囲内では何事にも縛られることはないというアメリカ的発想である。つまりローカルな習慣や道徳性（例えば人情といったもの）はほとんど効力を持たないのである。

●注●

23　実はアルマンゾはこのとき十九歳でした。しかし払い下げ農地を申請するには二十一歳でなくてはならず、アルマンゾは年齢詐称をしていたのでした。

リバタリアニズム

さらにそのアメリカ的発想は、法律や条例といった規制を最小限にとどめようとする側面がある。[24] それは行動の「自由」を最大限にしようとする裏返しの結果です。ここにあるのは「大きな政府」と「小さな政府」という両極の特徴です。『農場の少年』の「独立記念日」の章で、ワイルダー一家は町のお祭りにでかけました。そこでは星条旗がはためき、楽隊が演奏をし、連邦議会議員が独立宣言を読み上げます。

それから二人の男が出てきて長い政治の演説を始めました。ひとりは高い輸入関税を主張し、もうひとりは自由貿易を主張しました。すべての大人たちは一生懸命聞いていましたが、アルマンゾはその演説があまりよくわからなくて、お腹が空いてきました。

何気なく挿入されていますが、ここにはその後アメリカを分断した大きな政治的選択が示されていたのです。

「大きな政府」とは、政府の権限が強く、そのぶんだけ個人の権限は制限されます。制限されるその内容は、経済活動の自由や個人の財産権など、一方で思想的、政治的自由などです。つまり規制の強い社会では、品薄になったものを買い占めて高く売りつけたり、資本家が金にものをいわせて独占的な商売をし、富が膨れ上がるのを抑制します。それが強くなれば経済活動の国有化が進みます。税金を高くして、弱者に手厚い公共の福祉を充実させ、年金も十分にする。相続税も高く、富の集中が固定化するのを防ぎます。そういった社会は、「自分は好き勝手にやりたいので不参加」とか「みんなのための公共機能を妨害すること」は許されないわけですから、国家運営・管理機関に対する批判は否定されます。つまり「大きな政府」は、個人に対する公的機関、警察（軍隊）や官僚、政治家の権力が強くなるわけです。それが極端になってくると「全体主義」に近づき、「ファシズム」（主に思想的・政治的自由に対する抑圧）や「共産主義」（主に経済活動の自由や財産権への制限）となります。[25]

「小さな政府」は、政治家や官僚の権限を最小限にとどめようとするものですから、経済活動にはできるだけ規制をかけず、税金も最小限にするために公共の福祉も少なく、自分のことは自分で守らなければなりません。思想の自由、言論の自由は最大限に守られます。弱肉強食の側面があり、様々な意見や価値観が交錯する多様な社会となるでしょう。こういった「全体主義」の正反対に位置する考え方を「リバタリアニズム」といいます。[26]

ローラが「小さな家」シリーズを書き始めた一九三〇年代は、アメリカに端を発して世界中に広がった大恐慌の時代にぴったりと重なります。[27] 株価は大暴落し、個人所得や物価は下落して国中に失業者があふれ、市場は大混乱となっていました。一九三三年に大統領に就任したフランクリン・ルーズベルトは、その大恐慌に対処するために「ニューディール」と呼ばれる政策をとりました。[28] それは従来の自由主義的経済政策、すなわち国は市場に口を出さない放任主義からはうって変わり、政府が積極的に関与するという政策への転換でした。

ルーズベルトはまず銀行救済の措置をとって取り付け騒ぎをおさえ、大胆な金融緩和を行って公共事業を拡大、それによって景気回復と雇用確保を全米に広げようとしました。これはまさに「小さな政府」から「大きな政府」への大転換であり、いまの日本でも「大きくしろ」「小さくしろ」の論争は続いていますが、当時のアメリカでは建国以来の伝統的自由主義的経済からの大転換であるので、国を二分する大論争となっていたのです。ローラの立場は西部開拓民らによく見られる自由主義者であり、娘のローズははっきりとしたリバタリアンで、それを積極的に推進する論客でもありました。[29]

ではローラの思想的立場を示す資料を見てみましょう。彼女は「小さな家」シリーズを執筆する十年以上も前の一九一七年に、『ミズーリ農村生活者』という雑誌に「野の花束」というエッセイを寄稿しています。それは夫のアルマンゾがいつも野原や森に咲いている野生の花を摘んで持ってきてくれるというロマンチックな話から始まります。ローラ五〇歳。そのいろいろな種類の花を見て、ローラは大きな森に住んでいた幼い頃を思い出し、「結局のところほんとうのものとは、人生の中でこういったうっとりさせるような、でもごく普通のものなのではないか」と学んだと言います。そして結論に向かうところで、話は思わぬ方向へ向かいます。

ロシア革命は、ロシアの人々を中世の歴史の初期にあった政府の民主的形態に戻しただけのことで、共和国なんてものは何も新しいものではないのです。私が思うに、私たちはそれぞれの生活の中で個人的な革命を行い、より簡素な生活ともっとまっすぐな考え方に戻ったほうがずっと幸せになれるのではないでしょうか。人生を価値あるものにするのは、生活の中の素朴なもの、愛と義務とか仕事と安息とか、自然に寄り添った生活といったような、素敵であり根本的なものなのです。

私の手にする野生の花束に、美しさと香りで匹敵するような温室育ちの花などありはしないのです。

ここで突然言及されている「ロシア革命」は、一九一七年のロシア帝国で起こった革命のことで、歴史上初の社会主義国家が樹立する発端になった出来事です。これは言ってみれば「大きな政府」を突き詰めた共産主義革命の始まりであり、その大きさたるや全世界を包括する世界革命を目指すものにつながるわけですから、世界中が注目したわけです。その見方は「すべての人々を救う平等な理想郷」と憧れるものから、「人々から自由と自立を奪うおぞましい全体主義世界」と忌み嫌う両極があり、ローラは明らかに後者でした。このエッセイはロマンチックな話題を枕にしてはいますが、言いたいことの要点は、大きくて複雑な政治システムには反対で、政府からの干渉のない自由で独立した生活の擁護ということでしょう。それもロシアという他人事ではなく、その政治形態を選択しようかというアメリカ国民の意見に対するアンチテーゼです。

そして恐慌真っ只中、シリーズ四作目の『プラムクリークの土手で』(一九三七)を書いているとき、ローラは婦人クラブの講演でこのように語っています。

南北戦争に続く不況のなか、私の両親は多くの他の人々と同じように、銀行の破産ですべての蓄えを失いました。二人はウィスコンシンの大きな森のはずれで、荒れた地を耕しました。そして天候やインディアン居留地のインディアンたちの恐怖と闘いました。プラムクリークの土手では、二年続けてイナゴで作物を失いました。その時代の他の人々と同じように、寒さや暑さ、厳しい労働と窮乏に苦しみました。出来るときには悪いことを良いことに変え、出来ないときにはそれを耐え忍んだのです。二人も近隣の人々も、助けを求めることはしませんでした。他の人々も政府も、二人の生活を支える義務などなかったのです。二人は二人だけでその義務を背負い、なんとか借金を払ったのでした。そして自分たち自身の道を歩んだのです。

二人の古い価値観は、今でもなお我々が厳しい環境にあるときに、助けになるのです。私たちが今日必要としているのは勇気、自分への信頼、誠実さなのです。

これを一般論として読んでしまっては、大事なことを見逃してしまいます。このときは恐慌の真っ只中で、ルーズベルトがニューディール政策をとって市場経済に大きな変革を始めていたときのことです。おそらくは誰もがその成り行きを注視していたときであり、ローラは思わぬ「シリーズ」の大成功からその作品にかかわる話の講演を頼まれたとき、その執筆の動機が当時の政策論議に深くかかわっていたことを述べているのです。「大きな政府」か「小さな政府」か、すなわち政府が積極的に市場経済をコントロールして富の再配分をするのか、もしくは政府の力を最小限にとどめて人々の自由を最大限に保ち、自立と自助努力を促す社会にするべきなのかという議論に対する自身の意見表明であったのです。

ローラは一九三一年、六十四歳のときにアルマンゾと一緒に車に乗って四十年ぶりに「小さな家」シリーズの舞台となったサウス・ダコタ州のデ・スメットを訪れました。この旅はシリーズ一作目の『大きな森の小さな家』が出版される前年ですから、その執筆にかかわりがありそうです。ともあれ、ローラはその旅日記を残しました。

この時期は前述した通り、大恐慌時代と重なります。ローラはハイウェイを進みながら、農地が荒れているのを目撃します。ガソリンスタンドの店員は、あちこちから来る人たちの話を聞いているが、それによれば、どこもかしこも同じような状況らしいという。ローラはその悲惨な状況の原因が、税金にあると見ています。

まったく、荒れ果てた国だ。税金を払うために売られてしまう。五十ものこういった素晴らしい農場が、いまや税金のために売りに出されているのです。多くは既に売られてしまい、残りはそれを待っている。長くはもたないでしょう。もう十年も、これらの農場からは利益が出ていない。

農作物の値段がひどく下がったり凶作が続いたりすれば、農家の収入は途絶え、待ってくれない税金によって農民は農地を手放さなければならなくなる。そしてどこもかしこも持ち主のいない荒地となってしまう。その諸悪の根源は税の取り立てにあるとローラは考えます。

ガソリンスタンドの店員は、ネブラスカでは道路をセメント敷きにし始めており、それで税金がずっと高くなるだろう、と言っていました。まったく、農民たちがこの国から歩いて出て行くための立派な道路なんてことじゃないかしら。

集められた税金は、道路交通網のようなインフラにも使われます。それによって流通経路が改善され、効率のよい経済活動が保証され、全国民が豊かになるだろうという考え方もあります。またそういった大規模な公共事業は失業者にとって貴重な就労機会となります。[30] しかし限りなく自給自足に近い、自立した生活を誇りに思う開拓民にとっては、そんなことはよけいなことであって、インフラの整備などはいらないから税金を取らないでほしい、というのが「小さな政府」志向の考え方なのです。

それはまた『長い冬』のなかで、インガルス家を訪ねてきたエドワーズさんの口からも出てきます。

「わしは春になったら、はるか西に行くつもりなんだ」とエドワーズさんは言いました。「ここらの土地は、わしには開けすぎなんですよ。もう政治家たちが群れを成してきている。イナゴより悪いもんといえば、そりゃあ政治家だよ。郡庁所在地の町を維持するために、ありとあらゆるものに税金をかけやがる。まったく郡なんて何の役に立つんだか。我々はみんなそんなものがなくて、ずっと幸せに満足してたんだから。

エドワーズのところにも収税吏がやってきて、彼の財産に課税しようとしたので、彼はそれを嫌ってまだ未開拓の西部奥地へ行こうとしていたのです。「自由と独立」を保持し、政府を含めて一切の介入のない、自分だけの生活を送りたいというまさにリバタリアンの生き方です。テレビ・シリーズでは準レギュラーだったエドワーズさんは、原作には滅多に出てきません。どうやら架空の人物だったようです。そのキャラクターを登場させて、あえて政治的発言をさせるというのは、著者の主張がこめられていると考えられるでしょう。

西部開拓者たちにとって、政府や官僚などは「あとから湧いて出てきた者たち」です。ですからたしかに「税収」と言われては面白くないでしょう。政府などの公的機関を維持するには莫大な金額を必要とします。エドワーズさんはそれが不愉快で、自然災害よりひどいと言っています。また税金は福祉にも使われます。「自然災害で飢え死にしようが、それは自己責任」という考えのアンダーソン氏に、アルマンゾも同意しました。セーフティーネットを構築するには、それを管理する機関を作らなければならない。それには税金を納める必要があるでしょう。そしてどんなあくどい商取引をしようが、公正取引委員会や裁判所による「規制」よりも、「自由な取り引き」をチャールズは認めます。

さらに、税収によって支えられる国家の大きな役割を担うのは、国民の平和と安全を守る軍隊や警察の存在です。リバタリアンは、それも最小限にとどめるべきだと考えます。[31] 自分のことは自分で守れ、ということです。ではそのような厳しい自己責任の世界を垣間見るエピソードを見てみましょう。

『大草原の小さな家』で、インガルス一家が新たな土地を求めて大草原を馬車に乗って旅をしているときのことでした。広い草原の真ん中で、ぽつんと一台の馬車が止まっていました。馬がいません。乗っていた夫婦は黙って座っています。どうしたのかとチャールズが尋ねると、夜に泥棒につないでいた綱を切られて馬を持ち去られてしまったとのことでした。「馬泥棒には縛り首がふさわしい」とチャールズは言います。馬車はあとで取りに来るとして、二人は町まで馬車に乗って行かないかと申し出てもらっても、全財産を残して行く気にはなれないと言って馬車を離れないので、このまま残して行くしかありませんでした。

二人を置いていったあとで、チャールズは怒ってつぶやきます。

「甘ちゃんだ！　全財産を持っていて、見張りの犬がなしだ。自分できちんと見張ってなかった。そしてロープで馬をつないでいただけなんだ。」父さんは鼻息荒く言った。「甘ちゃんだよ！」ともう一度言いました。「ミシシッピの西まで、のこのこ来るべきじゃなかったんだ！」

馬泥棒を「縛り首」というのもやりすぎのような気もしますが、大草原の真ん中で馬を失うことは、命綱を失くすことにも等しいので、それくらいの重罪だという認識なのでしょう。しかしチャールズの怒りと厳しい批判は、むしろ盗まれた被害者の不注意のほうに向けられています。リバタリアン的考えでは国家権力、つまり警察機構を最小限にして「自由と独立」を最大限にするといっても、まさか「他人のものを盗む自由」までは認めないでしょう。しかし何かに頼らず、自分の身と財産は自分で守るという「自己責任」は厳しく求められているのです。

『シルバー湖のほとりで』では、インガルス一家は大草原を貫く鉄道工事の現場で働きます。そういったところには、当然荒くれどもが集まってきています。両親は娘たちに、労働者たちが働いているところには近づかないように、彼らの仕事が終わる頃には必ず家の中にいるようにと注意します。おそらくはオオカミの群れの中でうさぎたちを育てているような気持になっていたことでしょう。

その工事現場で馬泥棒が現れた。そのときインディアンとの混血の男が疑われた。ひとつには差別意識。もうひとつはその男に賭け事で負けた連中が逆恨みをしたからだ。そのような言いがかりによる殺人の危険が迫ったとある夜、チャールズは馬泥棒を捕まえるために他の連中と銃を持って出て行った。ローラはとても心配したのだが、父さんは無事に帰ってきて、疑われた混血の男も無事だったという。

そのあとで、ローラは父さんが母さんにそっと言うのが聞こえたのでした。

何よりいい事はね、キャロライン、シルバー湖の野営地では、もうぜったいに馬が盗まれることはないということだよ。

これはどういうことでしょうか。馬泥棒の真犯人が、撃たれて死んだという意味に取れるでしょう。あくまで可能性ですが、チャールズを含めた自警団が射殺したと思われるのです。

最後にローラが銃を手にしたというエピソードです。「小さな家」シリーズは、ローラとアルマンゾが結婚する第八作目の『この素晴らしい幸せな年月』が最終巻です。しかしローラの生前には出版されなかった、二人の結婚後の生活を描いた物語が残っていました。それは『我が家への道のりで』というタイトルで、娘のローズが加筆をして一九六二年に出版されました。[32]

結婚後にアルマンゾは家族を支えるために農業に奮闘しました。しかし七年間もの干ばつが続き、その間も税金は取られ、生きていくためと毎年翌年の種を買うために借金を重ね、最後には銀行に土地を取り上げられ、その銀行も国中で倒産し、大恐慌が訪れました。[33] アルマンゾとローラ、そして娘のローズを加えたワイルダー一家は、ほとんどすべての財産を失い、新天地を求めてインガルス一家の住むサウス・ダコタ州デ・スメットからミズーリ州マンスフィールドへ引っ越しをしました。この作品はその旅日記なのです。

ワイルダー一家の新しい土地を探す旅が終わろうとしているとき、突然見知らぬ男が姿を現した。裸足でボロボロの服、髪はもじゃもじゃでガリガリに痩せているが、目はギラギラとした風体である。その男が近づいてきたとき、ローラは蛇のようにすばやく、リボルバーの入っているポケットに手を入れたのでした。型通りの挨拶が交わされ、その男は仕事を探していると言うが、この土地に来たばかりのワイルダー一家に仕事を紹介できるはずもない。緊迫した沈黙が続いた。

その男は静かにゆっくりと、夢でも見るように話し始めた。彼の家族は何か食べるものが必要だ、と彼は言いました。彼の妻と五人の子供たちは、小川のそばにとめた馬車のなかにいる。一家はこの夏中、仕事を求めて旅をしてきた。もう一歩も先に進めない。食べ物が底をついて、もう三日が過ぎていた。彼は仕事を得なければならないので、馬車の通った跡を見つけて追ってきたのだ。何か食べるものがなければ、もうダメだ。

そこで言葉が止まった。これ以上言うことがなかったのだ。するべきこともない。何も食べるものがなくなったとき、何が起るか、わかっていた。無になるということである。

幸いローラは手にしたリボルバーを使うことはなかった。アルマンゾはローラの反対を押しのけて食べ物を分けてやり、翌日から二人で協力して木を切り出して薪を作り、それを町に売りに行き、生き延びる金を得ることができたのでした。アルマンゾがかけた情けは、もしかするとその男が家族を守るためになりふり構わぬ行動に出ることをおさえる現実的な防衛策だったのかもしれません。しかしローラが旅の途中、常にリボルバーをすぐ使えるように身に着けていたということに注目するべきです。

大西部の真ん中では、警察官がいないのはもちろん、自分の他に頼るものはありません。その準備が出来ていないものは、そこに生きていく資格がないと非難されるのです。現在のアメリカ合衆国は銃による殺人事件、犯罪が絶えることはありません。私が以前にロスアンゼルスを訪れたとき、その町では毎日のように銃で撃たれて死ぬ人がいるので、殺人事件は特にニュースにもならないということを聞いてショックを受けました。そして日本のように銃を持つことを国全体で厳しく禁止すればいいのに、どうしてそうしようとしないのかといまでも思います。その背景には、西部開拓時代から続いている「自分自身は自分で守るもの」、それを国や警察に依存はしないという考え方が根強く残っているのではないでしょうか。[34]

●注●

24 日本ではコロナ禍のもと、品薄になったマスクを買い占めて、必要に迫られた人に高額で転売する悪賢い連中が出てきたら、世論に押されて法律でマスクの転売を禁止しました。日本では「最大限の自由の確保」より、政府や官僚の権限を広げて「取り締まれ」という声のほうが強いようです。

25 ここでお気づきかと思いますが、「大きな政府」と「小さな政府」という分類をすると、政治的な「右」と「左」という分類とは違った様相が見えてくるでしょう。政治的左右は、どちらも行きつくところは「大きな政府」なのですから。

日本の政府はだいぶ大きいと言えるかもしれません。憲法第二五条には、「すべて国民は、健康で文化的な最低限度の生活を営む権利を有する。国は、すべての生活部面について、社会福祉、社会保障及び公衆衛生の向上及び増進に努めなければならない」と書いてあります。「みんなで（強制的に）出し合って、全員が助かる社会」という理念ですからね。しかし戦後からほぼずっと政権を担っている、自由経済を建前とする「自由民主党」が、銀行にどんどんお金を発行させてそれで国債を買ったり、年金の積立金で株を買ったり（民間会社を国有化？）するのは、経済的には自由主義とは言えない気がしますね。「自由経済」とはいいながら、日本は実はだいぶ政府の権限が強い「大きな政府」なのです。

一方国民のほうでは、「税金を下げろ。教育費は安く。年金が少ない。」といった倒錯的な主張は誰もがするものです。問題の核心は税金を高くして福祉を手厚くする社会か、税金を低くして自助努力に任せる社会かという選択かもしれません。私は両極に走らないようにバランスをとることが大事だと思うのですが、自分が若いか老人か、社会的弱者か強者かという環境に振り回されずに（自己利益に固執せず）考慮することが大事なのだろうと思っています。

26 日本語では「自由尊重主義」とか「自由至上主義」といった訳語もありますが、いずれもあまり定着せず、カタカナで「リバタリアニズム」と呼ばれることが多いようです。

規制をなくして各個人の自由をつきつめれば「アナーキズム」という、「無政府主義」となります。これはもう「大きいか小さいか」ではなく、統治機構そのものを否定するので、ここでは取り上げません。

27 経済的な大混乱のなかだからこそ、古き良き時代を描いた「小さな家シリーズ」が注目されたとも言えましょう。ノスタルジアです。経済的衰退期に入った今の日本で、昭和の高度成長期に対する郷愁が感じられるのと似ているかもしれません。

28 “deal”とはトランプ大統領が好む言葉で「取引」という意味もありますが、ここでは同じトランプでもカードゲームのトランプで使われる言葉、「手札を配ること」という意味です。それに“New”がついているので、「新たにカードを配りますよ」という意味です。すなわち「新しい政策で国の富を配り直しますよ」という意味なのです。

29 ローズはリバタリアニズムを主張する著作を出版したその道の評論家となりました。だからこのシリーズにはその傾向が垣間見られるのです。彼女の後継者となったロジャー・マクブライドは、自分をローズの「遺言執行者」「相続人」「政治での弟子」「養孫」と言っていました。彼はローズの死後に見つけ出したローラによる草稿の『最初の四年間』と『故郷から西へ』を出版し、さらにテレビシリーズのプロデューサーにもなりました。そしてなんと、リバタリアン党の候補として、一九七六年の大統領選挙に立候補しているのです

（そのときはカーターが当選）。

30
現代の豊かな先進国に暮らしている者としては、道路や橋の整備といった公共性の高いものは、全国民から徴収した税金を使って日本中くまなく対処するべきだと思っています。しかし「雇用創出」のためにというのはどうか。たしかに「公務員か公共事業くらいしかない」というような就職機会が少ない地方にとって、「ムダなダム」や「車の通らない高速道路」、「海を見えなくする刑務所の壁のような防潮堤」の建設は、何年もの間、莫大な数の人々にとっての収入源となるし、経済が回る。それゆえに政治家にとって選挙ウケになる。「景気よくいこーぜ！」しかしそのために大増税をすれば選挙ウケにならないので、どんどん国債という借金をし、ついには返却不能な天文学的金額の負債を後世に押しつけることになる。「知ったこっちゃねーぜ！」

リバタリアンのミルトン・フリードマンは、そういった現実を痛烈に批判しています。少し長くなりますが、いまの日本のことを言っているように聞こえてじ〜んとしますので、ここに引用します。長い脱線も厭わない「注」って便利ですねえ。

「ニューディール」以来ずっと、連邦レベルでの政府活動の拡大の主な理由づけは、失業をなくすために政府支出が必要であるとしてきた。その理由づけはいくつかの段階を経てきました。最初は「呼び水」のために政府の支出が必要だった。一時的な支出で経済が動くようになるから、政府はその時に引き下がればいいのです。

当初の支出が失業者をなくすことに失敗し、一九三七—三八年の急激な経済収縮が続くと、恒久的に高水準の政府支出を正当化するために、「長期停滞論」が展開された。それによると、経済は成熟してきたというのである。投資機会は大部分が利用されており、実質的な新規の機会は発生しそうにありませんでした。それで個人は貯蓄したいと思うでしょう。というわけで、政府が支出して恒久的な赤字を垂れ流すことが不可欠でした。赤字財政のために発行された国債は、政府支出が雇用を提供している間に貯蓄を増やしていく方法を個人に提供することになる。この見解は、理論的な分析によって、さらには実際の経験によって、徹底的に不信感を抱かせました。長期停滞論者が夢にも見ていなかった民間投資のための全く新しい路線が出現したことを含めてです。しかし、その遺物は残っています。この考えは誰にも受け入れられないかもしれないが、その名の下に実施された政府のプログラムは、あの「呼び水」の支出と同様に、今でも私たちの手元にあり、実際に増え続ける政府の支出を占めている。

31 「景気浮揚のために財政出動」は最初だけ「緊急の刺激策」のつもりだったのに、低成長が延々と続くことになり（長期停滞論）、赤字が積み上がっていく「ドロ沼」というか「底なし沼」にはまりこむ、というフリードマンの指摘は、今の我々に対して「そら見たことか」と言っているように聞こえてなりません。

32 軍隊や警察は「国民の平和と安全を守る」ためにあると建前を書きましたが、歴史を振り返って見てみれば、いや現在の様々な国々の様子を見てみれば、軍隊や警察は外敵や悪人を取り締まるというよりも、権力者の言うことをきかない（ときには罪のない善良な）自国の一般市民を取り締まることが多いということを忘れてはならないでしょう。ファシズムや共産主義など、「大きな政府」にその傾向が強いことも心にとめておくべきです。

33 私が生まれた年です。それはどうでもいいことですが、まだまだそんなにはるかな過去の話ではないというのが感慨深いのです。ローラが亡くなったのはその五年前の一九五七年。一九五一年に日本人の少女がローラにファンレターを送り、その返事が来ていたことがニュースになりました。（そういえば私の子供の頃は、本には著者の住所や電話番号が普通に書かれていましたね）どうです。西部開拓時代は、そんなに昔の話ではないのですよね。「六二年前の少女どこに：『大草原の小さな家』ローラへの手紙」朝日新聞夕刊、二〇一三年五月一日。

娘のローズがまだ小さいその頃、アルマンゾとローラはジフテリアに罹ってしまいました。死亡率の高い、恐ろしい感染症です。幸い二人は快復しましたが、アルマンゾは止められたにもかかわらず病後すぐに働き出し、それが原因で体が麻痺し、若くして足を引きずる不具者となってしまいました。テレビ・シリーズのネタになりそうですが、一話ならまだしも、レギュラーが出てきてすぐに障碍者になってしまっては話になりませんね。アルマンゾがレギュラー出演する「新大草原の小さな家」では、彼はずっと元気に活躍しています。

34　ちなみにアメリカ合衆国では今でもあれだけ犯罪が多いので、日本のようにあちこちに交番を設置したらどうかという提案が出たとき、「近所に警察官がウロウロしていたら恐い」という反応が多いという話を聞きました。たしかに警察官による暴行事件は後を絶ちません。

土地の所有

「自由と独立」を最重要視するリバタリアニズムは、税金を集めて富を再分配するという「大きな政府」を嫌いますので、自分で働いて得たものは自分のもの、という財産権を重要視します。そのひとつが「土地の所有」です。そもそも土地が自分のもの、というのも奇妙な話です。もともと人間を含めてあらゆる生物がこの地球上を自由にウロウロしていたというのに、「ここは俺のものだから入るなよ」という主張がどういう論法で成り立つのでしょうか。残念ながら、現在でも国家間の領土争いは絶えることなく続いており、力のあるものがのさばっているのが現状です。

その土地の所有について、ルソーが『人間不平等起源論』（一七五五）で面白いことを言っています。

ある土地に囲いをして「これはおれのものだ」と言うことを思いつき、人々がそれを信ずるほど単純なのを見いだした最初の人間が、政治社会の真の創立者であった。杭を引き抜き、あるいは溝を埋めながら、「こんな詐欺師の言うことを聞くのは用心したまえ。産物が万人のものであり、土地がだれのものでもないということを忘れるならば、君たちは破滅なのだ！」と同胞たちに向かって叫んだ人があったとしたら、その人はいかに多くの犯罪と戦争と殺人と、またいかに多くの悲惨と恐怖とを、人類から取り除いてやれたことだろう。

土地を耕すことが始まると、土地の囲い込みと私有が始まるのは不可避である。それが争いと貧富の格差を生み出すのは必然だ。ルソーの言葉は密度が濃い。

相続が数においても範囲においても増大して、地面全体をおおい、どれも皆お互いに相接するほどになると、そのあるものは他のものを犠牲にしなければもはや拡大できなくなってしまった。そして人数からはみ出た人たちは、弱いかまたはのんきなために、自分の相続を手に入れることができず、周囲は何もかも変わるのに、自分たちだけは少しも変わらないので、何も失わないのに貧しくなり、そのため富める者の手からその生活手段を受け取るか、あるいは奪うかせざるをえなくなった。そしてそこから、人それぞれの異なった性格によって、支配と隷属、または暴力と略奪とが生まれはじめた。一方富める者のほうも、支配するという快楽を知ると、たちまち他のあらゆる快楽を軽蔑した。そして彼らは新しい奴隷を従えるために古い奴隷を使い、隣人たちを征服し屈服させることとしか考えなかった。

ルソーの言うことはごもっともで、人間社会は発展と共に必然的に修羅場への一方通行になるという指摘は当たっているところがあるだけに、我々を悲観的な気分にさせます。人間は本来善に生まれてくるのであるが、社会が人間を悪に染めるとルソーは主張しているので、彼はそもそも悲観主義者的なところがあります。西部開拓の歴史を見てみると、ヨーロッパからやってきた白人がアメリカ原住民を大量殺戮したところから始まるので、土地をめぐっては横暴な連中がのさばるというのはルソーの言う通りだったといえましょう。

ではそもそも「所有する」とはどういうことだろうか。一六九〇年に、英国の哲学者ジョン・ロックが『統治論』という書物で考察を述べている。なぜそこまで遡るのかというと、この本はアメリカ独立宣言の基礎となったこと[35]、そしてリバタリアニズムの古典である、アメリカの哲学者ロバート・ノージックの代表的著書『アナーキー・国家・ユートピア』(一九七四)の枠組みにもなったからである。

ロックが言うには、もともとすべての被造物は人々の共有物である。しかし他の人の権利を排除した「私的所有物」というのはどういう根拠によって可能になるのだろうか。たとえば森の中でどんぐりを集めたりリンゴを拾ったりすれば、それはその人のものとなる。どの時点からといえば、それを集めたり拾ったりといった「労働」が加えられたときである。たしかにルソーが言ったように、広い砂浜で「ここは俺の場所だから入るな」と言えば横暴な気がするが、砂でお城を作ってそのまわりに壁を造れば(労働を加えれば)、他の人間が砂の壁をまたいでお城を壊そうとしたら「入るなよ」という権利はありそうだ。

しかし好きなだけ際限なく独占していいわけではない。ロックはその人が利用できる限り(リンゴなら食べられる量で)、その自然の恵みを損なったり破壊したりするのでない限り、と条件をつけています。ここまでは説得力がありそうです。しかしロックがこれを書いたのは一七世紀、いまから三百年以上も前のことです。未開拓の土地や天然資源はまだまだどれくらいあるかわかっておらず、アメリカ新大陸は手をつけていない土地が広がっているので、無駄にせずに労働を加えて有効利用すべきだ、とまで言っているのです。

現代の我々から見れば、広大な土地の囲い込みを行って、そこで近代的な機械を用いて大規模農場を経営したほうがはるかに効率的だし、その膨大な量の収穫物は貨幣(現代では単なるデジタルな資産か)に替えるのが当然であるし、結局そういう資産はひとりの人間が何億人を養うほどの金額を所有するほどになってしまいました。「所有は自分が消費できる範囲で」などというのは、あまりにもナイーブな御意見ですね。まあ「そもそも」の所有論ですから、現代の状況から批判してもしかたありません。「所有は労働を加えたことによって成立する」という論法に注目しておきましょう。

少し脱線しますが、サン=テグジュペリの『星の王子様』で「所有」に関して面白いエピソードがあるので、以下に引用しましょう。[36] ふるさとの星を出た王子さまは、宇宙を旅しながら様々な興味深い人物と出会います。そのなかのひとり、ビジネスマンは休むことなく空の星を数えていました。王子さまが何のためにそんなことをしているのかと尋ねると、ビジネスマンは「星を所有して、金持ちになるのだ」と言います。

お前が誰のものでもないダイヤモンドを見つけたら、それはお前のものだ。誰のものでもない島を見つけたら、それもお前のものだ。誰よりも早くある考えが浮かんだら、お前はそれで特許を取って、それはお前のものになる。ところで、星はおれのものだ。というのも、おれより先に星が自分のものだと考えついたやつはいなかったからだ。

それなりに説得力がありますね。いまでも国家間の領土問題で、とある岩礁を見つけて記録したのはこっちが先だ、なんて言い合っているのを思い出します。上記のビジネスマンの主張に対して、王子さまは以下のように答えます。

ぼくは花を一本持っていて、毎日水をやっているし、火山も三つ持っているんだけど、一週間に一度は掃除をする。休火山の灰かきもする。わからないだろうけどね。ぼくが火山や花を持っていると、それが火山や花の役にも立つんだ。だけど、きみは星のために何の役にも立っていない……」

この言葉に、ビジネスマンは何も答えることができませんでした。「所有する」ということが成立するためには、所有していない周囲の人たちに対して、武力によってあきらめさせるか、もしくはお互いが納得できるルールを共有することが必要です。このビジネスマンは、残念ながらどちらも出来ておりませんので、黙るしかなかったのでしょう。

ロックや星の王子さまが言うには、どうやら「所有する」ということは、「自分の管理できる範囲においてて、その土地や資源を有効利用できること」が条件になっているようです。理不尽な「力」による土地の占有、次に「土地の有効利用」による所有権の主張、これらの考え方が、「小さな家」シリーズにも見られるのです。

西部開拓の最前線にいたインガルス一家は、「インディアン」と呼ばれていたアメリカ原住民と何度も接触しています。キャロラインは上品で誇り高い白人なので、「野蛮」で「未開」のインディアンが嫌いです。しかし子供のローラは偏見がないので彼らに興味津々です。母親としては関心を持ってもらいたくないのですが、その理由をうまく説明することが出来ません。

「どうして母さんはインディアンが好きじゃないの?」ローラは尋ねて、垂れてきた糖蜜のしずくを舌で受けとめました。

「ただ好きじゃないのよ。指をなめるのをよしなさい、ローラ」母さんは言いました。

「ここはインディアンの国じゃないの?」ローラは言いました。「好きじゃないなら、どうしてこの国に来たの?」

母さんは、ここがインディアンの国かどうかはわからないと言いました。キャンザス州の境だってわからないんだと。ともあれ、インディアンはまもなくいなくなるだろう。父さんによると、ワシントンの人が、インディアン居留地はもうすぐ移民にあけわたされると言ったらしい。もうそうなっているのかもしれない。ワシントンはあまりにも遠いので、わかりようもないのだ。

ここでは土地の所有をめぐる正当性については、むしろ意識的に無視されています。このように描写したローラとローズは、原住民を追い出した移民として、やはりうしろめたさや罪の意識があったのでしょう。

大草原に住んでいるとき、父さんが町へ出かけたときは女子供だけになるので、恐いのはその間にインディアンがやってくることでした。隣人のスコット夫人が様子を見に来て言いました。

インディアンと面倒なことが起こらなければいいのだけれどね、とスコット夫人は言いました。スコットの旦那さんが、トラブルの噂を聞いたとのことでした。夫人は言いました。「土地が知っていますよ。インディアンの連中は、この国に何もしていないんだから。やってることといえば、野生の動物みたいにうろうろしているだけなんだから。土地の権利に対する協定があろうとなかろうと、土地はそこを耕す人たちのものなんです。それが常識だし正義でしょうよ。」

夫人は、なぜ政府がインディアンと協定などを結んだのか、良いインディアンは死んだインディアンだけで、インディアンのことが心をよぎっただけで背筋が寒くなる、と言いました。

このあとでスコット夫人はインディアンの大虐殺事件の話を始めたので、幼い子供たちの前ではやめてほしいとキャロラインにたしなめられました。スコット夫人の人種偏見と横暴さには驚きますが、『星の王子さま』と同じ論法で、「土地の所有は、その土地のためになる（有効利用をしている）かどうか」という主張をしているところが注目すべき点でしょう。ただしそれならば狩猟民族は常に追い出されることになってしまうというツッコミを招きそうですが。

インガルス一家がキャンザスの大草原に小さな家を建てた土地は、インディアン居留地、すなわち原住民が以前に住んでいたところから追い立てられてきた区域のなかでした。インディアンからすれば、望みもしないのに一方的に押し込められた土地に、また白人が不法侵入してきたと思ったことでしょう。そういう場所なので、一家は何度も彼らに遭遇し、その度にひやひやしていました。しかしどうやら原住民たちは、さらに西へ移住しなければならない状況になってきました。ローラは父さんに、なぜそうなるのかを尋ねます。

「政府があのインディアンたちを西に追いやるの？」

「そうだ」父さんは言いました。「白人の移住者がこの国に入ってきたら、インディアンたちは立ち退かなきゃいけないんだ。すぐにも政府がインディアンたちをずっと西に行かせるんだ。だから私たちがここにいるんだよ、ローラ。白人がこの国全体に住むことになるんだよ。私たちが一番最初にここに来て鋤を入れたんだから、一番良い土地を手に入れるのさ。さあわかったかい？」

「はい、父さん」ローラは言いました。「でもね父さん、ここはインディアンの土地だと私は思ってたの。インディアンたちを怒らせたりしないかしら、もし出て行かなきゃ……」

「もう質問は終わりだ、ローラ」父さんはきっぱりと言いました。「もう寝なさい。」

チャールズがローラの質問をさえぎったのは、ローラの言っていることに理があるからでしょう。チャールズの論法も、「最初に鋤を入れた」という主張です。

ある夜、ローラは父さんと母さんが深刻な話をしているのを聞いてしまいました。インディペンデンスの人たちによると、政府が白人の入植者たちをインディアン居留地から追い出すつもりらしい、と父さんは言いました。インディアンたちは文句を言っていて、彼らはもうワシントンから返事をもらったそうだ。

「まあチャールズ、なんてこと！」母さんは言いました。「私たちがこれだけやってきたのにひどいわ」

父さんはそのことを信じられない、と言いました。「政府はいつも移住者たちに土地を持たせてくれたさ。またインディアンたちを追い出してくれるだろう。これからはこの国を移住のために開かれたものにするってワシントンから直接聞いたろう？」

どうやらチャールズの論法は分が悪そうです。たしかに必死の思いで家を建て、この土地を「初めて」耕した苦労は並大抵のものではありません。しかし追いやられたインディアンに対する約束を反故にし、さらにその居留地をも奪うというのはあまりにも理不尽でしょう。上記のような会話は、ローラの思い出話として書かれた『開拓の少女』には書かれていません。やはりこのような思想的・政治的テーマは、のちになってローラとローズによって書き加えられ、問題提起されたのです。

●注●

35 ロックは「王権神授説」（王様や特権階級が存在するのは、神によって権利を授けられたからだという考え方。そう言われちゃあ何も言い返せないねえ）に批判を加えるために、この『統治論』を書きました。
　ロックはそういった統治権がある前の人類の「自然状態」から、どのように人が「生命」、「自由」、「健康」、「所有物」への所有権を持つにいたったかを考察しました。誰も所有者がいない（原住民はいたのですが）新大陸で、アメリカ合衆国がどのように国を形成してゆくか、独立宣言のときの思想的礎（いしずえ）になったのもうなずけます。

36 原作のタイトルは「小さな王子」という意味だが、日本での翻訳は内藤濯の『星の王子さま』が定着しました。著作権の保護期間が切れた二〇〇五年以降、様々な人の翻訳が出版されました。私が敬愛してやまないドリアン助川や、もっとも尊敬する作家のひとり池澤夏樹なども名を連ねていますが、ここでは翻訳の日本語が一番気に入った倉橋由美子訳を使わせてもらいます。

ホームステッド法

　さて「初めて土地に労働を加えた人がそこの所有権を持つ」という考え方が具現化したアメリカの法律が、「ホームステッド法」というものです。それは入植して五年間定住できれば、その入植者に公有地を百六十エーカー（約六五ヘクタール）払い下げてくれるという一八六二年に発布された連邦立法です。

　キャンザスのインディアン居留地から出て行ったインガルス一家は、ダコタ・テリトリーに移ってきました。しかしそこでは土地が枯れている上にイナゴの被害があり、苦しい生活が続いていたところでさらに西部へと移住する話が持ち上がります。ひとつところに落ち着かない生活に不安を感じるキャロラインに、チャールズは説得します。

「理に耳を傾けようじゃないか、キャロライン」父さんは説きました。「私たちは一六〇エーカーを西部で手に入れることができるんだ。ただそこに住むだけでだよ。そこはここと同じくらい、いやもっと良い土地だろう。アンクルサム（アメリカ政府）が我々をインディアン居留地から追い出した代わりに農地をくれるって言うなら、それを貰おうじゃないか。西では狩りもできるだろう。いるだけの肉が手に入るよ」

そして一家が馬車で大草原を進んでいくとき、ローラはむかしバッファローが残した踏み跡、水浴びをするためにえぐりとられたくぼ地などを目にします。『開拓の少女』ではそこで描写は終わっていますが、『シルバー湖のほとりで』では、以下のようなくだりが付け足されています。

ローラはバッファローを見たことがありませんでした。父さんは、これからも見ることはなさそうだ、と言いました。ほんの少し前には、大変な数のバッファローがこの国中で草を食んでいたのです。でもそれらはインディアンの家畜だったので、白人たちがみんな殺してしまったのです。

そのあとで馬車を進めながら、父さんは上機嫌でこんな歌を歌います。

さあ、やってこい、やってこい！
すぐにやってこいよ！
さあ急いでこの国にやってこい
恐がることなんてないんだよ
俺たちのアンクルサムは金持ちだから
みんなに農場をくれるんだ！

直前のバッファローの大量殺戮に続けて、このようなチャールズの能天気な歌は、明らかに西部開拓の負の歴史を意識して書き足していると思われます。ローラそして特にローズは、強いリバタリアニズム思想を持っていました。政府の権限を最小限にとどめようとするその姿勢は、経済のみならず治安においても自己責任を重視するので、それは非情な弱肉強食を容認するところがあります。しかし西部開拓の歴史が原住民の犠牲に成り立っていたということを、直接的な表現は使わなくとも批判的に見る視点は持ち続けていたと言えるでしょう。

コラム⑥

テレビ・シリーズの人物たち
ローラとイライザ・ジェーン

　ローラが学校でトラブルを起こした先生はアルマンゾの姉、イライザ・ジェーンでした。そのとき彼女はたしかにローラとキャリーにアンフェアな扱いをしましたが、ローラを含めた子供たちはイライザ・ジェーンにひどい仕返しをした形になり、彼女は町を去って行きます。その後彼女の名前が出てくるのはアルマンゾとローラの結婚式のときで、二人は姉から口を出されるのが嫌で、彼女と母親がやってくる前にさっさと式をすませてしまいました。きっと二人とも怒ったことでしょう。

　しかしです。ローラの娘ローズが通った高校はルイジアナ州のクラウリーにあり、そこは遠くて自宅から通えませんから、彼女はイライザ・ジェーンの家に住まわせてもらっているのです。シリーズのエピソードにはフィクションも入っていますから、どこまでが事実なのかわかりませんが、ローラと小姑鬼千匹（?）がどのような関係にあったのか、気になるところです。

　どんなふうに描かれているかをおさらいしますが、イライザ・ジェーンの視点から見てみることにします。もし「小姑ｖｓ弟の嫁」という対立関係にあったとしたら、弟の嫁のほうから小姑を、フィクションを交えて描くのはとても一方的でアンフェアです。それでもイライザのほうが少々気の毒に思えるのです。

　イライザ・ジェーン（ワイルダー先生）は、赴任してきたときから穏やかで笑顔を絶やさず、子供たちを叱らない方針の先生でした。初日にローラを「田舎者」と馬鹿にしたネリーが遅れてやってきて、ローラの席に座りたいと言ったとき、ローラは微動だにせず、目を細めてネリーを睨み続けました。ワイルダー先生はおどおどします。おそらくローラのことを、気の強い恐ろしい要注意人物だと思ったことでしょう。

　ワイルダー先生は子供たちを叱れないので、次第に学級崩壊していきます。「インガルス姉妹は、父親が学校の理事をしているものだから態度が大きいのだ」とネリーが吹き込んだので、ワイルダー先生はますますローラを警戒します（ローラのほうはアンフェアな扱いを受けていると怒ります）。そしてついにローラとキャリーが学級崩壊の首謀者だと確信し、対立は決定的になってしまいました。

　そしてネリーがワイルダー先生から聞いた、子供の頃にシラミがたかって悲しい思いをしたことがあったという話を広めて生徒たちがからかったのです。ローラは、いたずらな気持ちでそれをはやしたてる詩を書きました。

Going to school is lots of fun,

From laughing we have gained a ton,
We laugh until we have a pain,
At LAZY, LOUZY, LIZY JANE!

学校に行くのはすごく面白いぞ、
大笑いなことがいくらでもあるぞ、
お腹が痛くなるまで笑っちまうぞ、
のろまのシラミだらけのリジー・ジェーン!

「ファン」と「トン」、「ペイン」と「ジェーン」と脚韻を踏み、最後の行のLが並ぶ頭韻もなかなかよく出来ています。男の子たちが外でもその詩を歌うのを聞いて、さすがにローラもまずいと思いました。生徒たちにこんな昔の心の傷をえぐられるようなことになったワイルダー先生は、ローラがそれを扇動したと考えるのも無理はありません。

　クラスが制御不能の大騒ぎになっているときに、チャールズ・インガルスを含めた学校理事たちが教室に乗り込んできました。ワイルダー先生はローラがその騒ぎの首謀者だと主張するのですが（実際かなり当たっています）、チャールズは「ローラがもめ事を起こすつもりなどなかったのは確かだと思いますよ」と切り捨てます。ローラのファンからすればスカっとするところですが、男の子たちを積極的に焚きつけたことはなかったにせよ、あんな詩を書いたのは事実だし、反抗的に机をガタガタやって家に帰されるトラブルを起こしているので、ワイルダー先生から見れば全く納得がいかないのではないでしょうか。

　そのローラが、弟の結婚相手になると聞いて、イライザ・ジェーンは心穏やかであったはずはありません。アルマンゾは誰からも「穏やかで良い人だ」と言われるような人物でした。一方でローラは気が強く、アルマンゾは「結婚してからわかったのだけど、ローラは気性が荒くて」と述懐しています。その組み合わせを見れば、姉としては絶対に面白くないはずです。さらに結婚したあと、アルマンゾが苦労して建てた新居を、彼の留守中にローラは不注意から火事で失ってしまいます。姉はそのニュースをどのように聞いたでしょうか。このようにイライザ・ジェーンから見れば、ローラはだいぶ面白くない弟嫁だったはずなのです。

　イライザ・ジェーンは、当時の保守的な男たちには嫌がられる女権論者で、経済的に自立した「オールド・ミス」（揶揄されるような意味で）でしたが、なんと四二歳で、五人の子供がいる六十代の男性と結婚しました。彼女はローラが書いたシリーズが出版される直前の一九三〇年に亡くなっていますので、自分が登場するこのベストセラーを読むことはありませんでした。読んだら激怒すること間違いなかったでしょう。

農業と副業による現金収入

ローラはホームステッド法による払い下げ農地でアルバイトをしました。それは隣人のマッキーさんの要請によるものでした。マッキーさんの一家は払い下げ農地を申請しており、その土地に五年間住み続けなければ自分のものにすることはできません。留守にしてはいけないのです。しかし旦那さんは現金収入を得る必要があり、出稼ぎに行かなければなりません。その間にマッキーさんは小さな娘と大草原の真ん中で、ずっと留守番をしていなければならなくなりました。その不安と寂しさに耐えられそうもないので、マッキーさんはローラに一緒に住んでほしいと願い出たのです。

何もすることはなく、ただ一緒にいるだけで週に一ドルくれるという話です。父さんはローラに「もし行きたければ行ってもいいよ」と言い、母さんも「もし行きたいのなら、行くのが一番でしょう」と勧めます。ローラは「行きたい」と答えます。しかしそれは、冬の間にあれだけ辛い思いをして自宅を離れ、ブルースターの家に下宿をして初めての教員生活をしたあとで、しみじみと家族と過ごせるありがたさを実感したあとの夏である。それに全寮制の盲学校に行っている姉のメアリーが、夏休みに帰ってくるという予定もあるのだ。

まだ一五歳の少女が、汽車と馬車を乗り継いで行く遠く離れたよその地に、何か月も自宅を離れて他人と暮らしたいわけがない。そんなことを両親は「行きたければ」と形の上では本人の意向を尊重し、ローラは「行きたい」と即答する。それは滅多にない「現金収入」の貴重なチャンスだったからである。開拓地での自給自足の生活では、収入は主に年に一度の小麦の収穫に頼ることになるが、それはイナゴや雹、干ばつなどによって不安定であり、一度の自然災害のよってあっという間に破産状態になってしまうのだ。というわけで、実はローラのみならず、インガルス一家、そして西部開拓地に住む人々はみんなメインの農業の他に、あらゆる副業に力を注いだのです。

ローラはマッキーさんの払い下げ農地で一緒に住むというアルバイトを終えて、夏休みに帰宅しているメアリーに会いに帰ってきます。久々に自宅に帰り、さらに姉と過ごす貴重な時間だというのに、ローラは服の仕立て屋から裁縫のアルバイトの話がきたときに、それをすぐに承諾するのです。朝の七時から夕方の五時まで働いて一日五〇セント。昼食のわずかな時間をのぞいて、ローラが嫌いな裁縫を毎日十時間の勤務である。かなりのきつさではないでしょうか。

一方でチャールズは自分の農地の仕事をしながら、町では大工の仕事を引き受け、重労働を重ねて疲弊し、やせ細ってしまいます。この熱心さはどこから来るのでしょうか。フランクリンの「節制」や「勤勉」という徳でしょうか。もしくはヴェーバーの言うように、プロテスタントの信仰心からくる道徳的実践、すなわち「職業」に対する「使命」でしょうか。チャールズとローラの現金収入に対する執念は、そういう精神的なものよりも、もう少し俗っぽい動機があったように思えます。ひとつには、メアリーの盲学校の学費があります。その必要性は何度か言及されていますが、実は政府から学費と寮費が出ていたことが今はわかっています。[37] この時代は天災続きで飢えがはびこり、厳しかった「長い冬」の経験からも蓄えをできるだけ作っておきたいというのはわかります。しかしそれだけではありません。

チャールズはメアリーが盲学校から帰ってきたあとに、家でも音楽が続けられるように百ドルもするオルガンを買おうと提案します。それは家の蓄えをすべてかき集め、さらにローラが学校で教員をやって手にすることになる今後の給料と、裁縫のアルバイトを再開することでようやく手が届く高級品である。また家も飾るのに熱心であり、その描写がとても細かく長くなっている。

母さんは窓に白いモスリンのカーテンをかけ、それは手編みの白いレースで縁取られていました。黒い重ね棚が南の窓の角に置かれていて、東の壁には木彫りの張り出し棚がかけられて、そこには陶器の羊飼いの娘が置かれていました。東の窓側には二つの揺り椅子が気持ちよさげに置かれ、南側の窓の下の木製の椅子には明るい色のパッチワークのクッションが置かれていました。

父さんはいずれ家にペンキを塗るという計画を話します。

さらにローラはシカゴから取り寄せた茶色のポプリン（たて糸にシルク、よこ糸にウールを用いて緻密な平織りにし、独特なうねのある服地だそうです）でドレスを作り、新しいボンネットも買います。そのドレスのフープ（異様にふくらませたやつです）は東部でも最新の型で、その素晴らしいドレス全体の描写はここに引用したいところですが、なんと三ページにまたがっているのであまりにも長すぎます。

そんな素敵になったローラのところに、アルマンゾは新型のバギーに乗ってドライブに誘いにやってきます。

それは美しいバギーだった。真っ黒に輝いており、車輪には艶やかな赤いスポークがついていた。座席は広く、その両側には黒光りするささえ板がうしろの畳んだ幌まで斜めにつながっていて、ゆったりした背もたれにはクッションがついていた。ローラはいままでにこんな豪華なバギーに乗ったことがありませんでした。

アルマンゾも払い下げ農地の申請をしており、その畑の他に植林地も持っていて両方で働いていました。さらに発展しつつあるこの地方の建設現場に材木を運ぶ仕事までしています。今なら新社会人が仕事をかけもちしながら、ひどい不況だというのに新車のスポーツカーを買ったというところでしょうか。

このように見てくると、インガルス一家やアルマンゾらが現金収入のために血眼になって働いているのは、生存のための労働や蓄財とか、フランクリンの「勤勉」やヴェーバーが指摘したプロテスタント精神による労働への宗教的な熱心さというよりは、贅沢品の購入のためではないかと思われてきます。ここは慎重に考察すべき問題でしょう。

メアリーが盲学校に行くとき、母さんは大変な気合を入れて冬用のドレスを作ります。型紙を使用するので、まずは夏の服を何枚か練習で作ってみるほどの準備でした。隣人のホワイトさんが、アイオワにいる妹に聞いた話では、ニューヨークではフープでふくらませたスカートがまた流行り出したという噂を聞きつけ、友人のボーストさんの奥さんが新しい婦人雑誌を持っているかどうか確かめに行かなければなりませんでした。情報の来ない田舎では、流行遅れにならないように必死なのです。

完成したドレスの描写はローラのときと同じく大変長い説明が続くので、一部だけ紹介しましょう。

その服は茶色のカシミアで、茶色の亜麻糸で織った薄い平織りの裏地がついていました。前には小さな茶色いボタンが留められていて、そのボタンの両側と下のほうにぐるりと、母さんは青と茶色の格子柄の細くてひだを寄せた布で縁取りをしていた。それには赤と金色の糸が飾りに縫いつけられていました。格子柄の高い襟が縫いつけられた。母さんは手に機械織りの白いレースを一束持っていました。そのレースは襟の内側につけられた。上から少しだけふわりを落ちるようにである。

これだけ頑張って完成したとき、なんとボタンがかかりません。慎重にサイズを測ってきたのに、大事件です。ローラが発見しました。コルセットのひもがゆるんでいたのです。メアリーが息を止めている間にそれをぎゅうぎゅうに締め上げて、なんとかボタンがとまったのでした。[38]

さてメアリーがこの服を着たときの細かい説明は、またまた三ページにも渡って書かれているので、引用するには長すぎます。その描写のあとからを載せましょう。

そのきれいな服を着たメアリーは美しかった。彼女の髪は、格子柄の布の金色の糸よりもつややかに黄金色だった。彼女の見えない目は、布地の青よりも青く、その頰はピンクで、まったくいま流行りの姿だった。

ローラは大絶賛し、目の見えないメアリーは当惑して母さんに聞きます。

「わたし、本当にそんなに素敵に見えるかしら、母さん?」メアリーはおずおずと尋ねて、さらに赤くなりました。

このときばかりは、母さんは虚栄心を警戒するようなことはしなかった。「ええ、メアリー、とっても素敵よ」と母さんは言いました。「いま一番の流行りのスタイルだってだけじゃなく、すごく美しいわよ」

これから町の学校に行くわけですから、田舎者と言われないように「流行」をとても気にしているところが涙ぐましいですね。なにせ田舎というよりは、開拓地なんですから。

これだけの労力と貴重な蓄えを注ぎ込み三人でうっとりと喜んでいるところで、キャロラインは常に「虚栄心」を警戒していることが言及されます。やはりフランクリンの「節制」やプロテスタント精神の厳しい抑制は意識されているのです。

ローラが学校で流行っている「名刺」が欲しくてたまらない思いをしていたエピソードを前述しました。「それくらい」と思いそうですが、ローラは健気にも「必要なものじゃないから」という理由で我慢していました。彼女は嫌いな裁縫のアルバイトを一日中頑張って稼いだお金の中から、ごくわずかな金額でも使おうとはしません。それは盲学校に行く姉のために使いたいと思っていたからです。一方で高価なオルガンやドレスはためらうことなく購入しています。それは不幸にも目が見えなくなってしまった姉を思うあまりでしょうか。しかしインガルス一家は家を飾り立てています。この消費に対する価値観の違いはどこにあるのでしょうか。

ヴェルナー・ゾンバルトというドイツの学者が『恋愛と贅沢と資本主義』（一九一二）という本で述べ

ていることが参考になります。彼は奢侈（贅沢）というものの原動力は主に女性にあるとし、それこそが資本主義が発展する原動力になったと指摘しています。前述した同時代のマックス・ヴェーバーが、プロテスタントの倫理による「節約」や「勤勉」が資本主義精神につながると主張したことと見事に対立するようですが、どちらも説得力がある点が面白いところです。

さてゾンバルトによると、奢侈には量と質の二面があると言います。量とは召使がひとりいれば十分なのに、百人もかかえるような場合で、質とはモノを精巧に仕上げるということで、必要不可欠な目的を満たすことを上回って手をかけることです。その「質」をもう一段掘り下げてみると、人が黄金で飾り上げた神殿を神に捧げることも、自分のために絹のシャツを買うことも、どちらも奢侈には変わりがありませんが、それには天と地の差があると言います。神に神殿を捧げることは、理想主義あるいは利他主義に基づく奢侈とされるのに対し、絹のシャツを買うことは唯物主義あるいは利己主義に基づく奢侈だというのです。この分類によると、インガルス一家の贅沢は量においてではなく、質において「唯物主義」や「利己主義」ということになりましょう。

奢侈の歴史をたどれば、フランスの太陽王ルイ十四世が華麗、豪華、浪費といった贅沢のかぎりを尽くした宮廷文化の繁栄にゾンバルトは注目します。この享楽や虚栄を追求する「伝染病」が貴族のみならず新興成金に蔓延し、奢侈品の需要が世界的に拡大していったというのです。それは次第に「壮麗な建物を建てたり、たくさんの人々に御馳走をする」といった「外側」のものより、「内側」の個人的な、即物的なものに傾斜するようになっていったといいます。ゆえに奢侈に関しては女性が主役になっていくということです。

例を挙げれば、おしゃれな家具、クッション、絹のカーテン、さまざまな凝った衣装などを並べています。先ほどのインガルス一家の家庭の様子を見て言っているのではないかと思えるほどです。ゾンバルトはヨーロッパ（その文化圏の端っこには新大陸の開拓地も入るわけですが）に伝染病のように蔓延した奢侈＝贅沢＝無駄（？）を批判しているわけではありません。ゾンバルトは、奢侈が商業を活性化することの重要性を指摘しているのです。彼は無駄ともいえる贅沢品が資本主義の発展にどのように寄与したかを説明するにあたり、アベ・コワイエの言葉を引用しています。

奢侈は暖め、燃焼する火に似ている。奢侈が富裕な人々の屋敷をのみこむとき、奢侈は商売に活を入れてくれる。奢侈が道楽者の財産を吸収するとき、奢侈は労働者を養ってくれる。奢侈は、少数者の富を減少させるが、その半面、大衆の収入を何倍にもしてくれるのだ。もし、リヨンの布地、黄金製品、絨緞、レース、鏡、宝石、馬車、優雅な家具、贅沢な机などが軽蔑されることにでもなれば、何百万本の無為の手が硬直することは明らかだ。そのとき同時に聞こえてくるのは、パンを求める叫び声である……

無駄な贅沢と見える奢侈は、経済を活性化し、消費の増大は雇用の拡大をもたらす。たしかにバブル時代を知っている我々は、みんなが高価なブランド品を買い、美味しいものを食べ、タクシーに乗り、旅行に行けば関連業界の仕事が増えるから失業率が減り、全体の景気が良くなることを経験しています。その消費はどれも「必要不可欠」ではない「贅沢」です。そういう意味で、無駄に見える公共事業も、雇用を創出して経済を支えるという点では同じ効用があると言えましょう。奢侈が広がると小間物店などの店主は、店を魅力的に飾り立てて女性の気を引こうとすると、ゾンバルトは指摘します。ローラが学校の女の子の間で流行っているノートや、交換する名刺がほしくてたまらなかったのは、まさにその一面を現わしているでしょう。

「小さな家」シリーズの中心となる一八七〇年代から八〇年代にかけては、「長い冬」や天災も続いて農民にとっては破産や餓死者まで出る厳しい時代でしたが、その半面、鉄道が敷かれて経済が発展するという面もありました。農民は減り、商人が増える時代だったのです。インガルス一家は農業で生計を立てるのには大変苦労をしましたが、チャールズは新興著しい町での大工仕事に事欠くことはなかったし、ローラは人手の足りない裁縫の仕事で収入を確保していたのです。

そしてあるとき、チャールズはキャロラインにサプライズ・プレゼントを用意した。それは新品のミシンだった。これで辛い裁縫の仕事もずいぶん楽になるはずだ。シリーズ最終巻の『この素晴らしい幸せな年月』は、両親に加えてローラも熱心に仕事をし、一家の現金収入が増え、次々に品物を買い揃えていく日々が描かれています。タイトルの「素晴らしい幸せ」というのは、最後のローラとアルマンゾとの結婚というよりは、開拓地が発展し、高度成長期を迎える物質文明の始まりを意味しているともとれるのです。

ゾンバルトの言う通り、奢侈は伝染病のように広がり、人々は贅沢品を購入することに躍起になり、それが資本主義経済を生む大きな原動力となったというのは正しい指摘のように思えます。そしてヴェーバーが言うように、プロテスタント信仰心がもたらす「節制」と「勤勉」は資本主義の発展と親和性があり、つつましく熱心に働き、それが豊かさをもたらして形になることは、努力の結果を具現する一種の成績表のようなものだったようです。だから女の子が名刺を買うことは「虚栄心」がもたらす「無駄」であり、レモネードを飲むことは「浪費」になる。一方で家にペンキを塗り、オルガンやミシンを購入することは誇らしい「成果」と見なされるのです。

もうひとつ興味深いエピソードを見てみましょう。ローラの夫となるアルマンゾの、馬に対する価値観です。アルマンゾは幼少期に馬車製作工場の弟子入りに誘われましたが、彼は農民となる人生を選びました。父に職業の希望を聞かれたとき、彼が答えた言葉は「仔馬が欲しい」という返事だったのです。「商売」という、人との経済的関係性のなかで収入を得る仕事に対して、農民は生きる糧を自分で生み出している。そこでは「自由と独立」を持つ農民は、誇り高い人間であるという価値観が提示されていました。

のちにローラの物語でアルマンゾが再登場するのは、彼が颯爽と二頭の馬の手綱を引いている姿です。

ローラが緑の草原と青い空を見ていると、突然その晴れ渡った緑と青の中に、流れるような黒いたてがみと尻尾をもった茶色の馬が二頭、馬具をつけて並んで走ってきた。茶色の肩と脇腹は太陽を受けて輝き、すらりとした足は上品に運び、首はアーチ形で耳はぴんと立って、通り過ぎるときには誇らしげに首を上に向けた。
「ああ、なんて美しい馬でしょう!」ローラは叫んだ。「見て! 父さん、見てよ!」彼女はできるだけずっと見ていようとして後ろを振り返った。

この印象的な馬を引いている姿が、ローラがアルマンゾを目にする初めての場面である。父に言わせれば、あんな素晴らしい馬を見られるのは滅多にある機会ではなく、おそらくは三百ドルの価値はあるだろうとのことに、ローラはため息をつくのでした。

その自慢の馬で、ローラは吹雪のなかでもブルースターの家に往復してもらうのであり、またその馬が引く軽快な橇、立派な馬車やバギーにもデートで乗せてもらうことになる。アルマンゾは時には借金をしてまでも、新しい馬や乗り物を次々に手に入れる。しかしあれだけ自慢にして世話をしていた二頭の素晴らしい馬が、ある日突然にいなくなっていた。

「あの子馬はどうしたの?」ローラは尋ねた。

「売っちゃったんだ。」

「でもプリンスとレディーは……」ローラはためらった。「私はこの馬たちに文句をつけるつもりはないのよ。ただプリンスとレディーに何か問題があったのかと思って。」

「何も問題はなかったよ。レディーには子供が出来たし、プリンスはレディーと一緒じゃないとよく走らないんだ。あの二頭には三百ドルの値がついたんだ。うまく気が合っていたし、馴らされていたからそれだけの価値があったよ。でもいつでもその値段がつくかどうかはわからないからね。この二頭はたったの二百ドルだったんだ。かっきり百ドルのもうけだよ。僕の見通しでは、こいつらは買った値段よりも高く売れるだろう。馴らしたあとで売ろうと思えばね。馴らすのはきっと楽しいよ。そうだろう?」

驚くことに、アルマンゾは自慢の馬をあっさり売ってしまい、新しい馬との差額で百ドルを得たと満足しているのだ。なによりも大事にして、手間を惜しまず世話をしてきた家畜といえども、決して死ぬまで共にいたいという「友」ではなく、あくまで付加価値をつけて利益を生むという、運用対象の「財産」なのである。様々な乗り物といい、それを引く馬といい、金額を考えながら常に買い替えてゆくその姿勢は、現代ではスポーツカーからワゴン車、高級セダンと乗り換えてゆく趣味のメンタリティと変わらない、贅沢な「消費活動」のようにも見えそうだ。しかしそうではない。アルマンゾの家畜に対する態度は、一年三六五日、少しの手も抜かずに世話をし、生活の利便性や資産を着実にステップアップしてゆくという、仕事への熱心さの表れであり、目に見えるその「成果」なのだ。

しかしすべてを振り返ってみると、チャールズもアルマンゾも、ホームステッド法による払い下げ農地には失敗してしまいました。様々な副業に奮闘しましたが、本業の農業で成功することはなかったのです。のちに娘のローズに対して、アルマンゾは「私の人生は、ほとんどが失望の連続だった」と述懐しています。

それぞれ方向は違えどもヴェーバーやゾンバルトが指摘したように、アメリカの開拓地では資本主義が興隆する条件が整っていました。そこで弱肉強食の様相を持つリバタリアニズム思想が加われば、当然その発展は加速します。そうなると皮肉なことに、小規模農家にとってはますます厳しい状況にならざるを得ません。冷害、竜巻、ひょう、干ばつ、イナゴなど、天災があれば一年間の収入がフイになるわけで、実際に五年間を経て払い下げ農地を手に入れ、その後軌道に乗る成功率はとても低かった。ホームステッド法が施行されてから最初の三〇年の間に百万以上の申請が失敗、割合でいうと半分近くだったといいます。

一方で大規模農場は大きな成功を収めていました。たとえば「ボナンザ農場」は、ちょうどこの時代のアメリカ西部に設立されましたが、近代的な農業機械を使って耕作、種まき、収穫、脱穀などを行い、工場のようにプロ集団が運営し、輸送のために鉄道と連携し、投資家たちが経営に参加しました。ほとんど手作業の個人農家が太刀打ち出来るわけがありません。

一八九〇年には人口の三分の二が田舎に住んでいましたが、一九一〇年には半分以上が仕事を求めて都会に住むようになりました。もちろん離農した人々もたくさん含みます。「トラスト」と呼ばれる大企業連合が銀行、鉄道、石油産業などをコントロールし、モルガンやロックフェラーといった巨大財閥が経済を支配するようになったのです。

●注●
37 まあそれでもそこまで行く旅費や様々な準備に実際お金はかかったことでしょう。これは厳密な「伝記」ではなく、思い出を材料にした「物語」なのですから、「政府から貰ってた（つまり税金）くせに、自分たちで頑張ったと書くのはズルイ」とツッコむのはよしましょう。
38 ちなみにキャロラインが結婚するときは、チャールズの両手でウエストがつかめたそうです。二の腕の間違いじゃありませんよ。恐ろしいですね。

「小さな家」シリーズ後のローラ

このような農民にとって逆境の時代に、ローラはどのように考えていたのでしょうか。「小さな家シリーズ」のあと、『最初の四年間』という作品にローラの新婚時代が描かれています。これはシリーズに続けて書かれたようですが、ローラの存命中に出版されることはなく、娘のローズが親しい友人ロジャー・リー・マクブライド氏にその草稿を託し、彼はローズの死後、一九七〇年になってから出版しました。ローラもローズも生前には出版しようという気にならなかったので、やはり迷ったようですが、世に出す使命を感じたのでしょう。

シリーズはアルマンゾとの結婚に終わりますが、この話は結婚の直前から始まります。アルマンゾは母や姉がお金のかかる大がかりな結婚式を望んでいることを知り、二人が来る前に式を済ませてしまおうと提案します。ローラは結婚式の身の丈に合わない規模には元から反対ですが、それだけではなく、アルマンゾとの新生活に対する思いを語ります。

「私ずっと思っていたんだけど……」ローラは言いました。「私、農民とは結婚したくないのよ。絶対しないって、ずっと言ってたんだもの。何か他のことをしたいって、本当に思ってるの。いま、新しく成長している町にはたくさんチャンスがあるわ。」

沈黙が訪れて、アルマンゾはローラが農民を嫌がる理由を尋ねます。

なぜって、農家は女にとって大変なところでしょ。たくさんのつらい仕事があるし、収穫と脱穀のときの手伝いの人たちには料理を出さなければいけないし。それに、農民はいつもお金がないわ。お金を貯められないわよ。なぜって町の人たちは、農民が売らなきゃならないものの値段を決めるし、農民が買わなきゃいけないものには好きなだけの値段をつける。公平じゃないわ。

ローラは町に住む人間が楽をして金儲けをし、農民はいつでもハードワークで貧乏、いまでいうワーキングプアであると主張します。これは少々驚きですが、ローラは農民にはなりたくなくて、町に住むことを望んでいたのです。[39] 農民生活を賛美しているシリーズとの整合性がとれないこのあたりに、生前に出版する気になれなかった理由があるかもしれません。ちなみにシリーズ最後の『この素晴らしい幸せな年月』では、上記の引用のようなローラの不安と希望は書かれておらず、もちろんその草稿の『開拓の少女』にもありません。

そういうローラに対して、アルマンゾは農民の生活こそが「自由で独立している」のだと主張し、三年間だけ農民をやってみて、それでうまくいかなければ諦める、とローラを説得するのでした。しかし実際にはうまくいかないことだらけでした。収穫は思うようにならず、アルマンゾはジフテリアに罹ったあとに無理をしたために手足に麻痺が残り、農場の仕事を回していくことができなくなりました。ローラも仕事が山ほどあるのに幼いローズの世話をしなければならず、第二子を身ごもって心身共に追いつめられた状態になりました。あるときは忙しくて手が回らないときに、ローズが危なく馬に蹴られそうになったところを救い出しました。

ローズは怯えてはいなかったけれど、ローラのほうはぞっとして、気分が悪くなりました。どうやってずっと日々の仕事をこなしてやっていけるだろうか。やるべきことは山ほどあって、彼女だけしかやる人がいないのだ。ローラは農場も家畜も、臭いにおいの子羊も、料理をするのも汚れた皿も大嫌いだった。そう、全部が嫌いだったが、特に借金が嫌で、働けようがなかろうが、払わなければいけないのだ。

育児うつ、マタニティ・ブルーに加えて借金地獄。そして生まれた男の子は、生後三週間であっという間に死んでしまいました。おまけに家が火事で全焼し、それでも前を向いて頑張って行こうというところでこの話は終わります。このようにローラの新婚生活は苦労続きであまりに悲惨な話なので、これを出版せずに、シリーズを結婚で終わらせたのもわかります。

●注●

39　ちなみに父のチャールズと同じで、ローラは子供の頃ひとつところに落ち着く農民よりも、まわりに人のいないところの旅を続ける開拓民の生活が好きでした。しかし狩猟を主とするそのような夢と冒険の生活は、まもなくできなくなったのです。そうなるとローラの希望は農民ではなく、町での生活になったのです。あれだけ「農民は自由で独立している」と語っていたにもかかわらず、意外なところです。

コラム⑦

人種差別

アメリカ図書館協会の児童図書館サービス部会は、「アメリカで出版されて、長年にわたって子供のための文学に多大で永続的な貢献をした作家」に送られる「ローラ・インガルス・ワイルダー賞」の名前を、二〇一八年に「児童文学遺産賞」に変更しました。その理由は、「小さな家」シリーズの作品の中に反先住民族、反黒人の表現が含まれているからだそうです。

問題になったというひとつの場面は、『大草原の小さな家』の冒頭に出てくる箇所です。

長い冬の夜に、父さんは母さんに西部地方のことを話していました。西部では土地が平らで、木が生えていないという。草がびっしりと高く生えている。野生動物が、はるか先が見えないほどに広い放牧地にいるみたいにうろついて草を食べているという。開拓者たちはいない。インディアンだけがそこに住んでいるのだ。

何が問題なのだろうか、と思いますが、最初の原稿では「開拓者」が「人間」になっていたそうです。つまり「野生動物ばかりで人間はいない。インディアンだけがいる」という描写だと、インディアン（原住民）を人間扱いしていないではないか、というわけです。

一九五三年に、出版社は「人間」を「開拓者」に変更したそうで、私が持っている版も一九五三年なので、確かにそうなっています。「ローラ・インガルス・ワイルダー賞」が創設されてローラ自身が最初の受賞者になったのは一九五四年なので、おそらくローラはその言葉の変更を納得して受け入れたのでしょう。また別の箇所では、「現れたインディアンがスカンクの皮の服を着ているので、臭かった」という場面もあるし、先住民族が不愉快に思うのも理解できます。

「賞」の名前を変えるのは、その団体が決めることなので構いませんし、また著者が納得してのオリジナル・テキスト変更は構いませんが、著者の死後に変更することだけはやめてもらいたいものですね。たとえ負の歴史であっても、それを隠ぺいすることはしてはならないと思うからです。

ローラの結婚生活その後

シリーズに連なるローラの物語はここまでですので、ここから晩年に至るまでのローラの生涯を追っていきましょう。火事で住む家を失い、借金で首が回らないローラとアルマンゾは、翌年一八九〇年に一時ミネソタ州スプリング・ヴァレーにあるアルマンゾの実家に身を寄せます。この年には第七騎兵隊による先住民スー族の「ウーンデッド・ニーの虐殺」があり、そこで合衆国政府は「フロンティアの消滅」としました。[40]

ワイルダー一家はアルマンゾの健康回復のためもあり、暖かいフロリダへ移住します。しかしその地の暑さと湿度に合わず、うんざりして結局一年でデ・スメットに戻り、ローラは婦人服の仕立ての仕事をします。二年後にミズーリ州マンスフィールドに移住し、そこが夫婦の終の棲家となりました。そこでも農業で生計を立てるのは難しく、アルマンゾは大工の仕事や荷馬車で運送の仕事をしたりして、ローラのほうは発展する鉄道の乗客や従業員を相手に食堂で働きました。さらに『ミズーリ・ルーラリスト』という農業紙に農家の生活に関する記事を書くようになり、家庭欄の編集者にもなりました。そして「農業ローン協会」の会計係の仕事もし、事務員にもなるのです。

一九三〇年、ローラ六三歳のときに「小さな家」シリーズの前身となる『開拓の少女』を書くのですが、少し戻って、一九一五年にサンフランシスコに住んでいた娘のローズを訪ねたときのエピソードを取り上げましょう。そのときにすでにプロの作家となっていたローズに、ローラは文章の書き方を教わり、自らも作家になりたいと思い始めていた時期でした。

当時サンフランシスコはまさに大発展の途上にあり、パナマ運河の開通を記念して「パナマ太平洋国際博覧会」が開催され、ローズがローラにそれを見物させようと招待したのです。ローズの死後、保管されていた段ボール箱の中に、ローラがアルマンゾにサンフランシスコから宛てた手紙の束が発見され、そこにはその旅の様子が細かく記されていたのです。それを編集した『故郷から西へ』が出版されたのは一九七四年、アメリカNBCによる「大草原小さな家」のテレビシリーズが開始された年のことでした。

西部の開拓地で育ち、ずっと田舎暮らしをしてきたローラは、大都会の様子と博覧会のスケールに感動します。外洋航行船が頻繁に出入りするゴールデンゲート[41]、高さ七〇メートルまで登る遊園地の乗り物のような空中展望車、イルミネーションや花火はおとぎ話のようと言っており、現実の街のように作られた巨大な博覧会の建築物、世界中から集まった各国の展示館に目を見張り[42]、また世界各国の料理を堪能しており、特にサーモンなどの魚料理が気に入ったようです。そしてチャップリンの映画鑑賞をしたり、フリッツ・クライスラーのヴァイオリン演奏会に行ったりと、ローズは精一杯のもてなしをしたようです。

ほほえましいのは、十セントストアで老眼鏡を買って喜んでいることで、今でも日本に来る海外旅行者には、百円均一の店やキオスクに行ってメガネを買う人が多いことを連想させますね。ローラは娘にあまりお金を使わせたくないと気を遣いますが、ローズのほうは母親にとことん楽しんでもらおうとサービスをするだけではなく、さらに両親のためにお金を持たせようとさえします。二人の間には、大きな経済格差が生まれていたのでした。

ローズと夫のクレア・ジレット・レインは精力的に不動産投資を行っていたようですし、ローズはそのときチャップリンの記事を書いて新聞雑誌用記事配給者連盟[43]に送り、週に五百ドル、それの五週間分を当て込んでいました。さらに伝記作家であるローズは、ヘンリー・フォード[44]の伝記も執筆していました。作家として一流になりつつあり、大きな収入を得ていたのです。

一方でローラは、アルマンゾに対して新しい馬の購入に百二十五ドルを払うことを慎重にするようにと言っているし、博覧会で見た「世界の犬」展で、アイリッシュ・ウルフハウンドが三千ドルしたり、ハンガリー・ポニーが五百ドルもするのに驚いています。手紙のなかではこういった金額がひっきりなしに出てきますが、資本主義が加速するこの時代に、都会と田舎の経済格差が途方もなく広がっていく様子がよく数字に表れているのです。

ではローラはその格差、都会での生活にどのような思いでいたでしょうか。それまでローラが記事を書いていたミズーリ州のルーラリスト誌に、パナマ太平洋国際博覧会の特集号が出ることになり、ローラの記事は見開きページのトップに載りました。それにはモノにあふれるサンフランシスコの様子が克明に描かれています。

サンフランシスコ博覧会の食料品館の展示をぶらついているときに、ある思いが浮かびました。あの魔法のランプを持っているアラジンでさえも、現代の女性が台所で持っているほどの力はなかっただろうということです。受話器を取って食料品の注文を電話で伝えると、すぐに世界中の巨大な機械の精霊たちが彼女の命令に従うのです。世界中の国々が、彼女の玄関先へ捧げものを持ってきます。南米、ハワイ、アフリカからは果物が、インド、中国、日本からはお茶や香辛料が、イタリアからはオリーブの実や油が、どこか南国の島々からはコーヒーが、キューバやフィリピンからは砂糖が。

グローバル化しつつある資本主義経済がもたらす恩恵にローラは感動しています。現代の日本に暮らす我々にとっては当たり前のことですが、ほぼ自給自足の開拓地で育ったローラにとっては、隔世の感を禁じ得ない思いだったことでしょう。

ひとつの例をあげましょう。ローラは干しブドウが機械で作られる様子を見て、それを細かくレポートしています。

十年前には、干しブドウを作るとき、私たちは自分たちの手で種をまき、子供たちに少し食べさせてやる代わりにそれを作る仕事を手伝わせたりしたものです。今では、私たちは箱に入った種なしの干しブドウを買います。どんなふうに種を取るかなんて考えもしないで。でもこれははっきりわかっているでしょう――箱入りの干しブドウは清潔だということを。蒸気で殺菌されて、熱いまま箱詰めされているから科学的に清潔なのです。食料品館で、その機械が動いているのを見たのです。

ローラは手間のかかる干しブドウ作りが機械で簡単に、しかも清潔に大量生産される、すなわち安くいつでも手に入ることを驚きとともに賛美しているわけですが、一方ではこの短い文章の中で、自らの手で作業することで得られる達成感や、子供たちを含めての家庭内での協力、そして人々が食べるものがどのような過程を経て作られていくのかを考えなくなるといったことの喪失を暗示しています。つまり物質的豊かさには功罪両面があると観察しているのです。

あるとき、ローラがアルマンゾに送る手紙の中に、ローズが一筆書いて同封したことがありました。どうにもおおごとの様子です。

お父さんが知っておかなければならないと思うことが起こりました。私にとっては、考えるにもとりわけ苦痛なことなのですが。ベス母さんは手紙のなかに、それについては何も言ってないと思います。でも、そうしないのもとってもよくわかるのです。それでも、お父さんが知っておいて当然だと思うし、お父さんに伝えるのは私の義務だと思うのです。

ベス母さんは、太ってきました。

母さんが食べている魚かどうかはわかりません。母さんはすごい量の魚を食べます。でも、魚は頭には良い食べ物だと言われているけれど、太るとは聞いたことがありません。

多分、スコッチ・スコーンです。バターとジャムをたっぷり塗った、とっても美味しくてザクザクとした歯ごたえのホットケーキなんです。あっという間に二つも食べちゃうんです。あるときは三つも食べました。あとで気分が悪いと言って、何か食べたかしらなんて言ってたけれど、それはスコーンでしょう。

最初は何があったのかと物々しい書き始めですが、ローラが食べ過ぎで太ったという事件でした。ローラはまだ動いている路面電車から飛び降りて転んで頭を打ち、入院までしたことがあったのですが、実にそれよりも物々しい報告のしかたです。

　こんなことは微笑ましいと思ってしまいそうですが、西部開拓地ではどこも食料が欠乏していたわけですから、太っている人など滅多にいなかったのです。[45] そしてキャロラインが結婚するときには、チャールズが両手で胴をつかめたと誇らしげに言っているし、メアリーが都会の盲学校に行くときに準備したドレスは、コルセットを二人がかりでものすごく締め上げて着させるというエピソードがあったように、当時は痩せていることが大事で、太るということがとんでもないことだったのでしょう。ローラ本人は、先ほどの博覧会のレポートで「スコッチ・スコーンが素晴らしい」と絶賛していますが、自分の体重のことはおそらくは気になっていたはずです。食生活の豊かさと、体重の増加。これもまた資本主義社会の功罪のひとつでしょう。

　ローラは世話をしていた鶏のことが気になり、アルマンゾにそのことについて手紙でやりとりをしています。ローラは養鶏に熱心なので、ローズは両親に田舎を引き払い、サンフランシスコにやってきて養鶏場を営んだらどうかという可能性を考えていたようです。そしてローラを郊外の養鶏業者の見学に連れて行きました。

　しかしローラはカリフォルニアの気候が暑くて埃っぽく、あまり気に入らないようでした。そしてこちらの土地の値段は高く、成功するためには千五百羽以上を飼う必要があると計算し、そのような大規模な酪農をこちらでやる気にはならなかったようです。都会の豊かさに魅かれはしたが、やはりこじんまりとしてほのぼのとした田舎暮らしが性に合っていたのでしょう。ローズに招かれたサンフランシスコ見物は、ローラにとってその後の生き方を考えるひとつの転機になったようです。

●注●

40 先住民を「浄化」するという凄惨な黒歴史です。私は大学生の頃、アメリカ史の研究者・猿谷要の『西部開拓史』（岩波新書、一九八二年）を読んで、その残酷さに気が遠くなりました。

41 巨大な金門橋はまだ建設途中で、完成は二年後ですから、ローラが見たのは港の風景でした。開拓地に生まれ育ったローラにとって、海の景色は感動だったことでしょう。

42 日本の展示館にも行っており、そこでは「日本のレスリングの試合（相撲のこと）」や提灯行列を見たそうです。また「オーストラリアやニュージーランドの人食い族だった醜い原住民の島民を見た」と言っています。

43 二十世紀になっても、まだこのような間違った偏見を持っていたというのも驚きです。

44 全国のローカル紙に記事を配給する会社で、あちこちネタを使いまわしていたわけです。

かの有名な自動車会社フォード・モーターの創設者。ライン生産方式による大量生産技術開発を手がけていた。このときローズはアルマンゾへの手紙の中で、フォードが安価で燃費の良い農業用トラクターを製造していることを伝え、それを父親に勧めようと考え、フォード氏に詳しい話を聞いておく、と言っています。親孝行ですね。

45 テレビシリーズでは、現代のアメリカ人の役者が演じているわけですから、やたらに太った人が出てきます。しかし原作ではエドワーズさんもオルデン牧師も、チャールズと同じように痩せていると書かれています。そこはもうしかたがなかったのでしょう。しかしメアリー役のメリッサ・スー・アンダーソンは、西部開拓時代の物語なのだから、撮影に入る前にもう少しやせてくるように指示されています。ひどいですね。

ローズとローラ、母と娘のバトルから「小さな家」シリーズの執筆

ローズはとても優秀な子供で、それが優秀過ぎるせいか、学校で授業内容を「くだらない！」と罵倒したり、癇癪を起して本をたたきつけて出て行ったり、先生にたてつく常習犯で、滅多に一年間続けて登校できなかったと自分で言っています。アルマンゾはとても穏やかな人だったし、そもそも自分が学校に行くよりも農家の仕事のほうがずっと好きでしたから、そういったことで娘を叱ることはなかったようです。ローラのほうも『大草原の小さな町』で書かれているように、本人も学校で先生とトラブルを起こしていますから、ローズに対しては寛容に見守っていたようです。裁縫に関してはローズも嫌いだったようで、これは親子三代、どうやらみんな耐え難かったようです。

ローズは高校生の時は四年間勉強するべきラテン語を一年で終わらせてしまうほどで、なんと首席で卒業したそうです。[46] 十七歳で家を出て、最初は電信技手として働きました。そこでも優秀だったのでしょう、その仕事でアメリカ中を回るようになり、その後新聞に記事を書くようになってトップ記者となり、文筆業で名をはせるようになり、前述したように様々な著名人の伝記を書き、またリバタリアンとして政治的・思想的な著作も出す一流の作家となりました。

一九一五年のサンフランシスコでの国際博覧会に、ローズがローラを招いたことは前述しました。田舎育ちの母親に、金銭的に余裕のできた娘が近代都市の生活と物質的な豊かさを見せてやれたのは、誇らしくもあり、親孝行の満足を感じたことでしょう。しかしローラはこの旅行を喜んではいましたが、ローズのように都会に住みたいとは思いませんでした。旅の終わりに、ローラはアルマンゾにこのよう

に書いています。

おそらくあなたは、私のこちらの滞在が思ったよりも長くなったと思っているでしょうね。でも、この大都市サンフランシスコが、どれだけ私にとってくらくらするほど混んでいるところか、そしてちょっと人混みや通りに入っただけでも疲れるものかはわからないでしょう。

ローズはその後フリーランスの作家となり、ニューヨークに住んだり、赤十字のライターとしてヨーロッパ中を渡り歩くことになります。金銭的にも余裕が出来て、両親に経済的支援をしています。[47] 一九二〇年から二三年にかけて、ローズが訪れた国々はヨーロッパ全域のみならず、エジプトや中東まで足を延ばしています。一九二三年には政治的に不安定なコンスタンチノープル（いまのイスタンブール）から、当地の治安を心配する祖母のキャロラインに「心配はいらない」という手紙を書いています。[48]

一度帰国したのちに再訪したヨーロッパでは、ローズはアルバニアの滞在が特に気に入ったようです。そのとき彼女はひっきりなしに外国から品物を注文し、ひどく消費欲のとりこになっており、いつもお金が欲しいとぼやいていたそうです。金銭的には、一回目のヨーロッパ滞在の最後にお金がかかり、借金までしましたが、その後アルバニアでは投資で儲けたお金で家具や贅沢品を買いまくったり、自分では「安っぽい作品」と思っている連載小説が大当たりして一万ドルを手にし、ブダペストとウィーンに買い物に出かけたりと、派手な生活に浸っていました。大草原の開拓地で自給自足の生活を経験し、質素と節制を重んじる家で育ってきたローラと、ヨーロッパ中を渡り歩き大金を手にするようになったローズは、大きく違う人生を歩むことになりました。

ローラは二七歳のときに幼いローズを連れてアルマンゾと一緒にミズーリ州に移住し、オザークの農場に落ち着きました。そしてローズも親元から巣立って結婚し、ローラは四四歳になったとき、『ミズーリ・ルーラリスト』というローカル紙に記事を書くようになりました。ほとんどは農家の生活の様子を語ったり、日常生活で考えたことを思うままに語るコラム記事でした。その執筆は六十代になって「小さな家」シリーズの前身となる『開拓の少女』を書き始めるまで長く続きました。

一九一一年二月、ローラが最初に書いた記事は「小さな農家に住むほうがいい」というタイトルでした。都会の騒音やほこり、汚れた空気と群衆よりも、健康的で自然豊かな田舎の生活のほうがずっと素晴らしい、と主張しています。近代的な道具が利用できるようになり、以前のような日々の仕事の苦労は減り、努力次第で充実した生活を送ることができると語っています。

結論として言わせてもらいましょう。もし都会に姉妹でもいて、それを羨んで時間を無断にしている田舎の女性がいるとしたら、おやめなさい、ということです。(中略) あなたの小さな農家を、そこでのおもてなしの心と社交の時間を発揮できる場所にするのです。時代は進歩していることに遅れないでください。都会は世界の作業場となり、労働者に委ねられるところになります。そして本当に文化的で、社交的で知的な生活は田舎になることでしょう。

大きな農場を持つと管理が大変だし、人々が離れすぎてしまうとローラは言います。だからほどほどな大きさで隣人が容易く行き来できるような農場を持ち、読書会をしたり有意義な語らいの機会を持てるような暮らしが一番だとローラは言うのです。教養は人生を彩る重要なものであり、ゴシップや薄っぺらい流行を追うことを批判しています。

ローラは八年後にも、同じように田舎の生活を賛美する「代償」というコラムを書いています。それはローズとの会話の紹介から始まります。ローズは世界中を旅していろいろなところに住むことで多くのことを得られたが、失ったもののほうが大きいかもしれないと言うのです。その理由は、人間がこの世で得られる最上のものが「幸せと満足」であるとしたら、せわしない都会に住む人よりも、田舎で暮らす人のほうがそれを得ている気がするというのです。

結局のところ、代償というものがあるのです。我々田舎に住む者は旅行をする好都合な利点を持っていませんが、家にいると、都会のせわしなさと騒音のなかではほとんど不可能である心の文化を獲得することができるのです。[49]

ローラが言うには、代償に関して困ったことは、我々は普段それに気がついていないということです。「天国を感謝するには、少しばかり地獄を経験する必要がある」ということなのです。都会に住む人が、「今夜は何もすることがない」とうろたえていることを聞いてローラは驚きます。常に何か外に頼るものがないといられないという状況が都会の人間には耐えられないと。確かに現代の若者からスマホを取り上げてみればそういうことになるでしょう。

というわけで、いままでにも増して、私は田舎暮らしが平和で、比較的孤立していることにありがたいと思うのです。これは、私たちが気づいて楽しむべき幸せなのです。

静かな場所に住んでいる私たちは、いつも何か「今夜は何かがある」ような群衆にしがみついている人や、人の群れに頼って安らぎを求めている人にはできないような、自分自身を知り、自分自身の考えを持ち、自分の人生を生きていく機会を得ているのです。

都会に出て行った娘のローズを引き合いに出し、ローラは田舎生活のほうが素晴らしい人生を送れるのだと主張しています。背景には、急速に発展する都会生活に、国中の人々が浮足立って憧れているという状況があるのでしょう。

ローラが五四歳のとき、母親、すなわちキャロラインのことについて書いています。

「母さん、魔法の言葉」一九二二年九月一日

年を取れば取るほど、子供の頃の思い出が尊いものになります。特に母さんの思い出がそうです。その愛情や気遣いが燦然と輝いて、母さんの思い出の後光となっているのです。というのも、世界中のどこを探しても、そんな愛に満ちた自己犠牲など見つかるわけもないことがわかるからです。母の助言や教えは、それを受けたときよりも、のちにずっと強く我々に訴えかけてくるものです。なぜなら、我々の積み重ねた世間知や人生経験が、その価値を証明するからです。

悔やまれることというのは、その価値がよくわかるのは、我々自分自身の経験によってのことで

あり、厳しい人生の学校で学んでから、母の言葉が正しかったとわかることなのです。

女性はしとやかであるべきだという伝統的な価値観を重んじるキャロラインは、やさしくもしつけには厳しかったので、おとなしいメアリーと違って自由に跳ね回りたいタイプのローラにはうるさい存在であったでしょう。しかし子供は成長するにつれて親の心情がある程度は理解できるようになり、またぶつかった思い出も薄れてゆくものです。親もまた子育てに疲れてイライラしたりしていた記憶が薄れ、小さい子供がかわいかった思い出ばかりが残ってゆくように。ことごとく注意された服装や髪形、ふるまいなどの問題は些細なことと思われるようになったのでしょう。しかしローラの奔放な性格がキャロラインの古い女性観に常に抑圧されていた図式は、簡単に「母さんが正しかった」と片づけられるものかどうかは疑問に残るところです。

上記の記事の二週間後には、内容が連作になっている文章が載せられています。

「母親談義：あなたはお子さんたちの相談相手になっていますか？」一九一二年九月一五日

私の机の上には、七六歳になる私の母からの手紙が、いまはるかヨーロッパにいる私の娘からの手紙の横に並んでいます。母からの便りを読んでいると、私はふたたび子供に戻ります。そして言葉に出来ないような、母の助言、母の庇護のもとにいる心安らぐ場所、母の判断を信頼することでいつでも得られる責任からの解放感、そういったものを求める気持ちが心に一杯になるのです。

でも、私の娘によって書かれた手紙に目を向けると、娘はどんなに大人になろうと、いつでも私にとっては小さい女の子で、そうすると私の母の立ち位置や私に対する気持ちがわかって、ありがたく思うのです。

　私たちの多くは、子供になると同時に母にもなるという恵まれた特権を持ちます。そして子供が母を、母が子供を本当によくわかるようになるまで、お互いを理解できるようにすることができるのです。あなたのお子さんのあなたに対する態度の中で、「こうでなければいいな」というものは何かありますか？　自分の心の中を探ってみて、自分の母親への態度が改められるかどうかを学びましょう。


子供は親に対して、いつまでたっても幼い頃の甘えた気分を引きずり、また逆に親は子供をいつまでたってても子ども扱いしたりするものです。ローラはそれを自覚することによって、親の気持ちを、そして子供の気持ちを理解する努力に役立てようと言っています。子供の態度にカチンときたりしたら、親として初めて親の気持ちがわかることがあるので、そのときに自分の親に対する態度を考え直そうというわけです。

　その頃、ローズははるかアルバニアを旅しており、派手な生活を楽しんでいました。オザークから都会に出て、それから世界中を旅するようになって、ヨーロッパの都市を渡り歩いたローズから見れば、両親の住む田舎はたいそうみすぼらしく思えたことでしょう。ローズは両親に気候が温暖なカリフォルニアとか、イギリスへ移住したらどうかと誘っています。[50] しかしローラにはそんな気持ちはさらさらなかったようで、きっぱりと拒絶したようです。おそらくはローズは両親に豊かで安楽な環境に住んでもらいたいと心から勧めたのでしょう。モノが溢れる華やかな暮らしは、ローズが自分で切り開いて知った世界で、両親にはその良さがわからないと思ったことでしょう。一方でローラとアルマンゾは開拓地で生まれ育ち、人生をかけてふたりで切り開いてきた、その思い出がしみついた家を離れたいとは全く思わなかったのでしょう。母と娘は少なからずぶつかったと想像されます。

ちょうどその時期に、ローラは「ひまわり」（一九二三年八月一日）という記事を書いています。ある日、草原を歩いていて、野生のひまわりを摘んで見ていると、郷愁の念にかられて涙がこぼれそうになったのです。母さんのやさしくもきっぱりとした声、父さんのきらりと光る青い目、一緒に遊んだ姉さんが恋しくてたまらなくなりました。

年月を越えて、懐かしい我が家とそれに対する愛がよみがえり、そこで私に教えてくれたやさしい言葉の思い出があふれ出したのです。私が気づいたことは、幼い頃に教わったことが、私の人生でずっと私に影響を与えてきたということ、そして父さんと母さんが示してくれた手本は、私があちこち失敗したり、ときには反抗したりしながらも、ずっと習おうとしてきたことで、いつも磁石の針が星を指しているように、そこに戻ってくるのです。

ローラは自分が間違ったり、両親に反発したりしながらも、両親の言うことが正しかったことが理解できたと言っているのです。そして注目すべきはその次です。

現代の目まぐるしい変化のなかで、私たちは自分たちの家を、その大切さゆえに、決しておろそかにしてはいけません。というのも、ずっとあとになって人格が試されるとき、善良な意思の強さというものは、いくらかの人々が楽しむ新しいモノや娯楽からではなく、静かな時間、懐かしい我が家の「小さな声」からくるものなのです。

一般論として読めば、普通にほのぼのとした「我が家を大切にしよう」という話です。しかしこのときのローラとローズの状況から見れば、これはローラがローズの誘いを断り、自分の我が家を離れる気はないというきっぱりとした拒絶の表明でしょう。

私たちすべてが持っている、人生における本当のものとは、もっとも価値のあるものです。自動車やラジオなどよりも、土地やお金なんかよりもずっと価値あるもので、その素晴らしい富の蓄えは、ありふれた、ひまわりのような美しいものによって気づかされるものなのかもしれません。

ローズはヨーロッパでモノを買いまくる生活をしていました。ローラが住む田舎の農家と比べたら桁違いの収入を手にしていたし、また不動産の投機で儲けていたことなども考えると、これはローラの娘に対するかなりきつい当てつけと読めるのです。

その記事を書いた翌年、キャロラインは八五歳で人生を終えることになります。あれだけ慕っていた母ですが、ローラが最後に会ったのはもう二二年も前だったのです。手紙のやりとりはしていたようですが、当時は移動が大変だったとはいえ、そういうものかな、という気もしますね。
そのあと、ローラは「母が亡くなった」という記事を書いています。母の記憶は、「天の宝」か、「痛恨の炎」となるか、我々はみなそれを抱えて生きてゆくことになると言っています。

私たちの記憶というものは、なんという喜びであり、また悲しみであることでしょうか。嬉しくても悲しくても、その記憶は永遠に私たちと共にあるのです。その思い出を、すべての良きもののなかでも大切にしてゆきましょう。私たち自身のために最も甘美で最高に幸せな思い出を積み重ねながら、同時に他の人々にもそれを与えているという素晴らしい真実を喜びながら。

この文章も、ローラは自分の母親のことを思いながら、娘のローズのことを心に浮かべているのではないかと私には思えます。親を亡くしたとき、子供は「天の宝」となる素晴らしい思い出と同時に、「痛恨の炎」となる後悔の念を感じるものではないでしょうか。失った親の有難さと共に、十分に孝行できなかったことなどの自責の念に誰もがかられることでしょう。ローラはキャロラインの子供であると同時に、ローズの親であるから、次世代に記憶を残してゆくつながりに参加しているということ、それは喜びと悲しみの両面を持つものでありながら、素晴らしい真実であり、それを喜びましょう、と言っているのです。
一方でローズのほうはどうだったでしょうか。彼女の母親に対する心境が読み取れる文章を見てみましょう。その頃ローズはO．ヘンリー賞をもらうような有名な作家としての名声を手にしており、ローラの文章を校正したり、書き方の手ほどきをしていました。一九二四年一一月にローラに送った手紙には、それに関して辛辣な言葉が書かれている。「聞いて、お願い。お願いだから聞いて！　私が母さんの書いた物語にしたことは、ありふれた書き換えの仕事なの……私は母さんを、大きなマーケット向けの作家として訓練しようとしているのよ。」どうやら、ローラの書いた文章に手を入れようとするローズに、ローラは強く抵抗していたようです。

売れたのは、手を入れられた文章だってことを理解してくれなくては。どんなふうに、そしてなぜ手を入れられたのか、学んでもらわなければなりません……何よりも、母さんは私の言うことを聞いてくれなくては……何年もずっと言っているじゃない、「お金を貯めるのを止めて、稼ぐのよ」……ねえ、私は外に出て、最初に稼いであげたわ。どんなふうに稼ぐか見せるためにね……でもね、もう母さんがやらなくちゃ。いま、もっと。

ローラはローカル紙にほのぼのとしたコラムを書いていても、ローズの言うように全国紙で売れて大きな金額を手に入れるような野望を強く持っていたかどうかはわかりません。しかしローズのほうは、収入のままならない農家に住む両親に、十分な稼ぎをもたらす手段を授けたかったようです。

のちにローラの実際の記憶に忠実な自伝的作品である「開拓の少女」が、脚色を強めた「小さな家」シリーズに書き換えられて、後世に残るベストセラーになったことを考えれば、ローズの主張はうなづけるものであったかもしれません。しかし自分の思い出に脚色を加えることに難色を示したローラとの間に、だいぶバトルがあったようです。[51]
さて手紙の最後には、はたから見れば微笑ましい、しかし両人にとっては厳しい言葉が続いています。

私がむかし三歳だったことがあるからって、ほんとにもう私が三歳以上にならないって思うのはおかしいわ。いつかは大きくなったってことにしてほしいものだわよ。

本気で怒っているのでしょうけれど、娘がすっかり中年のおばさんになったところで、ローズはローラにとって、永遠の赤ちゃんだったりするのです。おそらくローラはキャロラインに、いつまでたっても子ども扱いされていたことを思い出して笑っていたのではないでしょうか。
もちろんローズから見れば、自分で切り開いた作家への道で成功を収め、それに関しては母親は素人だと思っているのであるし、また全米各地の大都市だけでなく、広く外国を旅をしてきた経験から、母親のローラは開拓地の生活しか知らない視野の狭い田舎者だと感じられたことでしょう。しかし一方でローラから見れば、厳しい西部開拓地に生まれ育ち、数々の天災のみならず、餓死や凍死と隣り合わせの環境を生き抜いてきた経験の蓄積から、娘のローズは何も知らない甘ちゃんだと思えたのではないでしょうか。
ローズは一九二五年三月に、「田舎にある場所」というエッセイを『カントリー・ジェントルマン』に載せています。それは帰宅した両親の家で、朝にローズが目を覚ます様子から始まります。そして母ローラが農場の早朝仕事に忙しくしており、それを見てローズは、自分がよく「女性がそんなふうに人生を過ごすのはよくない」と怒ったことを思い出します。たしかに働き詰めの人生を送る母親を見て、女が理不尽に家庭の犠牲になっているのではないかと子供が思うのは、どこにでもよくあることかもしれません。

父アルマンゾが満足そうに牛の世話をしているのを見たあと、ローズはローラに呼ばれます。「早く！　一秒ごとに変わってしまうんだから！」と、自分が見ている日の出を見るように促すのでした。それはバラ色の空が薄れて水色になり、日の光が黄色く草原を渡ってくる、新鮮で神秘的でもある景色でした。ローラはここの夜明けほど美しいものはないと思って、ずっとローズに見せたかったのだと話します。

そこでローズは、それまで自分が見た印象的な日の出を思い出します。パリで一晩中踊り明かしたあとに眠い目で市場から見た夜明け、コンスタンチノープルに並ぶ尖塔越しの霞んだ夜明け、容赦のない暑さに消えてゆく直前の、死海のまわりの丘を彩る驚きの瞬間、凍るように寒いシリアの砂漠に突然輝く黎明、その四回。この農場を出てからの二十年間で見た印象的な夜明けはたったの四回で、それらは母が見ている夜明けほどに美しいことはなかったではないか。ローズは家を出て世界中を巡り、母親には想像もできないような様々な経験をしてきたけれど、この農場を離れなかったローラのほうが素晴らしい経験をしてきたのではないか、と思うのでした。

それからローズは、農場を飛び出していった二十年前のことを回想します。

二十年前に、私はこの農場を出て行った。なぜ若者が農場を離れていくのかという理由を誰も教えてはくれないが、私にはすべてわかっている。農場の骨の折れる仕事ですよ。牛豚鶏の奴隷なんです。一年間の苦労を一日で台無しにする、どうすることもできない天気の気まぐれ。野望を求めてそわそわし、その喪失感があって、農場では冒険や報酬などがすべてどこか他所にあるようなという気がうっすらとする。それよりももっと強いのは、物質的なもの、虚栄心が満たされることへの誘惑なのです。私はそれらの理由を全部知っているのです。というのも、それらが私を都会へ導いいたのですから。

世界中のほとんどの若者が、同意するでしょう。ローズはそれまでの自分の旅を思い返します。サンフランシスコからニューヨーク、そしてロンドン、パリ、プラハ、ウィーン、ローマ、アテネ、コンスタンチノープル、カイロ、トビリシ、ダマスカス、バグダッド、西側世界のほとんどと西アジア。その経験から、十五年前に両親に都会で住んでもらおうとローズは計画しました。農場よりも、はるかに豊かな生活をさせてあげられると思ったのです。

私はこの変化に熱中しました。私はまだ大人になったばっかりでした。それだけで両親よりもずっと賢くなっていたとは思わなかったにしても、私の都市での経験がそういう気持ちにさせたのでしょう。両親は素敵で立派な人たちでしたが、私ほどには世の中を知らなかったのです。私は二人の手を引いて、何もかもを申し分なくやってあげようとしたのです。私は二人が何をどうするべきか、完璧にわかった気でいました。でも私の計画の唯一の問題点は、両親でした。二人は動こうとしなかったのです。

母と娘はけんかになります。結局ローラは頑としてローズの申し出をはねつけました。ローズはそのとき納得がいかなかったようです。その背景にあるのは、田舎の人間が持つ都会の人間に対する劣等感です。都会のほうが素晴らしい生活を送れるのだから、両親も田舎を出るべきだと信じていたのです。しかしその考え方は、年月とともに変わっていきました。

そのこと以来、アメリカでは大きな変化がありました。でも、そのときは田舎の人間の劣等感は、多くの人々を都会に駆り立てる大きな要因になっていたのです。その都会で、私たちは知らないうちに、本当に劣った存在になってしまったのです。私たちは、農場で持てたはずの二つのことを失ったのです。独立とゆっくりした時間です。そう、ゆっくりとした時間なのです。

都会では、独立して、自分で物事を決めて、時間に関してはある程度自由な、正直な生き方ができる、そういった仕事はほとんどないのです。

ローズは、自分が都会で探し求めてきたものが、この農場にあることがわかるのに二十年かかったと述懐しています。岩だらけのやせた土地を、両親は切り開いて立派な農場にしました。アルマンゾが建てたこの家には、ローラが景色を楽しむための窓がつけられています。[52] 二人が作り上げたこの農場は、ローズが作家として成功したことと、同じ創造的な仕事であると気づいたのです。

というわけで、母が言うように、最後には同じことになったのです。私はこの農場に戻ってきました。そしてここで、私の人生に詰め込むことのできる、美しいもの、人間としての満足感、あらゆるものをここで見つけたのです。

こんな白旗をあげられては、ローラは勝利の満足感を味わったことでしょう。「やはり母は正しかった」と。といっても、田舎が勝って都会が負けた、と簡単には言えないでしょう。ローズが発見した田舎の生活の素晴らしさは、十分すぎるほどに都会の生活を堪能して、世界中を旅してきたからこそわかったことです。ずっと田舎暮らしをしていたら、きっと欲求不満で後悔する人生を送ったかもしれません。ローズは、長い華やかな都会生活の果てに、自分が育った田舎の農場が素晴らしいことに気づきました。ただし、この文章の発表には、ローラに対する親孝行の気持ちも入っているのではないか、とも私には思えるのです。

上記のエッセイを書いた三年後に、ローズは両親に豪華な石造りの家をプレゼントしています。彼女はその計画に熱中し、英国風コテージの設計図が気に入って建築家に注文を出し、インテリアは都会のデパートから一番良いものを取り寄せたそうで、大変な出費をしています。ローラとアルマンゾはしばらくその家に住みましたが、結局は自分たちで建てた元の家に戻ってしまいました。やはりふたりは愛着のある自分たちの家、そして質素な生活を望んだようです。[53]

すでに立派な作家となっていたローズは、ローカル紙『ミズーリ・ルーラリスト』に記事を書いていた母ローラを、自分でニューヨークまで出かけて行って全国紙『カントリー・ジェントルマン』に売り込み、文章作成などの手ほどきをして出版にこぎつけました。それはローラにも書けそうな「台所」や「食堂」がテーマだった。ローラはその原稿料百五十ドルを受け取りました。その金額は、馬一頭の購入費よりも大きかったのです。

それから五年後、ローラが六三歳のときに、「小さな家」シリーズの草稿となる『開拓の少女』を書き上げます。前述したように、それは当時出版には至らず、二年後に大幅に書き換えられてシリーズの第一作目『大きな森の小さな家』となるのです。そこでも母と娘のバトルは繰り広げられたようです。ローラは思い出に基づいた事実を飾らずに書きたいと思い、ローズは洗練されたドラマチックな内容に、つまり売れるように書くべきだと思ったようです。いまとなっては、そのバトルの末の共同作業が、シリーズの傑作を生んだのだろうと思われるのです。

●注●

46 ローラも年齢の規定を破ってまで教員免許をもらったくらいだったから優秀だったのでしょうが、娘のローズはけた外れに優秀だったようです。ちなみに『大草原の小さな町』の最後には、交付されたローラの教員免許状が載せられており、それには「歴史九十八点」と書いてありますが、実際には六十九点だったことがわかっています。のちの研究者の追跡は恐いですね。これは厳密な「伝記」じゃなくて、「フィクション」なんです。

47 ローズの波乱に満ちたヨーロッパでの大冒険は大変興味深いのですが、ここでは大きく脱線しますので、そのあらましは彼女の伝記におまかせします。*Laura's Rose: The Story of Rose Wilder Lane*, William T. Anderson, South Dakota: Laura Ingalls Wilder Memorial Society, 1984.『大草原のバラ』谷口由美子訳、東洋書林、二〇〇六年。

48 先ほど「詳しくは伝記を読んでください」と言いましたが、ちょっとだけ。このあとでローズはシリアの砂漠を車で進み、夏だというのに水とガソリンが不足して、おまけに道に迷います。そこで幸運にも砂漠の民に助けられ、命が助かったあとで帰国することになったのでした。きっとおばあちゃんにはその話をしなかったでしょう。

49 「心の文化」とは、原文では"a culture of the heart"です。"culture"は「文化」、「教養」、「修養」といった訳語が使われますが、「栽培」、「耕作」といった意味もあります。心を耕して、豊かな実りを育て上げるというニュアンスですね。西部開拓地で暮らしてきたローラにふさわしい言葉に思えます。ローラは姉や娘のような高等教育は受けませんでしたが、自分で本を読み、そして隣人たちと定期的に読書会や勉強会を開くことを続けており、女性も社会のことを知り、教養を積むことを大切に考えてきました。そして田舎に暮らしていても、それは十分に可能であると主張したのです。

50 私はイギリスに住んだことがありますが、北国で寒いし雨が多くてあまりよい気候だとは思えませんでしたが。

51 ローズの出版した本のジャンルは多岐にわたりますが、初期は伝記、そのあとに小説、そして政治的思想に比重が移っていきました。その伝記ですが、チャップリンやフォードなどの有名人を扱い、高い評価を得ています。しかし同時に、伝記であるにもかかわらず、フィクション性の脚色が強すぎるという批判もあります。著者の想像による脚色が強ければ面白い読み物になりますが、事実の重視を期待する読者には不満も出てくるわけです。ローズは成功した作家としての視点から、伝記や小説はエンターテイメント性の強いものであるべきだ、と思っていたようです。でもローラは生真面目だから、「売れようが売れまいが、少しでも嘘は書きたくない」と思っていたようです。

52 西部開拓地では、ローラの父チャールズは、自分で切ってきた木材を組み合わせて家を建てました。土手に横穴をあけて住んだり、芝土を切り取って重ねた家（それが氷だったらかまくらみたいだ）に住んでいたこともあります。なので、ガラス窓の入った明るい家は、長年の夢であったのです。

53 家をプレゼントしたときから遡ること三年、ローズは車を取り寄せて両親に贈っています。そこでローラもアルマンゾも運転の練習をしました。ローズがアルマンゾに運転を教えているとき、アルマンゾは二台の対向車がやってきたのに慌ててしまい、馬を扱っているように"Whoa!"（止まれ！の意味）と叫んでから足を踏ん張ってアクセルを踏み込んでしまいました。そして急発進した車に気が動転して、手綱を引くようにハンドルを引っ張ってしまったそうです。車はあちこちにぶつかってからようやく止まり、車は滅茶苦茶、ローズは頭を切って、ぶつけた鼻がボールのように腫れました。大変な事故に多くの人々が心配して集まり、二人の命が助かったことにみんながほっとして、笑顔に囲まれたローズは結婚披露宴の花嫁にでもなった気分だったと自虐的な思い出を書き残しています。

ちなみにアルマンゾとローラは、その後に車に乗って昔の開拓地を旅して、思い出の場所を巡って懐かしい人々に再会しています。年を取ってから学んだ運転ですから、何度もハイウェイの出入りに迷ったりした楽しい珍道中だったようです。

第二部

Lucy Maud Montgomery, 1874–1942

アンの子育て物語

『赤毛のアン』

日本では村岡花子による翻訳が普及したことにより、『赤毛のアン』として知られているルーシー・モード・モンゴメリの『グリーン・ゲイブルスのアン』は、発売当初から爆発的な人気を博した。一九〇八年六月の出版から、たったの二ヵ月で四回の増刷となった。インターネットの口コミがあるわけでもなく、本が読まれて評判が広がるにしても、これは驚くほどのスピードです。そして半年で六刷、五年で三十二刷。そして増刷の回数だけではない。六年目の三八刷はなんと十五万部も印刷されています。

現在まで五千万部以上が売れ、三六カ国以上の言語に翻訳されて、アニメ、漫画、映画、ラジオドラマ、テレビドラマ、ミュージカル、演劇など、あらゆるメディアを通して『アン』は世界中の人々に親しまれてきた。[1] 一般的には、「人々」ではなく、「少女たち」に親しまれてきたと言われることが多いだろう。「少女文学」という言葉は一般的に使われていないが、この作品はウィキペディア英語版では「すべての世代向けに書かれてはいるが、二十世紀半ば頃から、古典的児童小説と考えられてきた」と書かれています。

つまり「逆境のなかで懸命に生きる幼い孤児が、保護者と出会い、失敗を繰り返しながらも健気に努力を続けて大人になってゆく成長物語」といったところが最もポピュラーな紹介の仕方でしょう。モンゴメリの他の作品でも、主人公の少女が孤児であったり、親からの愛を受けられない厳しい環境の中で、努力を重ねて生き抜いてゆく話として『ニュー・ムーン館のエミリー』(一九二三)、『青い城』(一九二六）や『ランタン・ヒル館のジェーン』（一九三七）といった作品があり、これらも高い評価を受けている。それらはモンゴメリ自身が物心もつかないうちに母親を亡くし、その後も苦労の連続であった彼女の実人生に重ね合わせる解釈がなされてきました。

しかし『アン』の物語は、保護者となるマリラの描写に大きなウエイトが置かれており、母（保護者）と子の葛藤や相互関係という視点から解釈しようとする批評もなされてきました。これからこの作品を、「マリラの物語」として読み直していきます。モンゴメリの他の作品には、老いてゆく孤独な主人公が子供や若者に慰めを見出す物語群、「エリザベスの子供」（一九〇四）や「ロイド老婦人」（一九一二）などがあり、この作品がその範疇に連なる作品と位置づけることもできるのです。もちろんこの作品の主人公がアンではなくマリラだというつもりはありません。この作品の構造はアンの物語とマリラの物語の二つが重なり合っており、マリラの視点から読んでいくこともできるのです。

●注●

1　モンゴメリは三〇歳のときに『グリーン・ゲイブルスのアン』を書いたが、三つの出版社に断られました。それから三年後、トランクにしまってあった原稿をもう一度別の出版社に送ったところ、五百ドルという大金で買い取ってくれました。しかしまさかこれだけのミリオンセラーになるとは思いもしなかったので、あとで悔しがったそうです。売れた分だけ一定の利益になる印税方式にしておけば億万長者になれたか。

マリラの物語

物語冒頭の三章は、アヴォンリーに住む三人の驚きがタイトルになっています。孤児を引き取るという話を聞いてリンド夫人が驚き、その孤児（男の子を引き取るつもりが間違いで女の子であったアン）を迎えに行ったマシュウが驚き、グリーン・ゲイブルスでアンと出会ったマリラが驚くという設定です。物語の構造から見て、「アヴォンリーの人々が孤児を迎える」という視点から始まっているのです。アンを主人公にするならば、彼女の視点から話が始まり、孤児院から旅をしてマシュウやマリラに出会うという設定もありえるでしょう。しかしこの物語は、ひょんなことからマリラが（決定権はマリラにあり、さらにマシュウは最初からアンの世話係にはならないという取り決めがなされる）アンを引き取るという視点になっているのです。つまり「マリラの子育て奮闘記」という構図になっているのです。[2]

マリラが希望していなかった女の子のアンを引き取った理由は、最初は「憐み」でした。マリラはアンの言葉から、これまでどれだけ辛い思いをしてきたかを推し測り、また自分たちがアンを引き取らなければ、これから彼女にどれだけ厳しい生活が待っているかと考える。そもそも養子をもらおうと考えたきっかけは、年老いてきたマシュウの農作業を手伝ってもらうために男の子がほしかったのですが、マリラは「必要のない」女の子を救うためにアンを引き取る決心をします。[3] その決め手はマシュウが「我々のほうがあの子の役に立てるかもしれないよ」と言った言葉でした。この構図を心に留めておいて先に進みましょう。

この小説をマリラの物語として見るとき、その大きなテーマのひとつは「マリラの人生を取り戻すこと」です。彼女は婚期を逸し、結婚や子育てを経験しないままに年を取ってきました。[4] 子育ては、子供が何かの役に立つためといった目的から始まるわけではないでしょう。生きていく能力のない子供を世話して責任を背負い込み、全面的な保護者となることです。しかしそれは一方的な「奉仕」ではありません。自分が保護しなければ生きていけない子供の支えとなることは、自分の存在意義を確認させてもらう行為でもあるのです。

マリラ登場の場面から見ていきましょう。語り手（作家）による説明では、グリーン・ゲイブルスはマリラによって「痛ましいほどに」清潔で、隅々まで塵ひとつないような管理がされています。

マリラは座るときにはいつもここに座っていました。そして常に太陽の日差しに対して少し不信感を抱いていました。というのは、この世は真面目にとらえるべきものであり、陽の光は踊るようなはしゃいだものに思えたからなのです。いまここに座って編み物をし、うしろのテーブルには夕食の用意ができていました。

舞台となるプリンスエドワード島にはスコットランド系の移民が多く、大部分がキリスト教の禁欲的な長老派でした。なかでもマリラは熱心な信者であり、六月の太陽のきらめきにも心がざわめいてはいけないと思う程、自制心を強く保ち、頑なに感情を押し殺して生きてきた女性です。

プロテスタントの中でも「長老派」というのは、「小さな家」シリーズのなかにも出てきました。インガルス家の知り合いであるマッキーさんが払い下げ農地の申請をしており、そこを留守にすることなく五年間住み続けていなければならないが、よそで仕事をするために妻子を農地に置いておかなければならなかった。小さな娘と留守番をしなければならない奥さんは寂しすぎるので、しばらくローラに一緒に住んでもらったというエピソードです。週末になるとマッキーさんが帰ってきます。彼はとても親切な好人物なのですが、敬虔な長老派なので、日曜日には笑うどころか微笑みさえ許さず、聖書か教理問答書を読み、真面目にキリスト教について話すことしか許さなかったので、ローラにはうんざりだったのです。マリラもそういう堅物の信者だったわけです。アヴォンリーがそういう風土だったということは心に留めておきましょう。

そのマリラがアンとの初対面で、早くも心溶け出すことになる。引き取り手が見つかったと思った喜びの絶頂から、女の子を欲しがっているわけではなかったと知って絶望しアンが大泣きをしたとき、彼女は「最高に悲劇的なことだわ」という、およそ小娘が使いそうにない大げさな言葉を発した。そのときにマリラはずっと忘れていた、出すのもためらっていた微笑みを浮かべてしまうのでした。

長い間使われていなかったために錆びついていた、気の進まない微笑みらしきものが、マリラのいかめしい表情を和らげたのであった。

マリラは子供にどのように話しかけたらいいか、わからずにとまどってしまう。そしてアンを引き取りたいと言い出した無慈悲で厳しい女性のことを、アンが「錐《キリ》のような人」と表現したとき、あまりにぴったりと思ったのか、マリラはふたたび笑いそうになってしまう。

マリラは、アンがこのような発言をしたことについては非難されなければならないという確信のもとに、浮かび出そうな微笑みをかみ殺した。

敬虔なキリスト教信者として、子供が大人を揶揄することはたしなめねばならないと考える。しかしアンの表現は的を得たものであり、心情的にはマリラも同意見なのである。このように、マリラはアンを通じて自然な感情の発露が溢れ出し、それを抑えなければならないと思いつつも、それまで生きてきた信条が揺さぶられるのである。

●注●

2 モンゴメリは、あるとき何年も前に自分で書いた、色あせた書き付けを発見しました。「年配の二人が孤児院に男の子を依頼する。間違いで女の子が送られてくる」それにはこう書かれていたのです。これはいける、と「アン」が書かれました。最初から、その「女の子」ではなく、「年配の二人」の視点による物語だったのですね。ちなみに「年配の二人」というのは、"Elderly couple" です。「カップル」は、まず男女の一組、夫婦や恋愛関係にある二人を指すものですが、必ずしもそうであることはなく、マリラとマシュウのように寄り添って暮らしている兄と妹でも使われるようです。

3 『大草原の小さな家』のローラと同じように、当時の価値観では女の子は農作業をしません。やろうと思えば出来るのでしょうが、それは「とんでもなくはしたないこと」と思われていたようです。

4 このような言い方をお許しください。原作の書かれた当時の考え方がそうだったのです。

コラム① 『赤毛のアン』というタイトル

日本で知られる『赤毛のアン』の原題はAnne of Green Gables、「緑の切妻屋根の家のアン」です。このような原題に忠実な訳にすると、説明が必要になってしまうので、有名な翻訳家の村岡花子さんはだいぶ悩んだようです。

家に愛着心の強い英国人は、家に愛称をつけて呼びます。ジェイン・オースティンの『ノーサンガー・アビー』やチャールズ・ディケンズの『荒涼館』などは、「屋敷」が重要な意味を持つ舞台となっており、小説のタイトルとなりました。カズオ・イシグロの作品『日の名残り』では、「ダーリントン・ホール」という屋敷が、ただの舞台というよりは、そこに住む人間たちの精神的支柱になっており、さらには古き良き英国文化を象徴する意味を持っています。そういう意味では、E. M. フォースターの作品『ハワーズ・エンド』も家の名前であり、やはり象徴的な意味を持っています。

日本人はむしろ「土地」や「出身地」、もしくは「所属する組織」のほうにこだわりを持っているようです。「沓掛時次郎」とか「清水の次郎長」などは生まれ育った土地がタイトル（人の名称・称号）になっており、また「紀伊国屋さん」とか「上州屋さん」などと今で言う「会社名」がアイデンティティ（他人に認知され、また自分がこういう人間だ、と認識するよりどころのような意識）になっています。会社に入る前は、「どこそこの大学です」なんて所属している（していた）学校名にこだわったり。でも家に愛称をつけて、それで人が呼ばれることは滅多にないようですね。

『アン』の作者モンゴメリは、「家」に執着した作家です。他の代表作を見ても、*Emily of New Moon*、*Pat of Silver Bush*、*Jane of Lantern Hill* など、これらはすべて『アン』と同じように少女の名前に家の愛称がつけられています。New Moon（新月）という家の愛称は、主人公エミリーの先祖マレー家が、百年以上も前に英国からカナダに移住してきたときに乗ってきた船の名前です。その由来にまつわる一家の自尊心がこめられた名前なのであり、それがこの作品の基調をなしているのです。Silver Bush（月明かりの中にたたずむ銀色の白樺の木々）と呼ばれる素敵な家に住むパットは、もうその家を愛するあまりに、結婚してその家を去ることなど考えられずに成長しますが、思わぬ火事によって家を失い、建築家となった恋人によって新しい家を建ててもらうことが結末となります。Lantern Hill（港に面して灯台のように明かりを照らす丘）の上の家は、主人公ジェーンが、両親の不和によって離れていた父親と再会し、二人で住もうと見い出した完璧な「自分の家」となります。このように主人公の少女たちは、それぞれの家に「ほとんど我が命」というくらいの並々ならぬ愛情と執着心を示しています。

ですから『アン』の物語の最初に、孤児であったアンにとって、「引き取り手」が見つかったということの他に、いやむしろそれ以上に、グリーン・ゲイブルスに一目惚れをして「我が家が出来た」ということのほうが大きな喜びになっていることに注目するべきなのです。アンは養女になって「アン・カスバート」となり、家族の一員になることにはこだわっておらず、グリーン・ゲイブルズが「我が家」になることには激しい執着心を示しています。

そう考えると物語の終盤で、マリラがグリーン・ゲイブルスを維持できなくなり、売るしかないという話が持ち上がったとき、アンが奨学金をもらって大学に行けるという大きなチャンスを手放してまで家を守ろうとすることの意味がわかるでしょう。この作品の最初と最後が、「永遠の我が家を見い出して、それを守ってゆく」という物語だからこそ、『グリーン・ゲイブルスのアン』なのです。

各章の終わりに注目

アンがやってきたあとは、マリラの視点から彼女を迎え入れ、しつけてゆく構図になっています。章の終わりが、マリラの感想になっていることに注目しよう。マリラがアンを引き取る決心をする第六章「マリラ決心する」の最後は、マリラの決意のモノローグで終わる。

「今夜はあの子に引き取ることに決めたと言うのはやめておこう」彼女は牛乳を濾して分離器に入れながら考えていた。「あの子は興奮しすぎて一睡も出来なくなってしまうだろう。マリラ・カスバート、あんたはもう足を踏み入れたんだよ。孤児の女の子を引き取る日がくるなんて、考えたことなんてあったかい？　それだけでも驚きだっていうのに、もとを正せばあのマシュウだってことが驚きさ。いつも女の子といえば死にそうになるくらい恐れていたじゃないか。とにかく、私たちはやってみることに決めたんだし、あとはどうなることやら、ってことさ。」

次の第七章「アン、お祈りをする」の最後は、マリラのマシュウに対するセリフである。アンに宗教教育が必要だと気づいたマリラは、それまでの自分の人生が気楽であったこと、そしてついに転機を迎え、困難に満ちた子育てへの取り組みが始まったいまは気力に溢れていると語っている。

マシュウ・カスバート、そろそろ誰かがあの子を引き受けて、きちんと教えてやらなきゃいけない頃だと思います。あの子は異教徒になりかかっていますよ。今日の夜まで、あの子は一度もお祈りをしたことがなかったなんて信じられますか？　あの子を明日牧師館にやって、『はじめての信仰の手引き』を借ります。そうしますよ。そしてきちんとした服を作ってあげたらすぐに日曜学校に行かせます。これから忙しくなりますよ。さてさて、それ相応の苦労をしないとこの世を乗り切っていけません。これまではだいぶ楽な生活を送ってきましたけれど、私もついにやらなきゃいけない時が来たんだわ。精一杯やらなきゃねえ。

「大変、大変」と言いながら、とても嬉しそうですね。本人にそう言うと怒るかもしれませんが、これぞ「生き甲斐」というものであり、「喜び」だということが、なかなか忙しい最中には気づかないものなのです。
そして子育てが始まると、マリラには思いのほか変化が現れる。アンは家のまわりを散策し、その報告をマシュウとマリラにするのですが、マシュウは当然とはいえ、マリラでさえもそのおしゃべりに引き込まれてゆく。

こういう夢中になった冒険の旅は、遊ぶことが許された半端な三十分ほどのものでしたが、アンは自分の発見について、マシュウとマリラを呆然とさせるほどに話し続けたのでした。もちろんマシュウが文句を言うはずがありません。その顔には言葉も出ないほどに楽しんでいる様子の微笑みを浮かべながら聞き入っていました。マリラは自分があまりにも聞くことに没頭しているのに気づくまでは、その「おしゃべり」を許していました。でも気づくとすぐにいつも、ぶっきらぼうに「黙りなさい」とやめさせてしまうのでした。

マリラは内心アンの言葉に惹かれ過ぎてしまうことに気付き、自制心を働かせてそれを避けようとする。人生を楽しむことは控えるべきだという考え方なのです。しかしマリラは思わずリンド夫人に、アンが好きであること、グリーン・ゲイブルスに変化が現れたことを告白する。「私はあの子が好きだって認めますよ。いろいろ欠点はあるにしてもね。この家は、もうすっかり変わりましたよ。あの子は本当に明るくてかわいい子です」。
このあとでリンド夫人はアンの容姿をひどくけなし、それに対してアンは癇癪を起してリンド夫人を罵倒してしまう。立場上マリラはたしなめねばならないと考えるのだが、心の中で自分の幼い頃の記憶が甦る。

「ちょっと想像してみてよ、もし誰かが面と向かってあなたがやせっぽちで醜いって言ったらどんな気がするって」アンは涙ながらに訴えた。

突然マリラに昔の思い出が甦った。まだとても小さい頃、ひとりの叔母が誰かに彼女のことをこういうのが聞こえたのだった。「なんて色黒で不器量な子なんだろうね、可哀そうに。」マリラは四十歳になるまで、その心に刺さった棘が抜けることはなかった。

子育ては一方的なしつけではない。子供の姿を見て、自分を振り返る作業でもある。この第九章「レイチェル・リンド夫人はひどく怯える」の終わりは、大人に無礼な言動をしたアンをたしなめなければならない建前と、自分自身が子供の頃に経験した辛い思い出が甦り、マリラの内心に湧き起ったリンド夫人への反発、そしてアンが彼女をぎゃふんと言わせた痛快な出来事に、マリラは笑いをおさえることができずに葛藤する。

なんとか表面上は威厳を保ち、マリラはアンに「グリーン・ゲイブルスにいさせてもらえるなら、良い子でいるって言ったはずよね」という言葉でたしなめた。アンには一番こたえる言葉です。

この稲妻のような槍をアンの荒れ狂う胸にぐさりと刺して、マリラは台所に降りて行った。嘆かわしいことに心は乱れ、魂は揺れていた。彼女はアンに対してと同じくらい自分に対しても怒っていたのだ。というのも、レイチェル夫人の唖然とした顔を思い出すたびに、おかしくて唇がゆがんでしまったからで、一番不埒だと思えるような笑いの衝動を感じてしまったからである。

太陽のきらめきについ浮き浮きすることさえ控えるべきだと思うようなマリラが、やりこめられたリンド夫人の顔を思い出して笑いそうになっているのだ。本人は自分に腹が立つほど自制心を働かせているが、それまで彼女を縛りつけてきた自制心から、アンによって解放されようとしているのです。

次の第一〇章「アンの謝罪」で、アンはリンド夫人に芝居めいた謝罪をして事はおさまる。ここでもマリラは建前と本音に葛藤する。

マリラはそれを思い出しては笑いたくなる自分に気づいてうろたえた。うまいこと謝ったね、とアンを叱るのも変な気持ちだ。でも、それにしてもおかしいったら！　彼女はこんなふうに厳しくたしなめて良心との折り合いをつけた。

「あんな謝罪は、もうやらないですむようにしてほしいものだよ。アン、もう癇癪を起さないように努めてくれないかね。」

「建前」に生きてきたマリラであるが、アンを通じて彼女は自分の中の「本音」を発見する。この段階では、アンに厳しく接することによって彼女は必死にそれを隠そうとしているのであるが。

この章は、アンとマリラがふたりで帰宅する場面で終わる。そこでアンはそっとマリラと手をつなぐのであった。

アンは突然マリラに近づき、年を取った女の硬い手のひらにその手をすべり込ませた。

「家に帰ること、それが自分の家だってわかっていることは素敵なことだわ」と彼女は言った。「もうすっかりグリーン・ゲイブルスが好きになってたけれど、これまでどんな場所も好きになったことなんてなかったのよ。どこも自分の家だなんて気がしなかったの。ああマリラ、私とてもしあわせよ。いまならお祈りが出来るし、それがちっとも大変だなんて思わないわ。」

自分の手の中にその細くて小さな手を感じたとき、マリラの心の中に何か暖かく心地よいものが沸き上がってきた。それはおそらく、彼女がそれまで味わったことのなかった母性本能のときめきだろう。その未経験の甘い感覚が、彼女の心を乱した。マリラは説教くさいことをを言うことで、急いで平常心を取り戻そうとした。

「良い子でいれば、いつでもしあわせでいられるものだよ、アン。そうすれば、お祈りをすることは決して難しいことではないはずだってわかるよ。」

子供の手に触れて、マリラはそれまで経験することのなかった母性本能が沸き上がり、暖かく甘美な気持ちになったことに動揺する。描かれているのは、アンの経験というよりも、マリラの新しい経験、そしてそれに対する彼女の内面的葛藤なのである。

次の第一一章「アンの日曜学校の印象」では、アンは教会の日曜学校に行き、初めて牧師の説教を聞く。アンはあっけらかんと「ひどく長い」、「牧師には想像力がない」、「聞いていられなくて他のことを考えていた」などといった報告をし、マリラを驚かせるのである。

マリラは、こういったことは厳しく叱らねば、と困惑した。しかし出来なかった。アンが言ったいくつかの事実、特に牧師の説教やベル氏の祈祷については、マリラ自身も長年の間、実際のところ心の奥底で感じていた否定しようもない事実だったからである。でもそれは今まで言葉に表されることはなかったのだ。この秘密にしていた、決して口にすることはない危険な考えが、このちっぽけな女の子のあけすけな言葉で、突然目に見える批判的な形となって出てきたようにマリラには思えた。

アンを厳しく叱らなければならないとは思っていても、マリラは長年自分の心の奥底に隠されていた思いが、アンによって、まさに図星であらわにされるのであった。ここでマリラはアンを叱ることができなかった。彼女は自己発見だけではなく、変化もし始めるのだ。アヴォンリーの御意見番であり権威であるリンド夫人への批判は、世俗の社会・慣習への見直しであり、牧師への批判は、マリラが最も重きを置いてきた宗教的権威への見直しである。マリラの長年凝り固まっていた考え方、生き方が、アンの粗野ではあるが、無垢で純粋な物の見方に触れて、再構築がなされてゆくのです。

次の第一二章「厳かなる誓いと約束」は、アンが隣家のダイアナと友達になる話である。ここでも章の終わりはマリラの感想である。

ほんとにねえ、アンがここに来てからまだたったの三週間だっていうのに、もうずっとここに住んでいたような気がしますよ。あの子なしのこの家なんて、もう想像もつきません。まあ、「そう言ったただろう」なんて顔をしないでくださいな、マシュウ。その顔は女でも嫌だってのに、男からされたら耐えられないわ。あの子を家に置くのに賛成してよかったと本当に思いますよ。あの子が好きになってきましたわ。でもね、それについてはもう言わないでくださいな、マシュウ・カスバート。

マリラにとって、アンがグリーン・ゲイブルスに来てからは新鮮な驚きと喜びの連続である。ここまでが、いわば導入部と言ってもよいであろう。その構図を見てきたように、ほとんどの章がマリラのアンについての思いで締めくくられている。この物語はマリラの視点から、子育てを通じて彼女自身の価値観が揺さぶられ、心の奥底に潜んでいた思いを引き出され、それによって自己発見をし、さらに態度や言動に変化も見られるのである。アンを教育しながらマリラ自らが教育されてゆく、それこそが子育ての本質のひとつなのです。

小説の構造

ここで作品分析に、英国の小説家E.M.フォースターの小説論『小説の諸相』を使わせて頂きます。フォースターによれば、小説の登場人物は「フラット・キャラクター」と「ラウンド・キャラクター」に分類することが出来る。それぞれ「扁平人物」、「円形人物」と訳すこともできるが、「フラット」は平坦ゆえに「色調が単調」、「不活発」という意味であり、「ラウンド」は立体感があるから「活発」、「生き生きと描かれた」という意味がある。

「フラット・キャラクター」は、一七世紀には「気質」と呼ばれており、ときには「類型」だとか「風刺人物」と呼ばれたりもします。純粋なかたちでは、ひとつの概念や資質を中心に構成されています。その中に複数の要因がある場合には、「ラウンド・キャラクター」に向かって変化し始めるのです。

「フラット・キャラクター」とは、一七世紀に由来する「気質」、すなわち単純な類型であり、「悪役」とか「のろま」といったひと言で言い表せる人物です。リンド夫人のような「善人ではあるがおせっかいで口が悪い」だとか、マシュウのように「やさしくて引っ込み思案」といった型にはまった人物も、複数の要因によってやや「ラウンド・キャラクター」的要素はありますが、基本的には「フラット・キャラクター」です。

一方で「ラウンド・キャラクター」は、二つ以上の性質が複雑にからみあっており、また変化・成長してゆく「生きた人間」です。「ラウンド」を見分ける方法は、その人物が「読者を納得できる形で驚かせることができる」ことです。この考え方で見ると、マシュウは典型的な「フラット」のようですが、アンが欲しがっている「膨らんだ袖」の服を町まで買いに行く行為に出るという驚きを読者に見せるので、若干「ラウンド」の部分があるかもしれない。しかし結局店に行っても内気で買い物は出来ず、「やはり」と思わせる人物なのです。

アンは成長していきます。グリーン・ゲイブルスに来た当初は、おしゃべりで軽率であり、大人を驚かせるような発言や行動を見せ、それが勉強熱心な学校の生徒となり、次第に落ち着いた思春期を迎えて大人になってゆく。しかしその成長に見られる変化は、読者を驚かせるようなものではなく、一般的でごくありふれたものではないでしょうか。

一方でマリラの変化については、マリラ自身もとまどい驚いているが、ここまで見てきたように、こちらは読者を驚かせる意外な変化の連続です。例を挙げてみましょう。アンは日曜学校のピクニックに誘われているとき、皆が持ってゆくバスケット（つまりおやつ）をマリラに恐る恐るお願いしますが、それを持たせてくれると聞いたとき、アンは衝動的にマリラに抱きついてキスをする。

「ああ、やさしいマリラ、なんて親切なの、ああ、とっても嬉しいわ」

叫び声の最中に、アンはマリラの腕の中に身を投じて、彼女の黄ばんだ頬に歓喜のキスをした。彼女の人生の中で、子供の唇が自分から頬に触れたのは初めてのことだった。またもや、その突然やってきた驚くほど甘美な感覚が彼女をぞくっとさせた。アンの衝動的な抱擁にマリラは密かに大きな喜びを感じていたが、おそらくはそのために、彼女はぶっきらぼうにこう言った。

「ほらほら、そんな馬鹿げたキスはいいから」

このときマリラは当惑してぞんざいな対応をしてしまうが、その甘美な喜びに内心は打ち震えてしまう。最初はアンを「引き取って救ってあげる」という気持ちから始まったことだが、マリラはすぐにそれが一方的な行為ではなく、子供から得難い大きな喜びを受け取れるという、子育ての相互関係に気がつくのである。

アンは「心の友」となったダイアナが、いつか結婚して自分の元を去って行ってしまうことを想像して、マリラの前で泣き崩れる。それを聞いたマリラは、笑いの衝動を抑えられなかった。

マリラは自分のひきつった顔を隠そうと思って急いで背を向けた。でも無駄だった。彼女はすぐ横の椅子に倒れ込み、普段はありえない心の底からの大笑いをしたので、外の庭を歩いていたマシュウは驚いて立ち止まってしまったのだった。マリラがあんなふうに笑うのを聞いたのはいつ以来だろう?

たしかに小さな子供が親友の結婚を心配して泣くことなどは笑い事だろう。しかし普段から微笑むことさえ控えるほどのマリラが、外に聞こえるほどの大笑いをさせた背景には、引き取った孤児には良い友達が出来て、やさしい思いやりの態度を見せてくれたことに対する安心感があるからだろう。マリラは子育ての喜びから感情を表に出すようになってくる。これもまたアンが日曜学校に行き、外部との交流が始まった章の締めくくりである。つまりこれまでと同じように各章の構成の結末が、マリラの描写で終わっているのです。

その次の章で、アンはダイアナをお茶に招き、そこで間違ってワインを飲ませてしまうという失敗をしてしまう。この章の締めくくりでは、ダイアナを酔わせたことに激怒したダイアナの母親に対して、アンが神様を持ち出して不満をぶちまけ、それに対するマリラの心境が語られる。

「アン、そんなことを言うべきじゃありませんよ」とマリラは叱責したが、困ったことに彼女のなかにむくむくと湧き上がってくる、不敬にも笑いたくなってくる衝動を必死にこらえてのことだった。そして実際、その晩にマリラがマシュウに事の顛末をすべて話したとき、彼女はアンの苦難に大笑いをしてしまったのだった。

しかしマリラは、寝る前にアンの部屋に入ってアンが泣き明かして寝てしまっているのを見たとき、普段は見せない穏やかさが彼女の顔に表れた。

「可哀そうに」と彼女はつぶやいて、アンの涙のあとが残る顔からほつれた巻き毛をどけた。そして身をかがめて枕の上のその赤い頬にキスをしたのだった。

マリラはアンの失敗にふたたび大笑いをしてしまうが、泣いて寝てしまったアンの顔を見て、「普段には見せない穏やかな表情」が現れ、心からアンを可哀そうに思うのであった。このように「普段には見せない」といった表現が何度も繰り返されるのは、それまで長い年月の間に押し殺されてきた感情が露わになるという、明らかにマリラの変化を表すものだろう。

マリラの自己発見は、喜びや笑いだけではない。アンが屋根から落ちて、怪我をして運ばれてきたとき、マリラは「啓示」を受ける。

その瞬間に、マリラは啓示を受けた。突然の恐怖が胸に突き刺さり、彼女はアンが自分にとってどれだけ大事な存在なのかを悟ったのである。彼女はアンが気に入っている、いやとても好きになっていたということは認めただろう。しかし今は、坂道を急いで駆け下りながら、アンが彼女にとってこの世の他の何よりも大事な存在になっているのだということを知ったのである。

「バリーさん、その子に何があったのですか?」彼女は息を呑んだ。長年の間ずっと自制心と分別を持って生きてきたマリラが真っ青になって震えていたのである。

日々の平穏な生活の中では、浸っている幸せには気づかないものです。その幸せが失われる危機に直面したときだけ、自分がどれだけ幸せであったたか、その大切なものを自覚するのである。このような不安、心配、悲しみは、失う危機にあるものから得られる喜びの大きさに比例する。このようにマリラはアンの存在によって、長年持つことのなかった喜怒哀楽を経験し、人生を取り戻してゆくのである。

語りの手法

次にこの小説の語りの手法を分析し、どのようにマリラが描かれているかを見てみましょう。注目すべきは話法の巧みな使い分けです。まずは序盤に、マリラがアンと出会い、引き取ることを決心し、その後アンへの対応にとまどう部分は、自由間接話法が効果的に使われています。それはどういうものか、例を見ながら説明していきましょう。

以下の引用は、アンがグリーン・ゲイブルスにやってきた翌日の朝、彼女を引き取るかどうかを考え始める場面です。マリラはアンが食事中に突然想像にふけって黙りこむ様子を目の前にして当惑します。

> 食事が進むと、アンはますますぼんやりとして、機械的に口を動かしながら、その大きな目で窓から外をじっと、しかし何も見ていないかにようにしていた。これがマリラを何より不安にさせた。この奇妙な子供の体はテーブルのところにいるかもしれないが、彼女の心は想像力の翼に乗って、どこか遠く離れた空の雲の上にいるのではないかという、不安な気持ちにマリラはかられたのである。誰がこんな子供を家に置きたいなんて思うだろうか?

傍線部の部分を自由間接話法と言います。段落の最初は、アンが朝食を食べながら突然空想にふけり始め、その奇妙な様子にマリラがそわそわし始める、といった場面ですが、それは間接話法によって

「作者による説明」がなされています。これは「アンは～した」、「マリラは～だった」というふうに、二人の様子を外側から見る情景描写です。そして段落の最後に突然、「誰がこんな子供を家に置きたいなんて思うだろうか?」と自由間接話法が出てくる。これは作者による説明ではありません。しかしマリラは口に出してはいないので、カッコに入った直接話法の場面ではない。間接話法にすれば、「マリラはこんな子供を家に置きたいと思う人はいないだろうと考えた」という作者による説明になるでしょう。このような自由間接話法は、いわば心の中の思い（この場合はマリラの心のつぶやき）を直接語る手法なのです。それだけ臨場感が出ることに加え、読者に感情移入をさせて、自由間接話法の視点（この場合はマリラ）に読者を同一させる効果を持つのです。この時点で読者はすでに、マシュウがアンを引き取りたいと思っていることを知っています。それは作者によって間接話法で説明されている。しかしここで自由間接話法が出てきて、マリラの葛藤が作者による説明ではなく、直接の心の叫びとして表現されているのです。[5]

続けてマリラの内面が、自由間接話法で語られます。

でもマシュウは、わけのわからないことにこの子を置きたがっているんだ！　マリラは、マシュウが昨晩と同じように、今朝になってもそれを望んでいることを感じていた。これがマシュウのやりかたなんだ。気まぐれが一度起こると、まったく驚くほどに無言で頑固だ。この無言は、口に出すより十倍も有力で効果的な執念深さなんだ。

ふたたび傍線部が自由間接話法です。最初の文が「マリラは、マシュウがアンを家に置きたいと思っていることが理解できなかった」というような作者の説明、すなわち間接話法であるよりも、はるかにこちらのほうが臨場感があるでしょう。このようにマリラの内面を自由間接話法で繰り返し表現することは、マリラの視点で物語が進んでいくことを意味します。すなわち「マリラの物語」の様相が強いということなのです。

次はアンに関して養子の仲介役をしてくれた夫人のところへ連れてゆく場面である。馬車の上で、マリラはアンの生い立ちの話を聞いていた。マリラはその辛く悲しい話を聞き、このままアンを返していいものか葛藤する。そのハイライトが自由間接話法によって描かれています。

マリラはそれ以上聞きませんでした。アンは海岸沿いの道の景色にうっとりして静かにしており、マリラのほうは考え込んで、馬車をあやつる手もうわのそらだった。彼女の心の中には、突然憐みの気持ちが沸き上がった。なんて感情的に飢えた、愛されることのない人生をこの子は送ってきたのだろう。辛く貧しく、世話もされることのない生活を！　マリラは鋭く賢かったので、アンが生い立ちを語る行間を読み、本当のことを見抜いていたのだ。この子が本当の家を手に入れることができるだろうと思って喜んだのも無理はない。連れ戻されることになるなんて可哀そうだ。もし彼女、マリラがマシュウの訳のわからない気まぐれを認めてやって、この子を置いてやったら？　マシュウはすっかりその気になっている。それにこの子はちゃんとした、しつけもできる子のようだし。

「なんて飢えた、愛されることのない人生をこの子は送ってきたのだろう。辛く貧しく、世話もされることのない生活を!」というマリラの思いを、客観的な説明ではなく、リアルに直接描写している。そして作者による説明が入り、すぐにまたマリラの葛藤が自由間接話法によってリアルに描かれる。ここではアンの物語ではない。それならばアンの視点から、「やっと見つけた素敵な家、グリーン・ゲイブルスには置いてもらえそうにない。また戻ることになるのかしら」といった描き方になるだろう。そうではなく、これは「アンを見る大人(マリラ)」の物語なのである。

もうひとつ、マリラの子育てが始まったところで、マリラの誤解によってアンがブローチを盗み出したのではないか、という嫌疑がかかったときのことである。アンが風変わりで失敗をすることには大きな問題はないが、平気な顔で悪質な嘘をついていると思い込んだマリラは激しく動揺した。

アンが行ってしまうと、マリラはひどく乱れた心の状態で晩の仕事をしていた。彼女は大事なブローチのことを心配していたのだ。もしアンがなくしたのだとしたらどうしよう? 持ち出したことを認めないなんて、なんて悪い子なんだろう。誰が見たってそうに決まっているのに! しかもあんな無邪気な顔をして!

このエピソードは、話の終盤になるまでアンがブローチを盗んだわけではなかったことが明かされない。マリラが誤解からアンを疑って動揺し、のちに自分でブローチを発見するのである。アンの視点から描かれれば、最初から事の全容がわかってしまい、「どうして私が疑われるのだろう?」という全く違う話になってしまう。アンはずっと「マリラにとって謎の存在」なのである。そして最後にはアンがピクニックを楽しんだという報告をマリラが聞く場面で終わる。つまり最初から最後まで、マリラの視点からの話なのである。

次に間接話法が使われるところの特徴を考察しましょう。これは作者による描写・説明であるから、マリラが自覚していない思いや変化の解説に使われています。すでに引用した部分を見直してみましょう。アンが男の子ではないから帰されると思って「こんな悲劇的なことってないわ」と嘆いたときのことである。

長い間使われていなかったために錆びついていた、気の進まない微笑みらしきものが、マリラのいかめしい表情を和らげたのであった。

傍線部の形容詞は、マリラの頑なさがアンによってほぐされてゆく様子の説明です。自覚をしていないので、作者が外側から間接話法で説明するわけです。これらは同時にマリラがずっと笑うことのない、笑うべきでもないと思うような人生を送ってきたということも語っています。

もうひとつ、アンが手をつないできて、その感覚にマリラが動揺する場面です。

その未経験の甘い感覚が、彼女の心を乱した。マリラは説教くさいことをを言うことで、急いで平常心を取り戻そうとした。

この傍線部は、マリラがそれまで味わったことのない新鮮な喜びに触れていることを示しています。マリラはその感覚を受けとめきれていません。なので外側から作者が説明しているのでしょう。

次に牧師の説教やベル氏の祈祷に対してのアンのあけすけな批判に呆然とした場面を振り返りましょう。

マリラは、こういったことは厳しく叱らねば、と困惑した。しかし出来なかった。アンが言ったいくつかの事実、特に牧師の説教やベル氏の祈祷については、マリラ自身も長年の間、実際のところ心の奥底で感じていた否定しようもない事実だったからである。でもそれは今まで言葉に表されることはなかったのだ。この秘密にしていた、決して口にすることはない危険な考えが、このちっぽけな女の子のあけすけな言葉で、突然目に見える批判的な形となって出てきたようにマリラには思えた。

これもまた、マリラがアンを通じてそれまで長い間封印してきた、自覚せずに押し殺していた思いを意識し、変化が訪れようとしていることを示唆しています。しかしその自覚はまだ不十分で、アンに同調して牧師を批判できるほどに整理はされていないので、マリラの視点ではなく作者が間接話法による形容詞で描いているのでしょう。

間接話法の例の最後は、マリラがアンに突然キスをされてうろたえる場面です。

彼女の人生の中で、子供の唇が自分から頬に触れたのは初めてのことだった。またもや、その突然やってきた驚くほど甘美な感覚が彼女をぞくっとさせた。アンの衝動的な抱擁にマリラは密かに大きな喜びを感じていたが、おそらくはそのために、彼女はぶっきらぼうにこう言った。

「ほらほら、そんな馬鹿げたキスはいいから」

ここでは説明の必要もないが、マリラが子供からどれだけの喜びを受けているかの描写です。このように間接話法によって、マリラが自覚していない、もしくは自覚することを封印してきた人生の喜びに、覚醒してゆく彼女の内面が描かれているのです。小説における「ラウンド・キャラクター」という人物を思い出して下さい。「変化」の過程が描かれているのはマリラなのです。

最後に直接話法ですが、これはもちろんおしゃべりなアンのセリフに多用されています。次の引用は、アンが勉強に励んでいる様子をマリラに語っている場面で、「人生における新しい興味」という章の最後のセリフです。序盤の章は、アンを引き取り、子育てが始まる段階での迷いや当惑を、マリラの思いやセリフで締めくくられていました。それが落ち着き、グリーン・ゲイブルスでのアンの生活が始まり、友人が出来て学校に通い始めると、各章の終わりはマリラに対するアンの報告、おしゃべりで締めくくられるようになります。以下では苦手な科目、幾何の苦労について、アンは語っています。

「幾何はほんとうに、最悪にひどいものだわ、マリラ」とアンはうなった。「きっとこれからもずっとさっぱりわからないと思うわ。想像力を働かせる余地なんてこれっぽっちもないのよ。フィリップス先生は、私ほどできない生徒は見たことがないんだって。そしてギル――他の子は、とてもよくできるのよ。それって最大の屈辱だわ、マリラ。」

「ダイアナでさえも、私よりできるのよ。でもダイアナに負けても気にしないわ。いまは他人ということになってはいても、私はずっと彼女を消えることのない愛で愛し続けているの。ダイアナのことを思うと、ときどきとても悲しくなるの。でもマリラ、ほんとうにこんなに面白い世界では、あまり長く悲しんでなんかいられないわよね？」

ここでは直接話法によるマリラの受け答えはないし、その様子が作者によって間接話法で語られることもありません。このアンのセリフで終わるのです。つまりマリラに関しては何の言及もないわけだ。アンはマリラに向かって一生懸命話しています。勉強熱心で成績優秀なのだが、数学の幾何だけには苦労しているというほほえましい内容で、充実した学校生活をとても楽しんでいる様子です。傍線部の「マリラ」という呼びかけが何度も繰り返されます。最後は付加疑問文による問いかけだ。これらによって臨場感が高められ、読者はマリラと同一化させられ、子供の話を聞く喜びと幸せを共有することになります。マリラはまったく言及されていないのですが、これはマリラの視点によるマリラを描いた物語そのものではないでしょうか。

●注●

5　自由間接話法という手法は、小説ではこのように文字で書かれていますが、ドラマ・映画や演劇といったセリフの例をあげればわかりやすいかもしれません。映像のなかで、俳優の顔がアップになって、口が動いていない（実際には話していない）のに、少し曇った音にして心のなかのセリフが流れるときがありますよね。会話中でしゃべっていないのに、「ウソいってるわね」とかいう心の声が流れるやつです。演劇の場合はそれが出来ないので、心の中の声は俳優が話し相手と違うほうを向いて（落語家のように）やや下を向き、つぶやくように低い声で話します。「ふっ、あと一押しでなんとかなるぞ」とかいうやつです。もちろん相手には聞こえていないという決まりを観客と共有してのことです。

このような手法は、探せばはるか昔からあるようですが、多用されるようになったのは人間の内面に関心が強くなった近代になってからのようです。

『アン』という作品の全体構造

マリラは子供を引き取り、思わぬ子育ての喜びを経験することによって覚醒し、それまで押し殺していた喜怒哀楽を表に出すようになり、アンによってそれまで生きてきた自分の価値観が揺さぶられることになる。ここまでが前半部である。

「前半部」という意味を説明するために、ここでふたたびフォースターの小説論を参照します。フォースターによれば、まず小説は「ストーリー」（物語）からなる。それは好奇心に訴えるものだ。「アンは引き取ってもらえるのだろうか」、「ギルバートと仲良くなれるのだろうか」といった、物語がどのように進んでいくのかという一番基本的な要素である。
そして小説のより高度な性質は、ストーリーの背後にある価値観の連なりである「プロット」だ。因果関係ということもできます。「ここでマリラはどうしてアンを叱ることを躊躇するのか。それは彼女自身が心の奥底で、アンと同じような思いを持っているからではないか」とか、「マリラが頑なに拒んでいた、ふくらんだ袖を許すようになったのは、アンの成長を認めて、大人として認めつつある表れであろう」といったような、読者に記憶力と知性を要求する因果関係の連鎖がプロットなのです。
さてその上で、プロットはまとめ上げなければならない。つまり小説は全体の構造を持った上で、終わりを設定しなければならない。それが絵画的な意味を持つ「パターン」なのです。フォースターはアナトール・フランスの小説『タイス』を例に挙げてそれを説明しています。そこではそれぞれ不幸と幸福な人生を送っていた人物二人が出会い、その結果立場が逆転していきます。不幸な人物が幸福になり、幸福だった人物が不幸になる。その構造は、全体が砂時計のような形をとる、計算されたつくりとなっています。その作品の構造が、美的な快感を生み出すとフォースターは言います。

ストーリーは読者の好奇心に訴えかけ、プロットは読者の知性に訴える。パターンは、読者の美的感覚に訴えかけ、その本を全体として眺めるように促すのです。

読者は『アン』を読みながら、様々な事件を目にして「次はどうなるの?」というストーリーにどきどきし、「マリラはアンを通じてこれまでの人生、価値観を揺さぶられて変化を始めている」というプロットを考えさせられます。そしてここからは、作品全体を絵画を見るように見渡して、その構成美を眺めてみましょう。

三八章からなるこの作品の中ほどの第二〇章「たいした想像力が行き過ぎた」で、最初はあいかわらず直接話法によるアンの長いセリフ、途中で何度も「マリラ！」という呼びかけをはさむおしゃべりが続きますが、その後にマリラの持病である頭痛の話になります。


マリラはその日の午後、いつもの頭痛に悩まされた。その痛みは引いたが、彼女が言うには「へとへと」になっていた。アンはいたわりの眼差しをして彼女を見ていた。

「ほんとうにその頭痛を代わってあげられたらと思うわ、マリラ。あなたのためなら、喜んでそれに耐えられると思うの。」

「家事をやって、休ませてくれたじゃないか」マリラは言いました。「ちゃんと立派にやって、普段よりは失敗も少なかったみたいだし。」


マリラは頭痛に苦しんでおり、アンがいたわりの言葉をかけて、家事を手伝うという何気ないエピソードなのであるが、ここが重要な分岐点なのです。つまり保護者が子育てをしている構図から、子供が成長して対等の関係に近づき、その後は老いてゆく親を大人になった子供が世話・介護をするという流れが背後にあり、これもまた砂時計の形をした構造を持っている。このエピソードがその中心部、マリラとアンの立場が逆転してゆく分岐点になっているのです。

第二二章「アン、お茶に招かれる」で、アンは牧師夫人に招かれる。喜びのあまりに興奮しきっているアンの様子に、マリラはアンの感情の起伏が大きすぎることに不安を感じるが、ここにきて自分が考えていた落ち着いた子供に育てようとすることが無理であることを悟る。

マリラは、この引き取ることになった子供を、自分が考えていたようなきちんとした振る舞いをする行儀の良い子に仕立て上げようとすることにほとんど絶望的になっていた。このままのアンのほうが本当はずっと好きなんだということを言われても信じなかっただろうが。

マリラはそれまで自分が持っていた子育ての理想追及が現実的でないことに気付き始めた。（教育ママゴンにありがちなことでしょう）ここで作者の間接話法によってマリラは自覚していないと説明されているが、その理想像とは違うとはいえ、ありのままのアンのほうが好きになっているのである。自分の価値観による一方的な教育やしつけが終わり、子供をありのままに認めることは、対等の関係の始まりなのです。

物語の後半は、アンの成長、学業や発表会での目覚ましい成果が描かれる。マシュウが大活躍する第二五章「マシュウ、ふくらんだ袖にこだわる」では、マリラが頑なに地味な服ばかりをアンに着せていたのを哀れに思ったマシュウが、クリスマスのプレゼントにふくらんだ袖の服をアンに贈った。

マシュウはおどおどしながら紙の包みからドレスを取り出した。弁解するようにちらりとマリラのほうを見たが、彼女はさげすむようにお茶を注いでいた。とはいっても、ちょっと気にかかる様子で目のはじでそれを見ていたのだ。

禁欲的なマリラは、アンが流行りの飾った服を着ることには徹底して反対していた。しかしアンとマシュウが喜んでいる姿を横目で見ながら、まんざらでもない様子を見せる。そして学校の発表会に関しては、子供たちが浮かれた様子になるのに批判的であったマリラだが、アンの詩の暗唱の成功を見て、考え方を変えてゆく。


その晩、この二〇年というものコンサートなどというものに行ったことがなかったマリラとマシュウは、アンが眠ってしまったあとに暖炉の横でしばらく座っていた。

「そうじゃなあ、アンは誰よりもよくやったと思うよ」とマシュウは鼻高々に言った。

「ええ、そうですよ」とマリラは認めた。「あの子は賢い子ですよ、マシュウ。本当に素晴らしく見えましたよ。このコンサートなんて計画には私は反対でしたけれど、終わってみれば、それほど悪いものじゃなかったと思いますよ。とにかく、今夜はアンが誇らしかったですよ。あの子にそう言ったりはしませんけどね。」

それまで厳しくしつけることに精一杯だったマリラだが、アンの成長を認め、その後は自らふくらんだ袖の服をあつらえてやるようになるのである。

次の第二六章「物語クラブが作られる」では、アンは女友達と「物語クラブ」を作り、様々な話を創作する。それは恋愛ものだったり人が死んだりという幼稚な内容である。[6] マリラは当然馬鹿馬鹿しいと一蹴する。アンはその話をアラン牧師夫妻やダイアナの伯母バリーにも披露した。

私、アラン御夫妻に私の物語のひとつを読んであげたの。二人ともそこに見られる教訓は素晴らしいって言ってくれたわ。ただね、二人とも変なところで笑うのよ。泣いてもらうほうがいいところなのに。(中略) ジョセフィン・バリーさんは、人生のなかでこれほど面白いものは読んだことがないって言ってくれたわ。ちょっと変だなって思ったの。だって送った物語は、ぜんぶとっても悲しい話で、ほとんどみんな死んでしまうのによ。

じつにほほえましいエピソードである。聞いているマリラの様子は書かれていないが、この章の最後は以下のようなマリラのコメントで終わる。

「私がいま感じていることはね」マリラは言った。「もうお皿を洗ってもいい時間だってことだよ。あんたはおしゃべりばっかりしていて、もう三十分も経ったじゃないか。まず最初にやるべきことをやって、それからおしゃべりすることだよ。」

いつものようにそっけない返事で終わっているが、マリラは三十分もアンの話を楽しんでいたのである。すっかりアンの性質と行動を受容しているといえるでしょう。ここもアンのセリフが延々と続く直接話法により、読者はマリラの視点に立って、子供の愉快な話を楽しむ構図になっている。

次の第二七章「虚栄心と心痛」では、アンが行商人から買った毛染めで、コンプレックスである赤い髪を黒く染めようと試み、それが緑色になってしまうという事件が起こった。これも大失敗とはいえ、あとになれば笑い話になるエピソードである。章の最後はやはりマリラのコメントと、それに対する作者の説明で終わる。

「私ね、本当に良い子になりたいのよ、マリラ。マリラとか、アラン夫人やステイシー先生みたいに。そしてマリラが誇らしく思えるように成長したいの。ダイアナがね、私の髪が伸びたら、頭に黒いビロードのリボンを結んで、片側を蝶結びにしてくれるって言うの。とっても似合うだろうって言ってくれたわ。それをスコットランドのヘアバンド、「スヌード」って呼ぶのよ。とってもロマンチックな響きでしょう? あら、私ちょっとしゃべりすぎかしら、マリラ? 頭痛に響いたかしら?」

「頭痛は良くなってきたよ。今日の午後はひどかったけどね。私の頭痛はだんだん悪くなるみたいだ。お医者さんに見てもらわなくちゃね。あんたのおしゃべりは、気にかからないよ。もう慣れちゃったのさ。」

それがマリラの、そのおしゃべりが気に入っているということの言い方だった。

ここでは頭痛がしていても、マリラはアンのおしゃべりを楽しんでいることを自覚するだけではなく、まわりくどい表現を使いながらもそれを認め、アンの失敗を特に批判はしないのであった。

終盤に近付く第三一章「小川と川が出合うところ」では、アンがグリーン・ゲイブルスに来てから四年の月日が過ぎ、彼女は一五歳になっていた。あるときマリラはアンがすっかり成長し、自分より背が高くなっていることに気付いて驚く。

マリラはアンが子供の頃に愛していたのと同じように、この成長した少女を愛していた。しかし何かを失ってしまったような、奇妙な悲しみを感じていた。その晩、アンがダイアナと一緒にお祈りの集会に出かけてしまったあと、マリラは冬の夕暮れのなかでひとり座り、さめざめと泣いてしまったのだった。

マリラが失って悲しんだものは、アンの子供時代、驚かせ困らせ怒らせ心配させ、喜ばせて愛することを教えてくれた子育てすべての経験である。そのときは忙しくて精一杯で気がつかないが、それが終わって初めて、子育ての喜怒哀楽すべてが大きな喜びであったことに気がつくのです。

マリラは寂しそうに、アンがあまりおしゃべりをしなくなったことを指摘する。そしてアンがもうそういう気にならなくなってきたことを話すと、マリラは「物語クラブ」はどうなったのかと尋ねる。あれだけくだらないと馬鹿にしていたにもかかわらず、それがなくなると寂しくなってしまった。マリラはすでに失われつつあるアンの子供時代が懐かしくなっているのだ。

そしていよいよ子供の巣立ちが始まる。アンはダイアナの伯母に誘われ、町に泊まってホテルのコンサートを観に行くというイベントに出かける。四日間の不在のあと、アンはグリーン・ゲイブルスに帰ってくる。

「やれ、帰ってきたね」とマリラは編み物をたたんで言った。

「ええ、でもまあ、家に戻るって素敵だわ」とアンは楽しそうに言った。「何にでもキスしたい気分だわ。時計にさえよ、マリラ。あ、茹でた鶏肉！　まさか私のために作ってくれたっていうんじゃないでしょうね？」

「そうだよ」とマリラは言った。「長い道のりを帰ってきて、あんたがすっかり腹ペコになって、なにかたっぷり食べるものがいるんだろうって思ったんだよ。急いで服を着替えなさい。マシュウが帰って来たら、すぐに夕食だよ。戻ってくれて嬉しいよ、本当に。あんたがいないと、ここはなんだか寂しくて、こんな長い四日間なんていままでなかったよ。」

夕食後に、アンは暖炉の前でマシュウとマリラの間に座り、今回の町の滞在について全部話した。

「素晴らしい時間を過ごしたわ」とアンは幸せそうに締めくくった。「私の人生の中で銘記すべき出来事だったと思うわ。でも何より良かったことは、家に帰ってくることだったわね。」

マリラはアンがいなくて寂しかったという言葉を隠すことなく口に出した。これも大きな変化と言えよう。そしてアンは「家に帰ってくることが一番素晴らしいことだ」という泣かせるセリフを言うのです。ここでも章はこのアンの言葉で終わり、マリラの反応は全く書かれていません。書いていないからこそ、マリラの幸福感を読者が感じるのです。

この作品の後半部は、アンの様々な学業その他の成功が続き、マシュウは当然手放しで喜んでいるが、マリラにとっても大変な孝行となる。アンはアヴォンリーの学校ではギルバートと並んで最優秀であり、特に先生の勧めもあってクイーン学院への進学クラスに入り、目覚ましい成績を上げる。

「アンは本当に賢い子だということは確かなようですね」レイチェル夫人は認めた。マリラが日暮れ時に、通りの先まで送っていくときのことだった。「あの子はたいそう助けになるでしょう。」「そうですよ」とマリラは答えた。「いまはもう、あの子は本当にしっかりして頼りになるわ。あの子のそそっかし屋なところは治らないいんじゃないかと心配していたけれど、もうすっかり治ったし、いまはもうどんなことだって心配せずに任せることができるのよ。」

孤児を引き取ることに反対で、最初にアンとトラブルを起こしたリンド夫人でさえも、アンが立派な成長を示したことを褒めている。それはマリラにとってこの上ない安心であり、喜びでしょう。

またアンはクイーン学院では国語の最優秀となり大学への奨学金を得て、卒業式では一等となった作文の朗読を披露する。そこに参列しているマシュウやダイアナの伯母バリーも、マリラに向かって喜びの声をかける。

「あの子を置いておいて良かったろう、マリラ？」アンが自分の作文を読み終わったとき、マシュウは講堂に入ってから初めて口を開き、そうささやいたのでした。

「私が良かったと思うのは今回が初めてじゃありませんよ」とマリラは言い返した。「意地悪を言うのが本当に好きなんだから、マシュウ・カスバート。」

二人の後ろに座っていたミス・バリーは、身を乗り出して傘でマリラの背中をつついた。

「あんたたち、アンが自慢でしょう？　私もそうですよ。」と彼女は言った。

ここでも視点はアンではない。まわりの人間が次々にマリラに向かって賛辞の言葉をかける構図になっていて、それはマリラの喜びを描いているのです。

アンがあまりに出来すぎという感がある。発売当初の『ニューヨーク・タイムズ』の書評では、アンは幼少期からほとんど学校教育を受けていないにもかかわらずバーナード・ショーの語彙を引用したりしているし、遅れて学業を始めたにもかかわらず、アンは常に最優秀の成績を修めているのは不自然であると指摘している。またモンゴメリ本人も、手紙の中で「文芸作品としては、アンは出来過ぎ」と認めています。そして成績のみならず、次のようなアンのセリフは、あまりにも優等生過ぎはしないか。

大人になるって大変なことだわね、マリラ？　あなたやマシュウ、アラン夫人やステイシー先生のような良き友がいるんだから、私は立派に成長しなくちゃね。もしうまくいかなかったら、それはきっと私が悪いんだわ。大変な責任だと思うわ。人生は一回きりしかチャンスがないんだもの。

もし正しく成長できなかったら、戻ってもう一度やり直すなんてことはできないわ。

この作品を、アンを主人公とした教養小説、一種のサクセス・ストーリーと考えれば、このようなセリフが随所に出てくるのは疑問である。もしそうであれば、主人公のセリフや行動に対して、相手の反応が描かれるべきだからだ（この場合だと、たとえば「聞いていたマリラはアンの成長に大きな喜びを感じたのだった」といったような描写の説明）。そうすれば、「それを見てアンは幸せだった」という「アンの物語」になるだろう。

ちょっと逆のようなので、もう一度説明します。「アンの視点によるアンの物語」であったならば、「アンの目から見て」まわりの人物の反応が主に描かれるのです。「マリラは驚いた」とか、「マリラは喜んでくれた」とかいった描写があり、それに対して「アンの内心」が描かれるわけです。

しかし今まで見てきたように、繰り返し描かれるのは「マリラから見たアンの言動」であり、「マリラの内心」なのです。というわけでアンを見ているマリラの物語として読めば、読者はマリラに感情移入してアンを面と向かって見ているので、先ほどのようにアンが自分の成長に関しての発言をしたときには、読者はすっかりマリラの視点でアンの子育てに参加していることになっているのです。寂しい老後を目の前にしたときに思いもよらず元気で活発な少女がやってきて、失敗を繰り返しながら子育ての喜びを経験し、その子供は決して押し付けるようなことをしないのに勉強熱心で成績優秀で、発表会では見事なパフォーマンスで喝采を受け、「家が一番いい」と語り、上記のような健気で親を泣かせるようなこと言うという、一貫した親のしあわせ物語と見ることができるでしょう。

しかし子育ては終わります。子供の巣立ちの日がやってくるのである。アンが全寮制のクイーン学院に一年間行ったときにも、ガランとした部屋を見てマリラは泣いていたが、卒業後は奨学金を得てレドモンド大学に行くことに決まったのだ。そのときに、突然マシュウの死が訪れる。働き手を失った農家は、女手一つで切り盛りするのは難しい。目も悪くなってきているマリラは、とても一人暮らしが出来ないと考えて、グリーン・ゲイブルスを売ることを考える。彼女にとって、人生最大のピンチが訪れた。マシュウ亡きあと、アンが悲嘆に暮れているとマリラはこのように告白します。

「私たちにはお互いがいるじゃない、アン。あんたがここにいなかったら、もしうちに来なかったら、私はどうなっていたか知れないよ。ああ、アン、私はいつもあんたにとても厳しくしてきたというのはわかっていたんだよ。でもね、そのことでマシュウほどにはあんたを愛していなかったとは思わないでおくれ。今なら言えるから言っておきたいんだよ。私は物事を素直に言えないんだ。でもこんなときには言えそうだ。私はあんたを、自分の血肉と同じように愛しているんだよ。あんたがこのグリーン・ゲイブルスに来てから、あんたは私の喜びであり慰めであったんだ。」

マリラは悲しみの中で、アンを自分の本当の子供のように愛していたのだと告白する。[7] いままで気持ちを張りつめて厳しくしてきたことを、マシュウの死を迎えて素直に語るのであった。これは子育てが終わり、親にとって子供が支えになるという構図の始まりである。

マシュウが死んでしまうことについて、モンゴメリには多くの読者から意見を寄せられたらしい。それについては、自伝で彼女が語っている。

これまで多くの人々が、『グリーン・ゲイブルスのアン』でのマシュウの死が悲しいと私に言いました。私自身それを悲しいことだと思っています。もしこの本を書き直せるものなら、私はマシュウをあと数年間は生かしておいてあげようかと思います。でもこの作品を書いたときには、彼は死ななければならない、そしてアンのほうで自己犠牲を払う必要があると思ったのです。だから可哀そうなマシュウは、私の書いた作品に出てくる登場人物の、幽霊たちの長い行列に加わったというわけなのです。

目出度く奨学金を得て、素晴らしい旅立ちをすることになったアンに、なぜそれを放棄する「自己犠牲の必要性」があったのだろうか。ハッピー・エンドではいけない理由があったのでしょうか。

それを考察するには、この作品の全体構造を見直す必要があります。それが砂時計のような形をなしているマリラの子育て物語となっていることを思い出そう。物語の始めは、マリラが孤児のアンを引き取るところから始まった。幼くて何も知らない子供のしつけが始まり、苦労しながら教育してゆく。その少女がいつしか成長してマリラを助けるようになり、マリラは逆にアンから様々なことを教わる体験をする。やがてアンは精神的に大人になり、巣立ってゆくのである。幼い子供は保護者に一方的に世話をされるものであるが、成長するにつれて子供と親の関係は逆転し、老人も同じように最後には一方的な世話になるのである（モンゴメリは、幼い頃大変厳しかった祖母に育てられ、のちに長くその祖母の世話をして最後に看取っている)。しかしこの物語でアンがグリーン・ゲイブルスにいるのは数年間に過ぎず、まだ大人になったばかりだから、その逆転の構図を実現するためには、マシュウの死と、マリラの失明の危機が必要になり、それによってアンが犠牲にならなければならないという必要性が出てきたのではないでしょうか。

この物語は、最初にアンが「グリーン・ゲイブルス」という念願の住処を得て救われ、そして最後にアンがその「グリーン・ゲイブルス」を守り、救うという結末になっています。そしてこれまで見てきたように、マリラがアンを救い、また逆にアンに救われるという物語にもなっています。マリラがアンに与えた「グリーン・ゲイブルス」を、アンがマリラのために守ってあげる物語、それがこの作品の全体構造となっているのです。

●注●

6 モンゴメリの自伝によれば、彼女は十二歳の頃に詩と小説を書き始めています。初期の作品は悲劇的な物語が多く、登場人物はほとんどみんな死んでしまうことになったそうです。次々に子供を埋葬したり、戦闘、殺人、突然死のオンパレードだったとか。おそらくは読んだ誰もがあきれたり笑ったりしたことでしょう。ちなみに私の娘が小学生の頃に書いていた漫画は、必ず好青年が出てきて、主人公の少女が泣くという構成でした。私が見ると怒られました。

7 日本で「アン」人気が広がったのは、村岡花子さんが一九五四年に三笠書房から『赤毛のアン』というタイトルで翻訳を出版したことから始まったと言っていいでしょう。しかし当初の翻訳にはだいぶ省略がされているというのは密かに知られていることです。その省略は終盤に多く、マシュウが死んだ第三七章「死という名の刈り入れ人」は、のちに出た新潮文庫版では五ページほどですが、二〇〇八年に補訳された新版では一二ページほどの量です。半分ほどになってしまっているので、ここで引用したマリラの告白などは、まったくありません。とても大事なところだと思うのですが、どうしてこんな大幅な省略がされたのでしょうか。

新潮社に勤める友人に聞いてみました。村岡さんの『赤毛のアン』は、おそらく新潮文庫が一番なじみ深いものでしょうが、最初は三笠書房による「若草文庫」という箱入り本シリーズの一冊として出版されました。というわけである程度はページ数を揃える必要があったようです。さらに出版当時は、まだ戦後で紙不足であったらしく、それが大きな原因だったらしい。村岡さんは大戦中、空襲に怯える灯火管制のもとで翻訳を続けていたそうですからね。

ちなみに、ローラの「小さな家シリーズ」も戦争の影響を受けています。シリーズ最後の作品『この素晴らしい幸せな年月』は一九四三年の春に出版されましたが、原稿は前年の秋に完成しており、戦時中の紙不足によって印刷と発売が遅れたそうです。あっちでもこっちでも、戦争というのははなはだ迷惑なものなのです。

マリラはアンを通じて人生を取り戻す

この物語は、「アンの視点」よりも「マリラの視点からアンを見る形」になっているということを見てきました。マリラはアンを通じて思わぬ自己発見をし、それまでの人生で無意識に、やや硬直した長老派プロテスタント信者の考え方に凝り固まっていたことを反省し、笑いを取り戻し、母性本能による子育ての喜びを発見し、それまで否定していたアンのような自由な考え方、行動を再評価して受け入れる心の広さを持てるようになりました。と、ここまで書けば、もうひとつ、とても大事なことがありますよね。人生を豊かにする、なくてはならないものです。

マシュウの死後、アンはギルバートと仲直りをし、その様子を見ていたマリラはアンに驚く自分の過去を話します。

「ギルバートは、なんていい男なんだろうねえ」とマリラはぼんやりとつぶやいた。「この間の日曜に彼を教会で見かけたけれど、背が高くて立派だったよ。お父さんの若い頃にとてもよく似ているよ。ジョン・ブライスは素敵な男の子だった。私たちはね、本当に良い友達だったんだよ、彼と私がね。みんな彼のことを、私の彼氏だって言ってたんだよ。」[8]アンはすぐに興味津々で顔を上げた。

「わあ、マリラ、それでどうなったの？　どうして――」

「喧嘩しちゃったのさ。彼が許してほしいと言ってきたときに、私は許そうとしなかったのさ。あとでそうするつもりだったんだよ。でも私はすねて怒ってたのさ。それに最初は懲らしめてやりたかったしね。彼はもう戻ってこなかった。ブライス家の人はみんな気が強いのさ。私はずっと、そう、後悔してたんだ。チャンスがあれば、許してあげればっていつも思っていたんだよ。

なんとマリラはギルバートの父親と仲が良かったのだ。ちょっとした諍いが原因で、マリラは怒ってすねて恋人を失った。それはまさにアンがギルバートにとった行動とそっくりだ。しかしアンはギルバートと仲直りができた。これはマリラにとって、自身が果し得ず長い間後悔してきた失恋を、代理のアンを通じて取り戻すことになるでしょう。「マリラの物語」は、最後に自分が失敗した恋愛体験をアンが取り戻すというエピソードまで加えられているのです。「マリラの子育て物語」は、出来過ぎのおまけまでついていました。[9]

●注●

8　「みんな彼のことを、私の彼氏だって言ってたんだよ。」村岡花子さんは、「恋人」と訳しています。原文では"beau"となっていて、それは「彼氏」とか「恋人」とはちょっと違って、その前の段階の「アプローチをしてくる男」ぐらいの意味です。ダンスパーティーといった社交の場所で女性の相手をしたり、送り迎えをする人、また「一生懸命好きな女性のところに通って求愛している男」という意味です。電話やSNSなんてないから、みんな歩いてせっせと家に来たんです。

というわけで、「若い頃には沢山の"beaux"（複数形）がいた」と誇ることが出来たのです。「恋人」が沢山いたら問題ですね。女性から見て、全然好きでない人でも入るのです。村岡花子さんは、別のところでは「崇拝者」と訳しています。日本語では普段使われる単語がありませんね。「私のことを好きと思ってくれる人」という感じでしょうか。当時のカナダでは、必ず男性から女性にモーションをかけないといけなかったのです。（ちなみにその次の段階は「彼氏」ではなく、もう「求婚者」になります）

日本のバレンタインと同じですが、男女どちらも人気のある人に沢山の人が集まるから、残りはゼロの人もたくさん出てくる。だから多くの女性は、ゼロだけは避けたいものだと戦々恐々としていたわけです。

『続アヴォンリーの記録』のなかの「実現したセシル」では、主人公シャーロットが、いままでに「崇拝者」がいたかどうかを聞かれ、ひとりもいなかったことを恥ずかしく思い、つい架空の名前をあげてしまった。その同姓同名の男が実際に村に現れて引っ込みがつかなくなり、大変な思いをするという話だ。日本でもつい最近まではそうでしたが、女性は「待つだけ」というのもひどい慣習ですよね。

ちなみにアルマンゾがローラに初めてアプローチしたときは教会の集まりが終わったときで、「家までお送りします」と声をかけました。横に両親がいるのに「家に送る」って！まあそれが「beau 宣言」なのです。

ローラはその手の言葉は使いませんでしたけれど。

9 私は以前にこの部分を読んだとき、「ほら、やっぱり『グリーン・ゲイブルスのアン』は、マリラがアンを通じて人生を取り戻すという話なんじゃないか」と、この発見を少し得意に思っていました。自分の解釈の証拠になるような気がしたのです。

しかしのちの作品『アンの夢の家』を読んだときに、作者モンゴメリによる説明が書かれていました。それはアンがギルバートと結婚するときの、マリラの心の描写です。

「マリラは、ギルバートを子供の頃から見かける度に、いつも心に浮かぶ思いを言葉にするくらいなら、いっそ死んだほうがましだと思っていた。その思いとは、もしずっと昔に自分の意固地なプライドさえなかったら、ギルバートは自分の息子だったかもしれないということだ。マリラはギルバートがアンと結婚することで、その昔の過ちを、何だか不思議な方法で正してくれるのではないかと感じていた。はるか昔の苦々しい禍が転じて福となったのだ。」

私は自分の解釈にお墨付きを頂いたというよりは、「それは作者によって違うところで説明されているよ」と価値を下げられてしまったような残念気分になってしまいました。

コラム②

腹心の友

アンが最初にマシュウに使った〝kindred spirits〟という単語は、村岡訳では「気が合う」と表現しています。言葉の意味としては、「同類の心を持つ者」という感じですね。「同じ感性を持ち、心で理解し合える同志」というような意味です。同世代の親友であるダイアナには、〝bosom friend〟という言葉を使っています。村岡訳では「腹心の友」という、ちょっと古い言葉になってしまいましたが、神山妙子訳を使ったアニメでは「心の友」となっています。

のちに『アンの夢の家』で登場するジム船長は、アンに初めて会ったときに、「ヨセフを知る一族」という言葉を使います。

「あんたは若くて、わしは年寄りだが、我々の魂は同い年だと思うよ。我々は、ヨセフを知る一族に属しているんだ。コーネリア・ブライアントが言うようにね。」

「ヨセフを知る一族ですって?」アンは戸惑った。

「そう。コーネリアは、世界中のすべての人間を二つの種類に分けているんだよ。ヨセフを知る人間と、知らない人間とにね。人を見定めようとするときにその目を見て、物事に対して全く同じ考えを持ち、冗談も同じ趣味だったりしたら、それはヨセフを知る一族に属しているということになるんだよ。」

「ああ、それでわかりました」と、突然光が差し込んできたような気になってアンは叫んだ。

「それは私がよく使っていた言葉、いまも特別な言葉で「同じ心を持つ者」"kindred spirits"と呼んでいるものですわ。」

「そうそう、そういうことだ」とジム船長は同意した。「それを何と呼ぼうとも、我々はそれなんだよ。今晩あんたが入ってきたとき、ブライスの奥さん、わしはつぶやいたんだよ。『そうだ、この人はヨセフを知る一族の人だ』とね。わしゃすごく嬉しかったよ。というのも、そうじゃなかったら、我々はお互いお付き合いをしても心の底からの満足は得られないだろうからね。ヨセフを知る一族というものは、地の塩だと思うんだよ。」

ここからは、アンは「わかり合える同志」を確認するとき、「ヨセフを知る一族」という言葉を使うことになります。

「ヨセフ」は、旧約聖書に出てくるイスラエル人で、大飢饉への対処などで活躍した立派な人物です。「創世記」はヨセフの死で終わります。続く「出エジプト記」はヨセフの死後の話で、ヨセフのことを知らないエジプトの新しい王がヨセフの子孫であるイスラエル人を敵視するところから始まります。

というわけで、「ヨセフを知る一族」は、「わかり合える仲間」。「知らない一族」は、「説明したってわからないんだから、もうしょうがないとあきらめるしかない連中」というような意味です。

「アン」シリーズその後の作品

あまりにも大ヒットになった『グリーン・ゲイブルスのアン』は、圧倒的な期待を受けて次々に続編が出されました。しかしモンゴメリは当初それらの執筆にはうんざりしていたようです。アンが大学に行き、ギルバートのプロポーズを受ける三作目、『プリンス・エドワード島のアン』（一九一五）を執筆している時期には、友人への手紙に以下のように書かれています。[10]

私はいま、新しい「アン」の本に取り組んでいます。『レドモンドのアン』というもので、アンの四年間の大学生活についての話です。私はそれを書きたいと思ったことはありませんでしたので、関心を持ったことがなかったのです。（中略）というわけで、その新しい本は、その後のアンとギルバートがどうなったかをどうしても知りたい女子学生の関心以外には、何の意味もないでしょう。（一九一四年一〇月一六日）[11]

執筆時の一九一四年は第一次世界大戦の始まった年であり、そんな動乱の時期にモンゴメリは少女の恋愛をテーマに小説を書くのも気が進まなかったようです。また書き上げたときの日記には以下のように書かれています。

今日、『レドモンドのアン』を書き終えた。とても嬉しい。これほどのストレスを感じながら本を書いたことはない。（中略）文学的見地から見て、あまり評価はできないと思う。でもいくらかは立派な内容もあるとは思う。でももう感傷的な女子大生の話なんて書けない。とにかく終わった。ありがたや！（一九一四年一一月二〇日）

このように執筆の嬉しさもなく、自己評価も低い作品を書き続けるはめになったのは、一作目の成功があまりにも大き過ぎたことによる悲劇ともいえましょう。たしかにアンとギルバートのロマンスのゆくえについては、誰もが関心を持つだろう。まあいくつかトラブルがあり、それを乗り越えてゴール・イン、という結末以外にはありえません。実際そのようになるわけですが、わかってはいても、読者はそこまでを求めるものではないでしょうか。

しかし「アン」シリーズはその後、モンゴメリが亡くなるまで続きます。物語の時系列に並べると、以下のようになります。

『グリーン・ゲイブルスのアン』（一九〇八）
　アン一一歳でグリーン・ゲイブルスにやってくる。高校を卒業する一六歳まで。
『アヴォンリーのアン』（一九〇九）
　一六—一八歳。アヴォンリーの小学校教員として、また村の改善委員会で奮闘。
『プリンス・エドワード島のアン』（一九一五）
　一八—二二歳。レドモンド大学時代。ロイ・ガードナーに求婚されるが、ギルバートを選ぶ。
『風吹く柳屋敷のアン』（一九三六）

二〇代前半。大学卒業後にアンは高校の校長（教員はアンを含めて三名のようです）となり、「風吹く柳」という名の家に下宿して三年間働く。

『夢の家のアン』（一九一七）

二〇代後半。医者となったギルバートとの新婚生活が始まる。新居を「夢の家」と名付ける。初めての子供、女の子のジョイスは出産直後に死んでしまう。翌年、長男ジェイムズ・マシュウ（ジェム）誕生。

『炉辺屋敷のアン』（一九三九）

三〇代。引っ越した家を「炉辺」（イングルサイド）と名付ける。次男ウォルター・カスバート、双子の女の子ダイアナ（ダイ）とアン（ナン）、三男シャーリー、三女バーサ・マリラ（リラ）の六人の子供に囲まれる。主に幼い子供たちの視点による物語が多い。

『虹の谷』（一九一九）

四十代。子供たちは虹の谷で牧師館の子供たちと遊ぶようになる。孤児のメアリー・ヴァンスが仲間に入る。最後に世界大戦が近づきつつあることが暗示される。

『炉辺屋敷のリラ』（一九二一）

五〇歳前後。男の子は三人とも兵士として出征し、ウォルターは戦死。思春期を迎えるリラ、そしてアンや使用人のスーザンなど、残される女たちの視点から見た戦争時代が描かれる。

『ブライス家が話に出てくる』（二〇〇九）ただし原稿を出したのは死の直前、一九四二年。

四〇代から七〇代まで。アンの末娘リラの息子ギルバートが第二次世界大戦に出征。アンが住む村を舞台に、様々な人々をめぐる短編集で、アンの一家は話に出てくる程度である。

さらにアヴォンリーを舞台として、その地の人々の短編集が二つ出ています。そこでちらほらとアンの存在が言及されていますが、「アン」シリーズに入れるかどうかは人によるでしょう。

『アヴォンリーの記録』(一九一二)
『続アヴォンリーの記録』(一九二〇)

出版年を見ればわかりますが、モンゴメリは時系列の順番に執筆したわけではなく、アンが母親になった話を書いた後に、大学卒業後の話を書いたり、アンの生涯のいつ頃を書こうかと、そのときそのときに執筆を重ねていきました。最後の作品『ブライス家が話に出てくる』は、モンゴメリが亡くなる一九四二年に原稿が出版社に渡されたので、「アン」シリーズは、アンがグリーン・ゲイブルスにやってきたときから孫のいる老女になるまでを描いていると同時に、彼女の作家人生のライフワークだったといえましょう。ということは、『グリーン・ゲイブルスのアン』の続編を書くときにはうんざりしていたようですが、多くの作品を生み出してきた長い作家生活のなかで、繰り返し戻ってきた「アン」シリーズの執筆は、モンゴメリもきっと楽しんでいたはずでしょう。

●注●

10 原作のタイトルは Anne of the Island ですが、日本では村岡花子さんが「アンの愛情」と訳したので、そちらで知られています。まえがきで述べたように、「赤毛のアン」という村岡さんが悩んだタイトルは、「グリーン・ゲイブルスのアン」という原題の通り、「家」が大変重要なキーワードになっています。そして二作目は村岡訳では「アンの青春」となっていますが、原題は「アヴォンリーのアン」で、アンは教員となり、村の改善協会の委員となって、地域で活躍する話なのです。そして「アンの愛情」という訳の三作目は「島（もちろんプリンス・エドワード島）のアン」です。アンはレドモンド大学に進学して島を出ていくのですが、様々な地域から学生が集まってくる所で、自分はプリンス・エドワード島の人間だ、ということを意識するようになるわけです。最初は『レドモンドのアン』というタイトルにするつもりだったのが、出版社との交渉の中で、『プリンス・エドワード島のアン』となったそうです。

つまりこのシリーズは、基本的にアンが暮らしている所属意識のありかがタイトルになっているのです。

ちなみにこの書簡は、ジョージ・ボイド・マクミランというモンゴメリのペン・フレンドに書いたものです。書簡のやりとりはモンゴメリが二九歳、マクミランが二二歳のときに始まり、なんと三九年間も続きました。あらゆる話題についてやりとりをする、「心の友」であったようです。

11

『グリーン・ゲイブルスのアン』の位置づけ

楽しんで書いた一作目『グリーン・ゲイブルスのアン』の執筆時、モンゴメリは友人マクミランへの書簡で『アン』について言及しています。

これは女の子が出てくる、女の子のための児童文学です。でも大人の人たちにも楽しんでもらいたいと思っているのです。『グリーン・ゲイブルスのアン』という本で、幼いヒロインの性格が主題になっています。（一九〇七年九月一一日）

ここでは特にマリラの視点を強く意識しているとは言っていません。

しかし後日の言及では、以下のような謎めいた「秘密」を示唆しています。

あなたは、私には三つのスタイルがあると言っていますよね。それは本当だと思います。でも、「アン」のスタイルが私の本領発揮なのです。残りのものは、特定の物語を「作り上げる」ために、ただうまく作られた服装に過ぎないのです。私は「アン」を、自分自身のスタイルで書きました。私はそれが成功の秘密だと思うのです。（一九〇九年五月一一日）

モンゴメリによれば、彼女のスタイルには三つの種類があり、そのうちでも『アン』のスタイルがそのときの本当の自分のものであり、それが成功の秘密だと思っているという。しかし数多くのモンゴメリの作品を、この「三つスタイル」に分類するのは難しい。彼女の生涯で発表された長編は二〇以上、短編は一五〇以上もありますから。「アン」のように孤児が出てくる作品も多いし、「オールド・ミス」の結婚話も沢山思い出されます。[12]「家」を舞台の中心にしたものもあげられましょう。まあいくつかの要素を考察する意味はありそうです。

「アン」シリーズでは、アンがグリーン・ゲイブルスから「巣立ち」をしてゆく二作目以降は、マリラの視点がほぼなくなります。一作目とそれ以降の続編の執筆意欲の大きな落差、そして結果的に残念ながら文学的評価の落差、それは『グリーン・ゲイブルスのアン』が実はかなりの部分がマリラの視点で描かれている作品であり、「マリラの物語」が一作目で完結しているところにあるのではないだろうか、と私は考えます。モンゴメリの作品を三つに分けるとしたら、『グリーン・ゲイブルスのアン』は、モンゴメリがうんざりした二作目三作目とは別の範疇に入るのではないかと思うのです。

モンゴメリの作品では、主人公の少女が孤児であったり、または親からの愛を受けられない厳しい環境の中で、努力を重ねて生き抜いてゆく話として代表的なものは『ニュー・ムーン館のエミリー』(一九二三)、『青い城』(一九二六)や『ランタン・ヒル館のジェーン』(一九三七)といった作品があり、これらも高い評価を受けています。それらはモンゴメリ自身が物心もつかないうちに母親を亡くし、その後も苦労の連続であった彼女の実人生に重ね合わせる解釈がなされてきました。そしてこれらの作品に共通するのは、すべてやっかいで強烈な個性を持つ、子供に厳しい「おばさん」や「おばあさん」がいることです。『アン』のマリラも最初は笑うことさえしない、子供に大変厳しい中年女性として登場しているので、こういう登場人物らはモンゴメリの小説の大きな特徴です。

多くの作品で大きな役割を果たしている「きついおばさん」や「きついおばあさん」は、次々に登場するので「またか」と思わされるほどですが、実に生き生きとその存在感を発揮しています。これはモンゴメリの生い立ちに深くかかわっています。彼女の母は彼女がまだ二歳になる前に病死し、父親は別居してその後再婚したので、彼女は母方の祖父母に育てられました。それは孤独で辛い子供時代だったようです。

モンゴメリは『アルプスの山』という自伝を残しています。「アルプス」とは、「高く険しい山」という意味で、普通の自伝というよりも、出版社がモンゴメリに自身の「キャリア」について、雑誌の連載で書いてほしいと頼んだのです。なのでこの本は作家としてどのように身を立てるようになったのかが話の中心になっています。出版社に何度原稿を書き送っても採用されずに返され、それでも書き続けたという経験を振り返っています。だからでしょうか、生い立ちについてはあまり多くを語っていません。それでもアンのように、寂しさをまぎらわせるために想像力を養ったり、エミリーのように子供の頃から書くことに情熱を燃やしていたということは書かれています。でも、小さな子供をそんな孤独な精神状態にさせたという祖父母の厳しさには全く触れていません。養ってくれた人たちの悪口や批判めいたことは、公には書きたくなかったのでしょう。

しかし膨大な量の日記、それも公になることを見越してでしょうか、大人になってから書き直した日記には、祖父母についても詳しく書き留めています。ちょうど『アン』を書き始めた一九〇五年、モンゴメリが三一歳のときに書いたものに注目しましょう。その日にモンゴメリは、とある古い手紙を目にしました。それは亡くなった母親が少女だった頃に、女友達からもらったものだったのです。そこから自分が幼い頃に母親をなくし、辛い人生を送ってきたことを述懐します。

大人になればなるほど、私の子供時代がなんて感情的に飢えたものだったかを実感するのです。

（一九〇五年一月二日）

この言葉は、マリラが希望する男の子ではなかったアンを帰そうと思って、馬車でスペンサー夫人の家に行く途中、アンのそれまでの人生についてのつらい話を聞き、同情心が沸き上がってくるところの描写とそっくりなのです。

なんて感情的に飢えた、愛されることのない人生をこの子は送ってきたのだろう。辛く貧しく、世話もされることのない生活を！

このふたつの描写の類似性を見ると、アンの境遇は自分の子供の頃の境遇と同一視しており、精神的な意味で自己体験をモデルにしていると言えるでしょう。モンゴメリの作品で薄幸の少女が主人公というのは、ひとくくりにできそうです。

さて日記では、続けて養ってくれていた祖父母について語っています。

私は二人の老いた人たちに育てられました。二人ともいいときだったとしてもあまり同情的になったことはなく、頑固で不寛容な人間にすっかり出来上がっている人たちでした。二人とも一〇歳の子供とか一五歳の少女は、自分たちと同じくらい年をとっていて、赤ちゃんと同じくらい幼いという矛盾した考えを持って行動していたようである。つまり、その子は自分たちが持っていない願望や嗜好を持つべきではなく、しかし、幼児ほどにも独立した存在としての権利を持つべきではないということである。

祖父母はモンゴメリに対してひどく厳しく、彼女は自分が精神的に孤独な生活を送っていたといいます。そしてモンゴメリが二四歳のときに「厳しく横柄で怒りっぽい」祖父がなくなったあと、祖母との生活が始まります。

祖母は「自分なりのやり方で」私に親切でした。その「やり方」は、よく私にとっては拷問であり、私は常に恩知らずで性格が悪いと非難されていたのです。なぜなら子供だったので自制心は学んでいなかったし自分が置かれている立場がわかっておらず、ときには「祖母のやり方」に反抗したからです。

モンゴメリは自分の幼少期が「不幸だった」と様々なところで繰り返しています。それはアンを始め、彼女の作品に出てくる少女たちの多くが不幸な境遇を背負っていることに投影されているでしょう。たしかに物心がつく前に母親を亡くしたことは、大変不幸なことだったと考えられます。しかし親を亡くした子供に「同情心がなく厳しい」と批判している祖母に対しても、一方で「自分が子供だったからまだわかっていなかった」と反省も垣間見られます。

この日記を書いた一一年後、モンゴメリが四二歳のときに書いた『アルプスの道』では、さらにその反省が「大人」になってきています。たとえばモンゴメリの祖母は、家柄の見栄もあってか、モンゴメリの服装には立派なものを与えていました。しかし自分だけ「袖のついた」エプロンを着させられたり、他の子供たちが裸足だというのに自分だけ立派な「ボタンのついたブーツ」を履いていることが、モンゴメリにとっては「おぞましく」「屈辱的」な「拷問」だったのです。子供にとっては、他の子たちと「違う」ということがどれだけつらいものか、思い出せる人には痛いほどわかるはずです。しかし自信たっぷりで頑固なおばあさんが、「うちの孫にみっともない恰好はさせられないよ！」と子供の気持ちを理解してあげられないのもわかりますねえ。それで子供がそれを有難がらないと見るや「恩知らず」と批判するわけです。モンゴメリはこの思い出話を書いた頃、それは四〇を過ぎてですが、当時の友だちに「ブーツがうらやましかった」と聞かされて、あきれています。モンゴメリは中年になって、子供の頃の「不幸」が、実は自分の未熟さによる思い込みがあったと反省するようになってきたようです。

モンゴメリは二四歳のときに祖父が亡くなったあと、祖母の世話をするために教員を辞めて同居し、三七歳のときに祖母が八七歳で亡くなるまで、結婚を遅らせてずっと一緒に暮らしています。今でいう介護生活ですね。その生活の中で『アン』を書いていくわけですが、その作品のなかにはモンゴメリの成熟が見られるのではないでしょうか。つまり「子供の目線」と同時に、「親（保護者）の目線」への理解が深まってきていたと思えるのです。

●注●

12 「オールド・ミス」という未婚の女性を揶揄する言葉は、近年あまり使われなくなりました。いまの女性は経済的に自立していれば、結婚をあせることなく、「いいのがいなきゃ結婚なんてしないほうがまし」という選択肢がありますからね。しかしローラやアンの時代では、憐れまれる残念な状態だったのです。ちなみに「オールド・ミス」は和製英語で、英語では普通〝an old maid〟と言います。「メイド」は「お手伝いさん」という意味が一般的な用法ですが、古い言葉遣いでは「未婚の女」という意味でも使われました。つまり「年をとった未婚の女」という意味になるわけです。

モンゴメリの作品：三つの分類

モンゴメリの作品の「三つの分類」に戻ります。私の仮説で分けてみますと、①子供が主人公で、子供の視点から描かれているスタイル。親がいなかったり、不幸な境遇にある子供が保護者を見い出す構図が多い。②年配の人間が主人公で、主に年配の人間の視点から描かれているスタイル。孤独な境遇から、子供に慰めを見い出す構図が多い。③結ばれるべき男女が長い間のトラブルを経て、ついに結婚に至るという構図の物語です。

一番目の「子供の視点から見た子供が主人公の話」は、自伝的要素の強い「エミリー三部作」や「パット二部作」、「ストーリー・ガール二部作」といった長編の代表作が入ります。この部類に入る『青い城』や『ランタン・ヒル館のジェーン』、そして「エミリー三部作」にもですが、曲者のおばさんやおばあさんが登場します。その強烈なキャラクターが、主人公の少女たちにとっての大変な試練となるのです。しかし孤児となったエミリーを引き取ったエリザベス伯母さんは、エミリーをひどく扱いますが、実は彼女なりの愛情は持っているのであり、モンゴメリの祖母がモデルになっていると思われます。

子供に無情だったり意地悪だったり、偏屈だったりするおばさんやおばあさんとは別に、同じように曲者で気難しかったりもしますが、不器用でも愛情にあふれ、誠実で人間味が豊かな家政婦が、しばしば主人公の心の支えになっています。アンがレドモンド大学在学中の下宿先で働いていたレベッカ・デユー、ギルバートと結婚後に雇っていたスーザン・ベイカーはほとんどアンの家族の一員となっていたし、「パット」のジュディ・プラムは、子供たちの保護者として母親よりも家の中心的存在となっている。これらの心温まる「味方」の人物は、厳しくやっかいな「試練」となる人物と共に典型的なフラット・キャラクターであり、これらがバランスよく配置されることで作品を豊かにしていると言えましょう。

二番目の「年配の主人公が子供に慰めを見い出す話」の多くは、「アン」シリーズに含まれる（ほとんどアンは出てこないのですが）『アヴォンリーの物語』（アンの住むアヴォンリーを舞台とした短編集で、村岡花子訳では『アンの友達』となっています）と、『続アヴォンリーの物語』（村岡花子訳では『アンをめぐる人々』となっています）に出てきます。年配の人が主人公になっての長編にはなりませんでしたが、繰り返し出てくるテーマなので、お気に入りのスタイルだったと思われます。

死にかかった老女が最後に一目、かわいがっていた少女に会いたいと願い、再会を果たして喜びながら他界する「小さなジョスリン」、初老になった父親が、ひとり娘との再会に喜ぶ「ショウ老人の娘」、競売好きの男が、冗談で競り落とした赤ん坊を引き取るはめになり当惑するが、その中年夫婦は天使のような子供に喜びを見いだす「スローン父さんの買い物」などは、少し子供というものが理想化され過ぎている印象がありますが、老いた人間にとって子供がどれだけ慰めになるかということを描いています。

その作品群に入る「ロイド老婦人」はタイトル通り、とあるひとり暮らしの老婦人からの視点で、ふいに現れた若い娘との交流で孤独な人生に慰めを見い出すという物語です。貧乏だがプライドが高く、村人からは変人扱いされているロイド夫人のところに、美しい娘が現れる。その娘は、ロイド夫人の若い頃に恋人であったが、ちょっとした喧嘩から別れてしまった青年の娘であったのだ。この設定はマリラがギルバートの父親とむかし恋仲であったというエピソードのスピンオフ作品とも言えるでしょう。ロイド夫人は生涯の心の悔いとなっている昔の恋を心に甦らせ、失った恋人の娘に力を貸すことで人生を取り戻すのです。

長い間の不和が子供の出現によって癒され、和解するという物語群もあります。長い間別居していた夫婦が、娘の結婚を機に和解するという話の「あの子の父親の娘」、長い間喧嘩していた中年姉妹が、親戚の赤ん坊を引き取ることを機会に和解する「ジェーンの赤ん坊」などは、子供を媒介として、頑なな心がほどけて不和が解消されるという構図になっています。

そのジャンルに入る「エリザベスの子供」は、かわいがっていた妹のエリザベスが気に入らない男に嫁ぐことで兄のポールが腹を立て、喧嘩別れのようになってしまったという状況設定です。その後はすっかり偏屈になって孤独な人生を歩んでいたポールのところに、突然明朗快活なエリザベスの娘ワースが訪れて、ポールの心を溶かして兄と妹の和解をさせるという話です。無邪気で純真な娘と触れ合うことにより、孤独な年月を経て頑なになった中年男がやさしさと喜びを取り戻すという物語は、マリラの変化を連想させるものであるし、またワースが物語の中心人物であるにもかかわらず、年を取って寂しくなってきたポールの兄弟姉妹たちのところに場面設定がされており、ワースのおじやおばたちがワースを迎え入れるという視点になっていることも、アヴォンリーの村やマシュウとマリラの二人がとまどいながらもアンを迎え入れるという視点になっている『グリーン・ゲイブルスのアン』を思い起こさせます。

「エリザベスの子供」では、話の中心となっているワースがフラット・キャラクターであるのに対して、叔父のポールのほうがラウンド・キャラクターで変化を見せるというところが注目するべき点です。その意味では「それぞれが自分の言葉で」という作品と同じで、そこでは主人公はヴァイオリンを愛する少年フェリクスのように思えますが、その少年のヴァイオリンの音色が引き起こした奇跡によって、どうしようもなく頑なであった性格に大きな変化を見せるのは祖父のレオナード氏です。

これらの作品群は、子供が主人公のようでありながらも、その子供たちに癒される大人たちの視点が中心になっており、その大人たちが大きな変化を見せることからも、子供たちの視点による物語とは明らかに異なる構成になっています。

さて「子供が主人公」と「年配者が主人公」の二つを考察しました。『グリーン・ゲイブルスのアン』は、表面的には子供のアンが主人公なのですが、これまで見てきたように、形式的には保護者となるマリラからの視点に大きなウエイトが置かれており、マリラが引き取った少女に慰めを見い出して最後には救われるという「年配者が主人公」の様相が強いのです。その上で「子供が主人公」という面とうまく融合し、文学史の金字塔ともなる傑作となったと思われるのです。

アンがはっきりと主人公になる二作目三作目の「アン・シリーズ」は、モンゴメリの得意とする薄幸の少女や年配者の物語ではなく、幸せな思春期の娘の話であるから、執筆に気が進まなかったのではないでしょうか。

三番目の「結ばれるべき男女が長い間のトラブルを経て、ついに結婚に至るという話」は、モンゴメリの作品でもっとも沢山出てくるお馴染みのテーマです。アンとギルバート、パットとジングル、エミリーとテディは、「どうせ最後には本命と結ばれるに違いない」と思わせながら、他の相手と結婚しそうになったりして最後までハラハラと引っ張られます。

このような主人公の恋の行方というよりは、長年にわたる相思相愛だったりひたむきに思いを寄せる相手と、つまらない意地の張り合いや邪魔をする家族といった障害を乗り越えて、予想されるハッピー・エンドに至るという筋立てでは、アンを巡る人々で繰り返し出てくるのです。

『アヴォンリーのアン』に登場するミス・ラヴェンダーは、若い頃マリラと同じように結婚のチャンスを逃してしまったステファン・アーヴィングと結婚に至り、『アンの夢の家』に出てくるわけありの美女レスリーは、相思相愛のオーエン・フォードと結婚します。彼女は不幸な結婚をした既婚者であるという難しい状況でしたが（不倫はご法度）、記憶喪失の状態で世話をしていた夫のディックは、実はいとこのジョージという別人であることが判明するというウルトラCの展開でハッピー・エンドとなります。『虹の谷のアン』では、妻を失って久しいメレディス牧師が、ローズマリーとついに結婚します。徹底した執念をもって二人の間を邪魔をしていたローズマリーの姉エレンは、二〇年ぶりに再会したノーマン・ダグラスと結婚することになって、突然障害が取り除かれるのです。

またアンがほとんど出てこない『アヴォンリーの記録』や『ブライス家が話に出てくる』は短編集の形をとっていますが、そこでも「長い期間の苦難を経ての、ついに結婚」という筋立てのオンパレードです。「オールド・ミス」という屈辱的状況を乗り越えて結婚に至る物語は、モンゴメリにとって繰り返し描かれるお決まりのパターンでした。

モンゴメリの描く人物

モンゴメリの小説で、彼女が得意とする三つのスタイルを考察しましたが、登場人物の類型も見ておきましょう。

第一にくるのは、もちろんモンゴメリの少女時代の分身といえるアンやパット、エミリーやセーラといった少女たちです。感受性が豊かで想像力に富み、素直で常に前向きな性質です。その奔放な性格が、因習的な家庭環境、家族や親戚をはじめ周囲の人々とのあつれきを生みますが、成長するにつれて認められるようになります。

アンをとりまく人物で、味わいのある男性は『アヴォンリーのアン』に登場するハリソン氏や『アンの夢の家』に登場するジム船長といった人物で、少々難しい人ではあるが、一度理解し合えれば良き友であり良き助言者ともなります。

また少年ではアンに通じる（作者モンゴメリに通じる）感受性に富み、想像力豊かで詩や美しいものを愛する内面的な性格の子供たち、教え子のポール・アーヴィングや次男のウォルターなどがいます。しかしモンゴメリの描く男性はほとんど典型的なフラット・キャラクター、つまり類型的な人物で、物語を彩るためには重要なピースとして貢献しますが、あまり変化もしないし「脇役」に過ぎません。

特にアンの恋人となり夫となるギルバートは最初から最後までアン一筋で、生きた人間としての存在感がありません。彼はアンから見た「ハンサムで賢くやさしくて、迷うことなく思い続けていてくれる」という都合の良い理想像に過ぎないのです。「アン」シリーズでは、最初の作品ではマリラの視点のウエイトが重く、また後半の作品では子供たちからの視点で描かれたりもしていますが、ついにギルバートの視点の部分はなく、彼は最後まで「はじに位置する脇役」でした。

モンゴメリが描く人物で、もっとも強い色彩を持った存在感の強いキャラクターは、既に指摘した難しく頑固で厳しい曲者のおばさんやおばあさんたちです。『グリーン・ゲイブルスのアン』に登場するレイチェル・リンド夫人やジョセフィン・バーリー夫人はまだまだかわいいほうで、『エミリー』のエリザベス伯母さんや『ジェーン』の祖母ケネディー夫人などは少女たちにとって恐ろしい暴君であり、いじめを通り越してほとんど虐待ともいえるような子供の扱い方です。しかしモンゴメリの日記で彼女自身の祖母を振り返っているように、そういった「暴君」には彼女らなりの考え方、気の遣い方があったとも言えるのです。

『炉辺屋敷のアン』では、まだ小さい子供たちを育てているアンとギルバートのところにギルバートの親戚であるメアリー・マライアおばさんが「二週間ほどの予定」で滞在にやってきます。[13] 結局それが一年ほどになり、いつまでいるのかわからなくなるのですが。このおばさんは恐ろしく不愉快な人で、何かにつけてイライラしたりうんざりさせられるものだから、アンはとうとう鬱病になりかけます。この描き方がひどく生々しく、モンゴメリの技量（経験と知識？）の真骨頂と言えましょう。

このようにモンゴメリの作品の登場人物を概観してみると、個性的で類型的なフラット・キャラクターがちりばめられてはいるが、主人公の他にラウンド・キャラクターとしてはっきりと変化を見せる重要人物はマリラくらいしかいないことがわかります。さてその後のマリラはどのように描かれているだろうか。

●注●

13　この時代、親戚や友人が訪ねてきてしばらく滞在するというのはよくあったようです。いまの日本のように交通網が発達しているわけでもないので、そう簡単に行き来が出来なかったからです。なのでアンが子供の頃に泊まってみたいと憧れていた「客室」が、どこの家にも準備されていたのです。『炉辺屋敷のアン』でも言及されていますが、「しばらくの滞在」でずっと居ついてしまうようなことがあったのかもしれません。

その後のマリラ

『グリーン・ゲイブルスのアン』では、アンが自分より背が高くなってしまったことに気づいたとき、そしてグリーン・ゲイブルスを去ってクイーン学院に行ったときにめそめそ泣いていたマリラですが、その頃にはアンの「子育て」は終わってしまいました。

『プリンス・エドワード島のアン』では、レドモンド大学に行ってしまったアンが休暇で帰ってくるのをマリラは心待ちにしています。その頃は長い時間、台所に座ってぼんやりする時間が増えてきました。

「私も年を取ってきたねえ」とマリラはつぶやいた。

しかしこの九年間というもの、彼女はいくらかやせこけてきたこと以外には、あまり変わってはいなかった。髪の毛には白髪が増えたが、今まで通り固く縛り上げて後ろに二つのヘヤピンで留めてあった。ずっと同じヘヤピンなのだろうか？　しかし彼女の表情はすっかり変わっていた。口のあたりには素敵なユーモアのセンスがただよい、目はやさしく穏やかになっており、その微笑みはひんぱんに現れてやわらかになっていた。

マシュウが亡くなって一時は悲しみに沈んだことでしょうが、アンのおかげでグリーン・ゲイブルスを手放す必要はなくなり、そのアンもレドモンド大学への進学が実現できた。マリラの老後は穏やかで幸福です。それは子供の成長によってもたらされた生活の安心だけではなく、子育てを通じて得た人生を楽しむ気持ち、生活をこわばらせる因習の殻を破り、笑顔と共に暮らす心の余裕が、彼女を大きく変えたようです。

マリラは自分のいままでの人生を振り返っていた。窮屈ではあっても不幸ではなかった子供時代、少女時代の用心深く隠していた夢の数々や、くじかれた希望、それに続いたどんよりした中年時代の長く陰鬱で閉じこもった単調な年月。そしてアンがやってきた。活気があって想像力豊かで衝動的な子供で、愛情に溢れ空想の世界を持ち、彩りと温かさ、輝きをもたらす子供。荒野にバラが咲いたようだった。マリラは六〇年の人生の中で、アンがやってきてからの九年間しか生きていなかったような気がした。

マリラの「隠していた夢」、そして「くじかれた希望」とは、ギルバートの父親との恋と失恋でしょうか。そのあとは長い単調な生活を送り、すっかり「オールド・ミス」になっていたのです。

さてアンは大学から翌日帰ると聞いていたのに、突然台所のドアが開き、そこにマリラが見たのは、さんざしやすみれの花束を一杯に持った、一日早く帰ってきたアンの姿だった。

「アン・シャーリー！」マリラは叫んだ。人生で初めて、彼女は我を忘れて仰天した。そして自分の子供を両腕に抱きかかえ、花もろともに胸に押しつけ、その輝く髪とかわいらしい顔に暖かく口づけをした。

これがいったいあの頑なで自制心を重んじ、笑うこともしないようなマリラがすることでしょうか。まさに別人です。アンの子供時代には、おかしくても笑いをかみ殺し、驚いても絶対に感情を見せず、嬉しくてもぶっきらぼうな態度を取るマリラでしたが、マシュウの死のあとは、素直に気持ちをおもてに表し、アンに愛情を示して、彼女をたよりにすることを隠さなくなりました。

親にとって、娘が嫁に行くことは子育て最後の試練とも言えましょう。それは素晴らしく喜ばしいことであると同時に、子供の本当の巣立ちと別れを意味するからです。アンがギルバートとの結婚を前にして幸福の絶頂にいるとき、マリラは屋根裏から聞こえてくるアンの歌声を聞いて微笑み、そしてため息をつきました。

マリラの人生において、アンがギルバート・ブライスと結婚するということほど彼女に幸せをもたらすことはなかった。とはいっても、どんな喜びであろうと、わずかな悲しみの影をもたらさないことはない。アンがレドモンド大学に行っているサマーサイドでの三年間は、アンは休暇や週末によく帰ってきたものだ。しかしこれからは、せいぜい一年に二回ほどしか期待することはできないだろう。

そしていよいよ華やかな結婚式が行われ、アンはギルバートと共にグリーン・ゲイブルスを去っていったのです。

マリラは門のところに立ち、二人の乗った馬車がアキノキリンソウが咲き誇る土手の長い道を走り去って見えなくなるまで見送った。アンは最後に振り向いて、さよならの手を振った。彼女は行ってしまった。グリーン・ゲイブルスはもうあの子の家ではなくなったのだ。アンがこの一四年間、不在にしているときでさえも光と生気で満たしてくれたその家に戻ろうとしたとき、マリラの顔はひどく寂し気で、老いて見えたのでした。

可哀そうですね。でもこれはマリラがずっと願ってきた喜びでもあり、それに伴う試練なのです。しかしマリラはグリーン・ゲイブルスでひとりぼっちになるわけではなく、にぎやかな双子のデイビーとドーラはいるし（しかも二人の養育費は保証されて助かったし）、少々難しい人ではあっても頼りになるレイチェル・リンド夫人も一緒に住むことになっていたのです。

そしていずれアンに次々と子供が産まれ、ありがちですがマリラは最初の男の子ジェムを溺愛します。ずっとあとになってからですが、ジェムは大きくなっても毎年クリスマスをグリーン・ゲイブルスで過ごすと書かれています。あれだけアンに厳しかったくせに、孫にはメロメロになるというじいさんばあさんにありがちなことであり、晩年のマリラはしあわせに満ちていたと言えるでしょう。[14]

●注●

14 アンの子育てが中心となるこの後の作品では、マリラはあまり登場しません。しかし例の持病だった頭痛はおさまり、なぜか目の具合もよくなって失明の心配もなくなったと書かれています。そしてマリラの名前をとったアンの末娘のリラの話になったとき、リラは「私が小さい頃にマリラおばさんは亡くなったので、あまり記憶がない」というようにマリラの最後は描かれたのでした。

アンの末娘、通称「リラ」は、「バーサ・マリラ」とマリラの名前を継ぎました。この時代、名前をどんどん継いでゆくという習慣がありました。長男「ジェム」は、「ジェイムズ・マシュウ」(ジェイムズのほうは、懇意にしているジム船長からもらった)で、次男は「ウォルター・カスバート」(だから長男次男でマシュウ・カスバートとなる)、長女と次女は双子で、なんと「アン」(通称ナン)と「ダイアナ」(通称ダイ)です。母娘で同じ名前なのです。(一方でアンの心の友であるダイアナのほうは、自分の娘に「アン・コーデリア」と名付けています！　もちろん最後にeがついています)そしてアンの三男は「シャーリー」というわけで、もうみんなまわりの人たちの名前を次々につけていたわけです。

コラム③

人種差別

モンゴメリにも差別的表現が見られます。それはフランス人差別です。アメリカ大陸の北、カナダとアメリカ合衆国はヨーロッパの様々な国からやってきた移民の国ですが、そのカナダでは英国系とフランス系が多かった。しかし一八世紀にフランスは北米の植民地統治を諦めて英国に譲り、一九世紀になるとフランス系はすっかりマイノリティーの経済的弱者となりました。

『グリーン・ゲイブルスのアン』では、フランス系の登場人物はみな低賃金の使用人で、常に下に見られています。

最初に目につくのは使用人のフランス人ジェリー・ブートです。アンがブローチを持ち出して失くしたとマリラが誤解して思い悩んでいるときに、彼は横で能天気に食事をしています。

その夕食はとても悲惨なものだった。唯一陽気だったのは雇われ小僧のジェリー・ブートで、マリラは彼の陽気さを個人的な侮辱だと憤慨していた。

これくらいだったら差別と思われないかもしれません。しかしアンがアラン夫人のために作ったケーキに膏薬を入れてしまったとき、最後にマリラはこのように言います。

さて、そのケーキは豚にでもやったらどうだね。それは人間の食べるもんじゃないよ。ジェリー・ブートでさえもダメだよ。

またさらに、マシュウがアンのために袖の膨らんだ服を買いに出かけ、店員が女性だったのでうろたえて黒砂糖を山ほど買ってきてしまったとき、マリラはその質の悪いものは使いようがない、「ジェリー・ブートもいないし」と怒ります。

またダイアナの家に雇われていた少女もフランス人です。ダイアナの妹ミニー・メイが喉頭炎にかかってアンが呼ばれたときも、無能な人間として描かれています。

小川からやってきた、太って大きな顔をしたフランス人少女のメアリー・ジョーは、バリー夫人が留守の間に子供たちと一緒にいてもらおうと雇っていたのですが、何もできずにおろおろするばかりで、何をするべきかもまったく考えられず、考えたとしても何も行動できなかったのでした。

登場人物が「たまたま」無神経だったりまぬけだったり容姿が美しくなかったり無能だったりすることは、まったく問題ありません。人間にはいろいろな人がいますから。しかし特定の人種や国籍の人間が「繰り返し」見下されるような描き方をされると、さすがにそのカテゴリーに入る人々は気分が悪くなるでしょう。『アン』はベストセラーになった作品ですが、フランス系カナダ人はカチンとこなかったのでしょうか。

アンの子育て

アンとギルバートの結婚後、二人の間にすぐに女の子が産まれるが、ジョイスと名付けた赤ん坊は生後すぐに死んでしまいました。しかし『炉辺屋敷のアン』になると、子供は六人になっており、それからは大家族となるアンの子育て物語となっていきます。『虹の谷』では成長してきた子供たちの視点による物語になり、アンは主役の座を降りて「子供たちから見たお母さん」という背景の人物となります。そして『炉辺屋敷のリラ』ではタイトルの通り、末娘のリラが主人公となってテーマは戦争の色合いが濃くなり、内容は大きく変化していきます。そしてモンゴメリ最後の作品となった『ブライス家が話に出てくる』ではアンは老年を迎えていますが、ブライス一家は話の端々に話題に上るだけとなります。

さてアンの子育てが始まると、これがまた大変な溺愛です。長男が生まれたときには、赤ちゃんを抱いて"Isn't him ze darlingest itty sing" = "Isn't him the darlingest little thing"「ちゅごおくかわいい赤ちゃんじゃないかちら?」などという赤ちゃん言葉を使っています。アンは子供が産まれる前に、たくさんの育児に関する本を読み、なかでも『オラクル卿の子供の世話と育児』に深い感銘を受けます。[15] そこには「赤ちゃん言葉は子供にとってよくない」と書いてあり、その内容に心酔したアンは、絶対に赤ちゃん言葉を使わずに育てようとギルバートを説き付けて、「絶対に変えない決まり」を誓います。

しかし産まれたばかりの我が子を抱いた瞬間に、アンは「ああ、なんてちゅごくかわいい良い子ちゃんなの！」と恥ずかしげもなくその誓いを破り、それからずっと赤ちゃん言葉を使い続けます。ギルバートがそれをからかうと、「オラクル卿は、自分の子供がいなかったのよ、ギルバート。絶対にそうだわ。じゃなきゃ、あんなくだらないこと書くわけないもの」ときたもんです。

何人子供が産まれても、やはりそのときに一番小さい子供の世話に手をかけてしまうものです。末娘のリラが、家にやってきてなついていたコマドリが冬の到来と共にいなくなってしまって泣いているとき、アンは「春になれば戻ってくるかもしれない」と慰めます。それでもリラはかわいい舌足らずの言葉で泣き続けます。

「それはあんまり遠しゅぎるわ」。

アンは微笑んで、そしてため息をついた。赤子のリラにとってはとても長く思われる四季の移り変わりは、アンにとってあまりにも早く過ぎ去っていくようになっていた。ロンバルディアポプラの不朽の黄金の炎に命を奪われて、またひとつの夏が終わりを告げた。すぐに……あまりにもすぐに……炉辺屋敷の子供たちは、もう子供ではなくなるのだ。でもまだ自分のものだ……夜に帰ってきたときには迎えてやり……驚きや喜びで生活を満たし……愛して、元気づけて、叱ったり……それは少しだけね。

小さな子供にとって、秋がやってきたときに「次の春」はあまりにも遠い。次のクリスマス、次の誕生日なども、気が遠くなるほどに遠いものです。新鮮で、胸がはちきれそうになるほどの喜びや感動、驚きなどの連続の日々は、経験の密度が高いためにとても長く感じられるのでしょう。しかし大人になるにつれてそういった感動はどんどん薄れ、生活が単調な繰り返しに埋没すると、気づいたときに時はどんどん過ぎてしまったような気がします。子育て中に子供の時間の観念を眺め、大人になるにつれて「ささいなこと」と思うようになってしまったものにも感動する姿を見ると、親は自分を振り返る機会を得られるのです。

また時は過ぎ、小さなリラがもう幼児でなくなるのを見たときにも、アンは悲しくなります。

同じものが続くことは決してない。また次の夏が来るだろう……でも子供たちは少し大きくなり、リラは学校に行くのだ……「そして私にはもう赤ちゃんがいなくなるのだわ」とアンは悲しく思った。ジェムはもう一二歳で、もう「入学試験」の話をしている……つい先日、あの「夢の家」で小さな赤ちゃんだったあのジェムが。ウォルターはすっと背が伸びたし、この朝にはナンが「男の子」についてダイをひやかしているのを聞いてしまった。ダイは実際顔を赤らめて、髪をかきあげたのだ。ああ、これが人生なんだ。喜びと悲しみ……希望と不安……そして変化だ。常に変化するのだ！　これはどうしようもない。古いものを去ってゆくにまかせ、新しいものを胸に刻まなければば……愛することを学び、そして逆に手放すことになるのだ。春はいつものように素晴らしいが、夏に場所を譲り、夏もまた秋に失われることになる。誕生……結婚……死……。

恋愛も気持ちが高まると「時よ止まれ」と思うものですが、かわいい我が子を抱いているときも、「このまま大きくならないで」と思うものでしょう。それはそのときの幸せが少しも変わってほしくないと思うほどに強く感じるものです。それで幸せが大きければ大きいほどに、それを失う悲しみも大きい。子育ては喜びと同時に切なさももたらすのです。

一方で、子供のほうは子ども扱いされたくない、早く大人になりたいと思うものです。長男のジェムは、家政婦のスーザンがいつまでも「ちびっ子ジェム」と呼ぶのに憤慨します。

「僕はもう小さくはないんだよ、お母さん」とジェムは八歳の誕生日の日に怒って叫んだ。「僕はもうすごく大きいんだから」。

母はため息をつき、笑って、再びため息をついた。そして二度と「ちびっ子ジェム」と呼ぶことはしなかった——少なくとも聞こえてしまうところでは。

この年頃は、親というものはあいかわらず子供が幼児だった頃の気持ちを捨てきれず、むしろそれにしがみついたりするのですが、子供から見れば逆にそれが鬱陶しく、うんざりしたり、ときには反抗的になったりしてしまうものでしょう。

長男のジェムは好奇心いっぱいで活発な少年ですが、次男のウォルターはおとなしく、やさしくて詩や読書を愛する少年です。ですから彼はジェムのようには早く大人になりたいと背伸びをしたりはしません。喧嘩などはしない少年で、学校のある男の子に「弱虫」とからかわれても我慢をしますが、自分の母親を侮辱されたときには、ついに騎士道精神を発揮させます。

喧嘩には勝って、顔を腫らせて帰宅すると、その理由を聞いて母は嬉しいと伝え、傷の手当てをするのでした。

「どこの母さんも、母さんみたいにいいものなのかな?」ウォルターはアンに抱きついて聞いた。

「母さんのためなら、戦い甲斐もあるよ」。

おとなしい少年にこんなことを言われたら、母親は一生忘れられないでしょう。しかしまさか想像もできなかったことですが、そのウォルターが兵士として戦争に行くことになってしまうのです。

●注●

15 ここでのオラクル (Oracle) は人の名前ですが、もともと「神のお告げ」、「絶対正しい導き」といった意味の単語です。かなりふざけています。

ブライス一家と戦争

アンの子育てはそれなりに事件があって面白いが、やさしい両親による愛情あふれる育児が続いており、それだけにやや単調である。一作目のように、アンに対してマリラが迷い苦労しながら自分自身も覚醒していく奮闘記という複眼的な深みがなく、効果的なラウンド・キャラクターの欠如が物足りないともいえましょう。

しかし末娘のリラが思春期を迎える『炉辺屋敷のリラ』では、時代背景は第一次世界大戦となり、それまでとはまったく様相の違う内容になってきます。アンは自分の息子たちが次々に戦争に出征するという、恐ろしい不安と苦しみに直面します。

二一歳になった長男のジェムは、一九歳になった幼馴染のフェイスと結ばれるのではないかという噂がアンの耳に入り、次男のウォルターは病弱ではあるが詩を愛する美青年になっており、レドモンド大学に進学をしようとしている。ダイとナンも既に教師となっており、こちらの二人も大学への進学を準備している。三男のシャーリーはクイーン学院を卒業し、そのあとで教員になる予定だ。アンは成長した子供たちを見て感慨にふけります。

あの子たちが大人になったなんて、とても実感できないわ。あのすっかり背が高くなった二人の息子を見ると、この間私がキスをして抱きしめて眠るまで歌を歌ってあげた、あのまるまるとしたかわいい、えくぼのある赤ちゃんだったなんて考えられないと思うのよ。つい先日のことよ、ミス・

コーデリア。ジェムはあの「夢の家」では一番かわいい赤ちゃんだったでしょう？　それがいま、もう大学で学位を取って、女の子にアプローチしているとか言われているんですよ。

一方で末娘のリラは、一五歳になってすっかり背も高くなったのに、あいかわらず一家の中では「赤ちゃん」扱いのままであり、内心ずっと不満をくすぶらせていました。末っ子というのは、いつまでたっても一番年下なものですから、これはもう宿命的にどれだけ年をとっても「下」扱いになるものです。

そんなほのぼのとした幸せで平和な暮らしが、第一次世界大戦の勃発と共に吹き飛んでしまうのだった。フランスがドイツに宣戦布告したという知らせが入り、それは間もなく英国も参戦することを意味する。そのとき勇敢で血気盛んなジェムは「万歳！」と叫ぶ。英国からの移民であることは、当然本国の戦争には志願して参加するというつもりなのだ。一方、想像力豊かで内面的なウォルターは青ざめた。

戦争は地獄のようで恐ろしく、忌まわしいものだ。この二十世紀に文明国の間で起こるにはあまりにも恐ろしく忌まわしいことではないか。戦争というものが心をよぎるだけで胸が悪くなり、人生における美というものを脅かすものとして、ウォルターを不幸な気持ちにさせたのだった。もうそのことについて考えるのはよそう。固く心に決めて、彼はそのことを考えないようにしたのであった。（傍線部自由間接話法）

戦争が始まったことに小躍りしているジェムについては、直接話法で勇ましい彼のセリフが書かれています。すなわち読者は役者が話すのを聞く観客のように、「外側から」その様子を眺めます。しかしウォルターの内面の悲しみは細やかに描写されています。上記の引用箇所では、自由間接話法によってウォルターの心のつぶやきがそのまま描かれています。「戦争は地獄のようで恐ろしく、忌まわしいものだ」、「もうそのことについて考えるのはよそう」というウォルターの思いをそのまま読者に伝えているモンゴメリは、戦争に高揚する「世間」に対して、孤独に苦しむ彼の視点から物語を描いているのです。

主人公のリラは、突然兄や恋人が戦争に出征するという話に当惑します。若者たちの華やかなダンスパーティーでお目当てのケネス・フォードにダンスを申し込まれ（女性は待つだけなので戦々恐々なのである）、リラは少女らしいときめきを感じる幸せなひとときを過ごしているときに戦争のニュースが入ってきた。多くの青年たちは、士気高揚してパーティーの空気は一変する。ケネスの気持ちもすっかりそちらに行ってしまった。

「どうして私たちが英国の戦争に参戦しなくちゃならないのかわからないわ。」リラは叫んだ。
「英国は自分たちだけで戦えるもの。」
「そこが問題なんじゃないんだよ。我々カナダは大英帝国の一部なんだ。一族の問題なんだよ。我々はお互い助け合わなくちゃいけないんだ。」

英国からの移民ということは、母国の問題は単なる隣国や友好国のことということではなく、故国であり一族なのであるから、徴兵はされなくとも参戦する義務があるとケネスは考えるのである。

ほんの一時間前には、砂浜で彼は彼女が世界で唯一大切なものだというように見つめていた。なのにいまは、彼女はどうでもいい存在になっていた。彼の頭の中は、帝国を賭けた、血塗られた戦場でこれから繰り広げられる大きな戦いのことでいっぱいになっていたのだ。女の入る余地のない戦いに。女はただ家で座って泣くしかできないのね、とリラは悲しく思ったのだった。

ここからこの作品の本題に入ります。この作品は第一次世界大戦後に執筆したものですが、そのときの思いを、モンゴメリは日記に記しています。

『炉辺屋敷のリラ』が今日出来てきました――私の一一番目の本です！　これはとてもいい感じです。あまり成功しないかもしれません。というのも、世間は戦争に関係するものはどんなものでもうんざりしていると言われていますから。でも、少なくとも私は最善を尽くして、この四年間のカナダで過ごした生活を反映させました。……この本は、私が始めてひとつの目的を持って書いたものです。（一九二一年九月三日）

「ひとつの目的」とはどんなものでしょう？　それはこの日記の三ヵ月後、雑誌にこのように書いています。

私は『炉辺屋敷のリラ』で、私が知る限り、カナダの少女たちが（第一次）世界大戦に立ち向かった立派で素晴らしい姿を描こうとしました——勇気、忍耐、自己犠牲の精神をです。

（一九二一年一二月）

つまりモンゴメリは、戦争を主題に、しかしその視点は男たちの出征を見送り、それぞれの家で戦争に対峙する女たちの作品を書こうと思ったのです。

リラは大切な兄たち、恋人、友人などが命の危険にさらされる戦争に行くことが納得できません。しかしやがて村が戦争の話題一色に沸き立つと、自然にリラもその空気に同調して行くことになります。

ジェムとジェリーは、その晩にシャーロットタウンに行き、二日後にカーキ色の軍服で戻ってきた。グレンの村は、その姿に興奮で沸き立った。炉辺屋敷の生活は、突然に張りつめて緊張し、胸の高まるものとなった。すでにブライス夫人（アン）とナンは、勇敢で微笑みを絶やさない素晴らしい態度だった。すでにブライス夫人とミス・コーネリアは赤十字の活動を始めていた。ブライス医師とメレディス牧師は、愛国者協会に参加する男たちを集めていた。リラは、最初の衝撃が過ぎ去ると、心の痛みを抱えながらも、そのロマンチックなところに反応していた。ジェムは確かに軍服姿になるとすごく立派に見えた。カナダの若者たちが、国の要請に対して、すぐさま恐れも知らずに打算なく応えていると思えるのは素晴らしいことだった。リラは、自分の兄たちが参戦に応じないまわりの女の子たちの中で、どうだとばかりの態度を示した。

リラは、恋人になりたいと思うケネスに関しては「一人息子だから」という理由で、そして次兄のウォルターはおとなしく病弱だという理由で参戦には反対である。しかし勇敢な長男のジェムに関しては、彼が参戦することがまわりに対して自慢でたまらない。戦争に賛成なのか、反戦なのかという明白な二者択一ではなく、彼女はこのように複雑な反応を示すのである。

リラは美しく可憐な乙女であるから、愛国者協会の新兵募集の集まりに呼ばれ、そこで愛国的な詩の暗唱をすることになる。最初は引き受けることをためらったが、だんだん慣れてくるとその仕事に熱心になり、大きな力を発揮するようになった。

リラはとても熱心で、人の胸に訴えて輝く目をしていた！　彼女が祖先の遺灰や神々の神殿のために戦って死ぬことに勝るものはないと情熱的に迫り、栄光に満ちた人生の一時間は、何もしない長い年月よりも価値があるのだと、ぞくぞくするような激しさで聴衆に断言したとき、リラの目が真っすぐに自分のほうを向いていると思ったので、何人もが新兵に参加したのである。

リラの言葉に感動して戦争に行くと言い出した青年たちの家族からは反感を買うこともあった。このようなボランティアに協力しつつも、リラはウォルターには行ってほしくないという態度を示すのです。女であり子供であるリラは、戦争に振り回されながら受け身の立場にならざるを得ない。

ウォルターのほうは、戦争に対する嫌悪感と義務感の板挟みになり、出征するかどうかの決断に迫られます。思慮深く想像力豊かなウォルターは、戦争が始まったというニュースを聞いたとき、「何百万も胸が張り裂けることになるだろう」と愕然とする。まわりには「はるか大西洋の向こうのこと」と関心を示さない者、「ドイツを抹殺しよう」と意気込む者、身内の身の危険を不安に思う者がほとんどである中で、彼は理解されなかったり「考え過ぎだ」などとたしなめられたりするのであるが、実は現実をもっとも確かに見つめて未来を予測しているのであり、自分のことよりも世界全体の人々のことを憂慮しているのである。

さらに自分のことに関しては、自分が臆病者で、死ぬことよりもその前の苦痛や傷を受けて盲目になったりすることが恐くてしかたがないとリラに告白する。さらに彼が恐れるのは、自分が傷つくことではなく、他人を殺めることのほうだった。

「僕はその恐怖、苦痛、醜悪さすべてが嫌いなんだ。戦争は、カーキ色の軍服や軍事教練なんかじゃない。古い歴史の本で読んだすべてのことが脳裏を離れないんだよ。夜に眠れないでいると、これまでに起こったことが目に浮かぶんだ。血とおぞましいものと災いすべてが目に見えるんだよ。そして銃剣突撃だ！　他のどんなことに向き合えても、あれだけには向き合うことができない。考えただけでも気分が悪くなる。誰かに銃剣を突き刺すことを考えると、それをやられるよりもずっと気分が悪くなるんだ。」ウォルターは身もだえして震えていた。

ウォルターのいるレドモンド大学では、学生たちが次々に入隊した。決心つきかねている彼のところに匿名の封筒が届き、そこには臆病者の象徴である白い羽根が入れてあった。彼は自分が白い羽根に値することを認め、時には出征するべきかと葛藤していた。その苦悩を妹のリラに伝える。

あるときなどは、ほとんどそうしようと決心しかかるんだ。そしてこの自分がどこかの男を銃剣で突き刺すところを見てしまうんだ。どこかの女の夫であったり恋人であったり息子であったりする誰かを。もしかすると小さな子供たちの父親かもしれない。自分が死人や死にかかっている男たちのなかで、引き裂かれ切り裂かれて焼けるような喉の渇きに苦しみながら、冷たく湿った野原に横たわっている姿が見えるんだ。そしてそんなことは絶対にできないと悟るんだよ。考えただけでも耐えられない。どうやってこの現実と向き合えばいいんだ？　ときには生まれてこなければよかったとさえ思うんだ。人生は、いつでも僕にとって美しいものだった。そしていま、それは忌まわしいものとなっている。

入隊しないものにはますます風当たりが強くなり、ウォルターは追いつめられていきます。人殺しを強いられることに耐えられないということが、そこまで悪いことなのでしょうか。たしかに自分の家族が殺されそうになっているときに抵抗しない者はいないでしょう。それが同じ村の隣人だったら？ほうっておくのは憶病で非人道的と言われるかもしれません。しかしそれが母国のこと、そして友好国のことであったら？　問題は、戦争は常に「自分の大切なものを守るために」と考えて起こるものであり、相手も同じように考えていたりするということです。そして命はどちらの側にとってもかけがえのないことだ。ウォルターはそのことに気づいていました。

ジェムはウォルターのように苦しむことはなく、祖国同朋を守る戦いに参加するのに迷いはありません。戦場からの手紙には以下のように書かれています。

この世から抹殺しなければならないものが向こう側にあるのです。それだけですよ。そうしないと悪しきものが発散されて、永遠に人生を毒するでしょう。それはやらなきゃならないんです、お父さん、どれだけ時間と労力がかかろうと。グレン村の人たちに、僕に変わって言っておいてください。

ではグレン村の人々はどのような反応を示していたでしょうか。やはり徴役忌避者には厳しい視線が浴びせられました。そんななか、ブライス家の使用人スーザン・ベイカーは戦争に賛成と反対の間を揺れ動きます。ドイツを叩くべきだと熱く語ったかと思うと、自分が育てたブライス家の子供たちが参戦するのには心配で賛成できません。戦争がすぐに終わってほしいと思いながらも、激しく好戦的な感情をあらわにしたりします。おそらくこのような態度はとてもありふれたものだったのでしょう。

また聖職者も踏み絵を踏まされるような状況でした。「汝、殺すなかれ」とか「汝の敵を愛せよ」などと聖書に書かれていることは、信者でなくても聞いたことがあるでしょう。キリスト教の聖職者は、戦場へ行く兵士たちのために祈ったし（神に?）、自身が戦場へ赴いた人たちもいました。そしてもちろん双方の側に勝利を祈る聖職者たちがいたわけです。[16]

グレン村の牧師メレディス氏は、ひたすら一途で敬虔な聖職者で村人たちの人望も厚く、いたずらをした子供にお仕置きも出来ないほど気の弱い人物です。しかし彼は自分の息子が義勇兵として志願することを認め、信者たちの前で「血を流すことも必要である」と戦争を支持します。それが口先だけのきれい事ではないか、自分の息子が死んでも同じ気持ちでいられるかと指摘を受けたとき、彼は以下のように答えます。

そのとき私の気持ちがどうあれ、それが私の信念を変えることはないでしょう――息子たちが祖国を守るために自分たちの命を差し出す用意が出来ているような国は、その犠牲によって新たなる未来の展望を勝ち取ることができるだろうという確信です。

どうやら教会での説教用の言葉ではなく、本当にそのように思っているようです。キリスト教信者でもなく戦争当事者でもない私は、戦争というものは双方が「自分たちの祖国を守るため」と信じて疑わなくなってしまう現象なのだろうか、と思ってしまいます。さてメレディス氏を一点の曇りもない敬虔な人物として描いてきた作者のモンゴメリは、このメレディスのセリフをどのような気持ちで描いていたのでしょうか。その問題はこのあと考察します。

グレン村がドイツへの怒りで沸き立ったのは、イギリスの商船ルシタニア号がドイツの潜水艦に撃沈され、民間の旅客が数多く死亡したという知らせが入ったときである。この船には多くのアメリカ人も乗っており、国内にドイツ移民もいて孤立主義の方針だった合衆国が参戦するきっかけとなった事件です。非戦闘員である女子供が数多く犠牲になったというニュースは、復讐心をかき立て「正義と悪」という構図を容易に作り上げる。ドイツは大使館を通じて、「イギリスとは戦争状態にあるため、戦闘海域でイギリスの国旗を掲げた大型船は攻撃対象となる」という警告を出していたのであるから、今となればそこに船を出すこと自体が無謀であったと思える。グレン村で反戦主義者であったプライア氏は、「警告が出ているというのに家にじっとしていられない連中には、こうなってもしかたがない」と言ったことで村中の怒りを買い、若者たちが暴徒となってプライア氏の家の窓を全部割ったのだった。ここをモンゴメリは、注意深くその蛮行を批判的には描いていません。「そういう扱いを受けて当然だ」と思う読者の反感を受けないような表現になっているのです。「ひどい」とも読めるのですが、「当然の報い」と読めるような描き方です。

乱暴ではあるが好人物として描かれているノーマン・ダグラスは、プライア氏に対して口から泡を吹きながら激怒し、「ルシタニア号を沈めた連中に悪魔が取りつかなければ、悪魔が存在する意味がない」と怒鳴り散らし、普段からダグラス氏と気の合わないお人好しのスーザンも、その言葉に対しては賛成しているのである。

そのプライア氏は、教会でのお祈りの機会を利用して自身の主張をぶちまけた。反戦の主張をしても、教会内では袋叩きにあう心配がないだろうという策略である。

彼は祈った。この邪悪な戦争が終わることを。そして西部戦線で虐殺に駆り立てられている欺かれた軍人たちが、自分たちの不正に目を開き、まだ間に合ううちに悔い改めんことを。殺人と軍国主義への道にけしかけられた、いまここでカーキ色の軍服を着た哀れな若者たちが救われんことを――

ここまで言ったところで、ダグラス氏がプライア氏を怒鳴りつけ、揺さぶり罵倒し、ついには激しく突き飛ばした。たしかにプライア氏の言葉は挑戦的で、愛国的な感情にかられたほとんどの人たちから反感をかいました。しかし家のガラスをすべて、おそらくは石を投げられて割られ、教会内で暴行を加えられて牧師を含めてすべての人々がそれを黙って見ているというのを、現在の我々は当然の報いと見るでしょうか。

スーザンは帰宅したあとで、暴行に及んだダグラス氏を見直したとほめたたえ、ギルバートはダグラス氏の行動を「不適切」と苦言を呈しながらも、アンに向かってくすくす笑いながら「よかったじゃないか」と言うのである。いかがなものでしょう？

プライア氏が祈りを始めたときの、教会内にいた人々の様子を見てみます。

「祈りましょう」と彼は始めた。聴衆のぎっしり詰まった屋内の隅々まで貫くような朗々とした声で、プライア氏は流暢な言葉の洪水を垂れ流した。彼が滔々とその祈りを捧げ始めて、眩惑されて身の毛が逆立った聴衆たちは、ようやくもっとも忌まわしい平和主義者の訴えを聞かされているのだと気がついたのだった。

ここでの「平和主義者」“pacifist”は、「反戦主義者」とか「無抵抗主義者」という意味も含んでおり、「臆病者」、「自分勝手」、「非協力的」、ひいては「非国民」といった侮蔑的な意味がこめられて使われることがあります。さてモンゴメリはどのように見ていたのでしょうか。この作品が発表されたのは第一次大戦が終わった三年後であり、このグレン村のような空気は、おそらくカナダ全土であった状況でしょう。すなわち「反戦」を主張することは、国を守ろうと命をかけた青年たちが「間違っていた」ということを意味するものであり、そういう発言はバッシングを受けて「炎上」する危険があったかもしれません。ここの教会内の描写は間接話法になっており、「忌まわしい平和主義者」というのは「著者による描写」ともとれると同時に、「そこにいた愛国精神にどっぷり浸かった群衆による視点」と見ることもできるのです。

私はモンゴメリが、あえてそのような巧みな表現を使うことによって、表面上は醜い風体でまわりとなじめず意固地な主張をするプライア氏がひどい目に合うというストーリーの中に、「彼にも一理あるではないか」という隠されたメッセージをすべり込ませたのではないかと思えるのです。反戦主義を唱えるような人間は、プライア氏のようなみっともない風采の、「家政婦を雇うよりは安上がりだ」という理由でスーザンにプロポーズするような恥知らずの愚か者と設定するところに、世間のバッシングを恐れるモンゴメリの慎重さが見られると私は考えます。

さて次々と子供たちが志願兵として出征する両親のギルバートとアンはどのような態度を示したでしょうか。長男のジェムが、義勇兵へ志願すると言い出した場面です。

「町では義勇兵を募っているんです、お父さん」とジェムは言った。「もうすでに多くの人数が加わったんです。今晩僕は兵籍に入るつもりなんですよ。」

「ああ――ちびっこジェム」とブライス夫人はうちひしがれて叫んだ。彼女はもう何年も彼をそう呼んでいなかった――そう呼ばれるのに彼が反発した日以来はずっとだ。「だめよ、だめ、だめ、ちびっこジェム。」

「僕は行かなきゃいけないんですよ、お母さん。僕は正しいですよね、お父さん」とジェムは言った。

ブライス医師は立ち上がっていた。彼の顔も青ざめており、声もしゃがれていたが、ためらうことはなかった。

「そうだ、ジェム、そうだよ――お前がそのように思うのなら、そうだ――」

ブライス夫人は顔を覆った。

アンが嘆いていると、ギルバートは慰め、このように言います。「あの子を引き留めたいのかい、アン――他の者たちが行くというのに――彼が義務だと考えているのに――利己的で心の狭い人間にさせたいのかい？」

ここでもまた、モンゴメリは振り幅の広い解釈を可能にする描き方をしています。ここでのギルバートのセリフは直接話法でカッコに入れられ、その他の著者による評価は一切ありません。つまり「〜とギルバートは立派に言ってのけた」とか、「〜そう言いつつも、彼は内心に葛藤を感じていた」といったような説明がない。またアンが「まわりが行くから、なんて関係ないじゃない！」とか、「それが義務なの？　それが利己的だって言うの？」などと反論することもありません。つまりギルバートのセリフに、読者はまるまる解釈をゆだねられているのです。だから「ギルバートはアンと違って利己的な感情をおさえ、責任感のある立派な行動を取る人格者である」と解釈することもできるし、「立派なことを言っているようで、まわりに流されてしまって自分こそ視野が狭くなっているではないか」と批判的に見ることもできるような描かれ方をしているのです。

アンはその後、心の整理をつけて、息子を笑顔で送り出そうと決心します。

スーザン、私は明日、笑顔であの子を送り出そうと決心したのよ。あの子が戦争に行く勇気があるというのに、その勇気がない弱い母親の思い出をずっと引きずって行くことのないようにね。誰も泣かなければいいと思うわ。

そして次にウォルターが入隊を決めたときには、嘆くリラに対してアンはこのように言います。

私たちはあの子をあきらめなければなりません。私たちの愛の声よりも、もっと偉大で強い神のお召しがあるのよ――それをあの子は聞いたのよ。私たちは、あの子の犠牲の苦しさを増すようなことをしてはいけないの。

リラは「私たちの犠牲のほうが大きいわ」と感情的になりますが、ここも直接話法だけで著者による説明はないので、読者は「アンも立派に分別をつけて、子供であるリラをたしなめた」と読むこともできますし、逆に「これがあの想像力豊かで、どんなことにも疑問を投げかけるのにためらわなかった純真なアンの言葉だろうか」と批判的に読むことも可能なのです。モンゴメリはこの時代の女性たちを、この問題に関してはひたすら受動的でいると描いています。

注目するべきはウォルターです。殺されることよりも、自分が他人を殺すということに耐えられない心優しい彼が、どのように入隊の決心をつけたのでしょうか。彼は悲しむリラにこのように言っています。

僕が恐れているのは死じゃないんだ――ずっと前にそういったよね。人は取るに足りない人生のために、あまりにも高い代償を払うこともあるんだよ。この戦争には、ひどく忌まわしいものがある――僕はそれをこの世から拭い去るために行って手助けをしなければならないんだ。僕は人生の美のために戦うつもりだよ、リラ・マイ・リラ――それが僕の義務なんだ。もっと気高い義務もあるかもしれないが――それは僕の義務じゃない。僕は人生とカナダにたくさんの恩義があって、それを返さなくちゃならないんだ。[17]

帰還したジェムに、ウォルターは他の誰よりも勇敢に戦ったと報告されます。戦闘の前夜、ウォルターはリラに死を予感している手紙を送ったのでした。

リラ、明日に戦闘とあの世へ誘う笛吹きが僕を呼びにくるだろう。確かな気がするんだ。それでね、リラ、僕は恐れてはいないんだよ。その知らせを聞いたら、覚えておくれ。僕はここで自分の自由を勝ち得たと――すべての恐怖からの解放だよ。もう二度と何も恐れることはないだろう――死も――生もだ、生き続けられるとしたらだけど。僕が思うに、このふたつのうち、生のほうが向き合うのに難しくなるだろう――というのは僕にとって、それは二度と美しいものではなくなるから。思い出してもおぞましいものが常につきまとうことだろう――僕にとって人生をいつでも醜く痛ましいものにしてしまうものが。決して忘れることはできないだろう。でもね、生きるにせよ死ぬにせよ、僕は恐れてはいないよ、リラ・マイ・リラ。そしてここに来たことを後悔してはいないんだ。満足してるんだよ。以前に書くことを夢見ていた詩を書くことは決してないだろう――でも未来の詩人たちのために、カナダを安全なものにする手助けはしたんだよ。

結局ウォルターは戦死し、メレディス牧師が言ったように、本人も納得して「祖国の未来のために」命を捧げることになったのでした。

ジェムは帰国してから、リラに「僕は戦争を十分すぎるほど見てきたから、これからは戦争など起こらない新しい世界を作らなければならないことがわかったんだ」と言います。さてモンゴメリが描くその後のブライス家については、遺作となった『ブライス家が話に出てくる』を見てみましょう。

●注●

16　開戦時にカナダの教会は戦争に賛成でした。実にキリスト教信者同士、さらにはプロテスタント同士が戦ったわけです。

17　"Rilla-my-Rilla"とは、ウォルターがつけた愛称です。「リラ」は「マリラ」の名前をそのまま受け継ぎましたが、省略して「リラ」と呼ばれ、それをウォルターは「リラ・マイ・リラ」＝（リラ、僕のリラ）と素敵な呼び名にしたのです。リラは「ウォルターのためなら死んでもいい」という程のお気に入りでした。

『ブライス家が話に出てくる』

このモンゴメリ最後の作品は、自殺の可能性が疑われる彼女が亡くなった日に、出版社に送られた遺作です。そしてそれが完全な形で世に出たのが、なんと彼女の死後六七年後となる二〇〇九年です。世界的な超ベストセラーとなった「アン」シリーズの最後の作品といえば、もちろん注目されるだろうし一定以上は必ず売れるはずだというのに、どうしてこれほどまでに「お蔵入り」だったのでしょうか。

ひとつには、これは「アン」シリーズに入れていいかどうか微妙なのです。タイトルの通り、アンやアンの一家が主役ではなく、ブライス一家が暮らしている地域の人々にまつわる短編集の形式をとっており、そのなかでちらほらとアンやその家族が話の中に出てくる程度だからと思われるかもしれません。しかし「ほとんどアンが登場しないから」という理由で当時出版されなかったわけではなさそうです。

その理由は、モンゴメリが残したこの作品は、その省略版である『昨日への道』というタイトルで一九七四年に出版されているからです。そのタイトルは、原作『ブライス家が話に出てくる』のなかのひとつの短編をタイトルにしたものでした。わざわざアンにまつわるタイトルを消したのです。その「出版社による序文」によりますと、「元の原稿は二つのパートに分かれており、それぞれのパートは、ブライス家で家族が炉辺を囲んで詩や物語に耳を傾ける夜の様子を描いた物語の序章で構成されています」と書かれています。その通りです。そして「この本の目的に沿うように」、その各物語の前に置かれたブライス家の炉辺の会話が省略され、最初の短編がはずされています。アンが登場するその会話が全部削られてしまったわけですから、「アンが出てこないから出版を見合わせた」という理由は考えられません。では省略の理由、「この本の目的」とは何だったのでしょうか。その理由は書いてないので推測するしかありません。

まず、原作は一冊の本にするには長すぎるという理由がひとつ考えられます。二〇〇九年に出版された完全版は五百ページを超える長さで、モンゴメリがその原稿を出版社に送ったのは第二次世界大戦の真っ只中でした。ローラ・インガルス・ワイルダーがシリーズ最終巻、『この素晴らしい幸せな年月』を書き上げたのと同じ一九四二年です。そちらは戦時中の紙不足のため、翌年の一九四三年の春に出版されましたが、その状況を考えると、モンゴメリの長い遺作も同じ理由で当時そのままで出版するのは見送りになったと考えることもできるでしょう。

しかしもしその理由が紙不足だったとしても、それが落ち着いてから出版されてもよかったはずです。三二年後の一九七四年にもなって、ようやく『昨日への道』というタイトルで出版されたときには前述した通りブライス家の会話と、最初の短編「何人かの愚か者と、ひとりの聖人」がなくなっており、二五〇ページあまりの「ほどほど」といっていい長さに縮められてしまいました。削除された最初の物語は、自分の世話をしてもらうための従妹を手放さないために、「幽霊が出る」という仕掛けを企てたオールド・ミスの悪事を牧師が暴き、犠牲となっていたその従妹が解放されて最後に結婚するというモンゴメリ得意の筋立てですが、全体に陰気な話なので、省略されたのもわからないではありません。しかしもともとこの短編集は、陰湿な憎しみや復讐、果ては殺人まで出てくる全体的に暗い内容なのです。

どうやら問題は、各短編の前に置かれた序章、ブライス家の家族が炉辺を囲んで詩や物語に耳を傾ける夜の様子を描いた部分にありそうです。一九四二年版では省略されたその部分を見てみましょう。『ブライス家が話に出てくる』の冒頭には、ウォルターが書いたということになっている「笛吹き」の詩が載せられています。これは『炉辺屋敷のリラ』の中に出てくるウォルターが戦争の始まりを詠ったもので、戦場から英国の有名誌に投稿したら掲載され、大きな反響を受けた、という話になっていて、『炉辺屋敷のリラ』の読者から「その詩を読んでみたい」という多くの要望が寄せられたので、モンゴメリが最後の作品に「ウォルターか書いたもの」として、それを載せたのでした。

ある日のこと、笛吹きがグレンの町にやってきた……
　甘美で長く、低い音で彼は奏でた！
子供たちはあちこちの戸口から出てきて彼についていった
どれだけ愛する者たちが懇願しようとも
　その旋律の音色は巧みに誘い出した
森の小川のせせらぎの音のように。

いつか、ふたたび笛吹きはやってくる
楓の木の息子たちに聞かせるために
君も僕もあちこちの戸口から出てきてついていくだろう
我々の多くは二度と戻ることはない……
いいじゃないか、自由というものが
それぞれの故郷の丘の栄冠となるならば。

「笛吹き」といえば、「ハーメルンの笛吹き男」の伝説を誰もが思い起こすことでしょう。それは街中の子供たちが笛の音の魔法にかけられ、失踪してしまったという悲劇です。[18] そうなるとこの詩は、若者がたぶらかされて戦争に行ってしまい、戦死して戻ってこなかったという反戦のニュアンスが強い。しかし最後の二行には、「自由を勝ち取るため」といういわば錦の御旗が掲げられており、故郷に二度と戻ることがなくとも（死のうとも）故郷を守るために戦争に行くべきだ、という参戦を鼓舞する内容にも読めるでしょう。

実際に物語の中では、この詩は大都市の日刊紙から小さな村の週刊誌、本格的な批評誌や「苦悩のコラム」、赤十字の広告や政府による新兵募集広告にまで載せられ、「母親や姉妹はそれに涙し、若者たちは胸躍らせ、人類の偉大なる心は一体となって、この三連の短い不滅の詩の中に巨大な紛争のすべての痛み、希望、憐みと目的が結晶化された縮図として捉えたのだった」と書かれています。[19]

ここでも解釈はどちらともとれるようになっているのです。笛の音を、自由を守るための進軍ラッパが鳴り響いたと聞けば、それはメレディス牧師が語ったように、「祖国を守るために自分たちの命を差し出す用意が出来ているような国は、その犠牲によって新たなる未来の展望を勝ち取ることができる」と受け取ることができます。それは可憐な乙女リラが愛国者協会で詩を情熱的に暗唱し、新兵募集の集まりに大きく貢献したのと同じ効果をもたらします。また逆に反戦論者のプライア氏が主張するように、子供たちは憐れにも笛の音にたぶらかされ、殺人と軍国主義への道にけしかけられて死んでゆくのだ、という意味にもとれるのです。

入隊を決意するブライス家の三人の息子たちはもちろん、ギルバートやリラ、スーザンまでもが愛国的信念に燃え、一方で唯一反戦思想を主張するプライア氏は容姿が醜く嫌われ者で、こっけい極まりない人物に設定しているところに、モンゴメリが注意深く「平和主義者」の主張をすべり込ませたのではないかと前述しました。おそらくこの「笛吹き」の詩も、同じように注意深く戦争に対してのモンゴメリの姿勢が隠されていると思われます。この詩を読んで、ヨーロッパ中の若者たちが戦争に胸躍らせたとしたら、その笛の音は狂気へのいざないではないでしょうか。そしてその若者たちは、二度と故郷に帰ることはない。このような反戦思想（＝平和主義）は、戦時中においては出版社が出版をためらうのも不思議ではありません。

さて削除された各章のブライス家の炉辺の会話は、アンによる詩の朗読があり、それに家族がコメントをするという設定になっています。『ブライス家が話に出てくる』の第一部は時代設定が第一次世界大戦前ですからアンは五〇代、第二部が一次大戦後から第二次世界大戦前になっていますので、最後にはアンは七〇歳を過ぎた老年です。

第一部は子供たちがまだ小さく、アンは若い頃に書いた詩、グリーン・ゲイブルス時代や学生時代の作品を家族に披露し、ギルバートは子供たちに、子供の頃はお母さんが口をきいてくれなかったなどという昔話をして、幸せそのものの家族だんらんを描いています。

それが第二部の戦争後の時代になると、ウォルターは戦死しており、アンは残されているウォルターの書いた詩を朗読します。家族はしんみりとウォルターの思い出話を語り合い、涙します。

アン：戦争のあとは、何もかもが変わってしまったわ、ギルバート、すべてが元に戻らないのよ。

ギルバート：そうだね。でも僕たちの息子は、祖国に命を捧げたんだよ。それで僕たちはこの炉辺屋敷で平和と愛を維持できているんじゃないか、ね？

ウォルターを失った悲しみは一家にとってずっと消えません。癒されることはないのです。このギルバートの慰めは直接話法ですから、その解釈は全面的に読者にゆだねられています。ギルバートの言葉に対してアンの反応はありません。アンはどのように思ったでしょうか。この残された空白の部分で読者はアンに感情移入し、考えさせられるでしょう。

このあと時を経て、同じように炉辺でのアンによる詩の朗読と会話は続きますが、里帰りしているリラの口からは、彼女の息子ギルバート（アンの孫になります）が第二次世界大戦で空軍に志願して出征してしまったことが語られます。

そして最後の場面では、朗読されるウォルターの詩は、彼が戦死したフランスのどこかで書かれたもので、それは「僕は立派な青年を殺したんだ！」と終わる衝撃的な作品でした。
それをアンは長男のジェムだけに聞かせたのでした。

ジェム：ウォルターは決して誰も突き殺したりなんかしなかったですよ、お母さん。でも、彼は見てしまったんです……見て……

アン：（毅然と）ウォルターは戻ってこなくてよかったと思ってるのよ、ジェム。あの子はあの記憶と共に生きてはいけなかったでしょう……このおぞましい大虐殺に映された、その犠牲の虚しさを見てしまったら……

ジェム：（長男のジェム・ジュニアとその弟ウォルターを思いながら）そうだね……わかっています。ウォルターよりも図太い僕でさえ……何か違うことを話しましょうよ。誰が言ったんだっけ、「我々は忘れなければならないから忘れるんだ」って。それは正しいよ。

ついにアンの戦争に対する思いが出てきました。最後の最後に「おぞましい大虐殺」、「犠牲の虚しさ」と語っているのです。これで作品は、モンゴメリの作家人生最後の執筆は終わります。

さて『ブライス家が話に出てくる』の各短編の前に置かれたアンによる詩の朗読とブライス家の会話を全体として見てみましょう。前半はアンの幸せな家庭生活が描かれており、これまでの「アン」シリーズを振り返っている内容は、ファンにとっては関心があるかもしれませんが、独立した短編集としてこの本を見るならば、「これは全部とってしまってもいいのではないか？」と思われるかもしれません。

しかし第二部の、第一次大戦後の会話を見ると、それが必要だとわかります。第一部の平和な雰囲気はすっかりなくなり、ウォルターを失った心の傷跡は消えることなく一家に暗い影を落としており、大きな落差を感じないではいられません。この決して癒されることのない悲しみを際立たせるのが、戦争による突然の人生の断絶です。あるとき、突然に世界が一変するという経験です。それを描くために、第一部のいわば能天気とも言える様子が描かれているのではないでしょうか。

最後の場面で戦争のおぞましさを語っているアンの言葉は、まさに反戦のアピールでしょう。これを書いたのは、第二次世界大戦の真っ只中です。これを出版社に送ってモンゴメリは亡くなりました。その原稿がお蔵入りとなったのは、おそらくは戦時中に反戦の内容を出版することがはばかられたのでしょう。そしてその後三二年が過ぎても、印刷されたのは省略版だったのです。モンゴメリ流に言えば、彼女はお墓の中で唸り声でもあげたのではないでしょうか。そして二〇〇九年に完全版が出て、ようやく墓の中で上げたままだった頭をガタンと降ろしてやっと目を閉じたかもしれません。

●注●

18 「ハーメルンの笛吹き男」は一三世紀のハーメルン（今のドイツ）で起こったとされる伝説です。ハーメルンの街は、たくさんのネズミに悩まされていました。そこに不思議な笛吹きが現れ、その男は報酬をもらってネズミ退治をするという契約を街と結びました。

男が笛を吹くと、すべてのネズミが彼について行き、川に入った男のあとを追ってみんな溺れて死んでしまいました。しかし街の人々は約束を破って男に報酬を与えませんでした。後日現れた笛吹きが笛を奏でると、街中の子供たちが出てきて男のあとを追い、男は街を出て行って、子供たちはみな戻ることはなかったという話です。

この不思議な伝説には様々な解釈があります。笛吹きはその魔法の笛の音で子供たちという大切なものを連れ去ってしまう恐ろしい存在だという読み方。そして逆に、疫病をまき散らすネズミをすっかり退治してくれた、解放の象徴だという読み方もあるのです。

この伝説はグリム兄弟やゲーテによっても描かれましたが、ウォルターが読んだのは英国の詩人ロバート・ブラウニングの作品「ハムリンのまだら色の服を着た笛吹き男」ではないかと思われます。その理由は、まずウォルターは英詩を愛する少年であったこと。母親のアンもブラウニングをそらんじるほど好きだったということもあります。『グリーン・ゲイブルスのアン』で、アンが最後につぶやく「神は天にいまし、世はすべて事もなし」という言葉は、ブラウニングの劇詩『ピパが通る』に出てくる一節なのです。

さてブラウニングの作品では、笛吹き男は約束が破られたことに怒り、魔法の笛で子供たちを連れ去ってしまいます。街の人々にとっては悲劇です。しかし子供たちは「楽しく素晴らしい天国に行った」となっており、足が悪いためにひとり取り残された子供は自分が行けなかったことを悲しんでいます。足を怪我したために、軍隊に入るのが遅れてくやしがっていたリラの恋人、ケネス・フォードを思い出させます。ブラウニングの作品でも、笛吹きの魔力に導かれていくことが素晴らしいことなのか恐ろしいことなのか、どちらにも解釈できるのです。

19

『炉辺屋敷のリラ』では「三連の詩」と書かれていましたが、『ブライス家が話に出てくる』では二連になっています。

モンゴメリ最後のメッセージ

第一次世界大戦時の一九一六年、モンゴメリはペンフレンドのウィーバーへの手紙で「これは英国が今までに行ったなかでも最も正しい戦争であり、カナダ人の血の一滴一滴に値するものだと私は信じています」と戦争への支持を語っています。さらには、まだ五歳の息子チェスターが出征できる年齢になっていれば、「私の心が張り裂けようとも、息子には『行きなさい』と言えるだろうし、言うことでしょう」とまで書いています。

しかし戦争が終わった一九一八年には、日記に次のように書いています。「大戦が終わった――この世界の苦悩は終わりを告げた。そこから何が生まれたのだろう？　次の世代がそれに答えることが出来るかもしれない。私たちは、決してすっかりとわかることはないだろう。」このように、戦争が終わったときには判断停止状態になっていたようです。

そして『炉辺屋敷のリラ』の執筆にとりかかっていた一九三八年には、ヒットラーの台頭と戦争の予感に対して、このように書いています。「戦争！　その言葉を聞いただけで、背筋がぞっとする。あの恐ろしい四年間！　それを経験した者で、戦いの神に訴えかけようなどと夢にも考える人があろうか！しかし若い世代には、『戦争』とは語られる物語のようなものなのだ。」

第二次世界大戦中の一九四一年には、長い間続いたペンフレンドのマクミランへの最後になる手紙で、以下のように書いています。「この戦争の状況は、他の多くのものとともに私の息の根を止めようとしています。徴兵制が導入されて次男が連れて行かれることと思いますが、そうなれば回復の努力は一切しないつもりです。私の生き甲斐が失われるのですから。」この頃モンゴメリは神経衰弱と薬物依存がひどくなり、精神状態が最悪の時期だったとはいえ、明らかに戦争を憎悪しています。[20]

このようにモンゴメリの手紙や日記に書かれた戦争に対する姿勢、態度を時系列で振り返ると、第一次世界大戦が始まるときには、戦争には肯定的で、興奮やロマンスさえも感じていたようです。しかし戦争が終わったときには喪失感で判断停止状態になり、その後は戦争を嫌悪するようになり、第二次世界大戦が始まる頃にははっきりと反戦であり、それは生きる気力さえ奪うものだと語っているのです。

アンの物語の最後では、アンはおそらくマシュウよりも年上になっています。人間は年を取ると、蓄積されていく思い出に浸り、だんだんそのなかに埋没していきます。我々も長い「アン」シリーズを振り返らずにはいられません。

「さあさあ、そんなに泣くほどのことじゃないよ。」

「それほどのことだわ！」その子供はさっと頭を上げ、涙で濡れた顔と震える唇が見えた。「おばさんだって泣くでしょう。もし自分が孤児で、自分の家になると思い込んだ場所に来て、男の子じゃないからほしくないんだってわかったら。ああ、これまで私が経験したなかで、これはもっとも悲劇的なことだわ！」

ここから始まりました。思えばアンは何度も「絶望のどん底」を経験してきました。初めてのピクニックに興奮し、夢にまで見たアイスクリームが、マリラの誤解によって食べられないとなったときの絶望、黒く染めようと思った髪が緑色になってしまったときの絶望、ダイアナに間違って葡萄酒を飲ませてしまって、もう一緒に遊んではいけないと言われたときの絶望。

その後の大きな悲しみは、マシュウが天に召されたときのことでしょう。アンとマリラにとって、そのときまでの人生で最大の試練だったのではないでしょうか。そしてギルバートと結ばれ、初めての子供が産後すぐに亡くなってしまったときの悲しみ。これもアンは、どんなに時が過ぎても忘れることのできない、癒えることのない悲しみだと言っています。

しかしウォルターを失ったことは違うでしょう。それに比べれば、マシュウは天寿をまっとうし、アンという宝を得た、幸せな一生を終えたと言えるかもしれません。ジョイスはまだ赤ん坊で、これからの長い人生があったはずなのに、という無念さがあります。しかしそれは天の配剤です。いたしかたなかった、運命だったのだ、と思うしかないのです。ただウォルターは違います。親として、母として、あのやさしかったウォルターの死を受け入れることは決してできないでしょう。それがモンゴメリの、生涯で最後のメッセージだったのではないでしょうか。

●注●

20 この頃のモンゴメリの精神状態、家庭状況は悲惨極まりないものでした。このマクミランへの手紙の中で、モンゴメリは長男が家庭でトラブルを起こして妻が去り、また夫の牧師という職業から長年ひた隠しにしていた、彼の鬱病からくる発作のひどさから、ついに「心が折れた」と言っています。

こんな状態で『ブライス家が話に出てくる』を書いていたら、そりゃあ暗い雰囲気の話にもなるでしょう。しかし作家というものは、執筆に没頭することによってなんとか精神状態を保っていたのかもしれません。

あとがき

この本の原稿を書いているとき、マイクロソフトが勝手にアップデートしてパソコンがおかしくなり、再起動をしたらデータが全部失われてしまいました。しばらくバックアップをとっていなかったので、半年分くらいのデータがなくなったのです。

「血の気が失せる」とか、「冷や汗をかく」、アンに言わせれば「絶望のどん底」とはこのこと。原稿は百ページ分くらい、たくさんの研究書を読んでまとめたノート、亡くなった母と行った最後の旅行の画像までもが消えてしまいました。

原稿のレイアウトは頭に入っていますが、細かい字でびっしり五百ページもある英文の研究書を読んでまとめたノートなどは、とても復元できるものではありません。座ってもいられず、茫然と部屋のなかをうろつきながら、「すべてを投げ出そうか」と心によぎったり、マイクロソフトの社長に呪いをかけるかなどと妄想しました。誰だか知らないのですが。

二日ばかり経って、ふと津波や洪水で家や家族まで失った人々のことを思い、半年分くらいの努力の成果がなくなったくらいでオロオロしている自分が恥ずかしくなりました。

考えてみれば、ローラやアンの人生は試練の連続だったではないですか。ローラは生まれたばかりの子供を失い、新居は火事で失い、夫のアルマンゾは体が資本だというのにジフテリアで歩くのにも不自由になりました。アンも最初の子供は出産のときに死んでしまったし、その後は戦争になってウォルターも戦死してしまいました。

それに比べれば、私の不運はものすごく小さい。「想像力」は、心のワクチンになるのだと再認識したのでした。奮起して完成させたこの本を、楽しんで頂けたなら幸いです。

最後に、この本の表紙カバーの素敵なデザインに魅かれた方も多いのではないかと思います。これは私の教え子であり、大学を卒業後に美術を学び、現在は刺繍アーティストとして活躍されているイラストレーターの浅間あす未さんに特別にお願いしたものです。素晴らしい記念になりました。ここに深く感謝申し上げます。

二〇二二年一月

福田　二郎

文献リスト

ローラ・インガルス・ワイルダーによるテキスト

「小さな家」シリーズ

Little House in the Big Woods. (1932). New York: Harper & Row, Publishers, 1953.
　『大きな森の小さな家』こだまともこ、渡辺南都子訳、講談社、一九九一年。

Farmer Boy. (1933) New York: Harper & Row, Publishers, 1961.
　『農場の少年』こだまともこ、渡辺南都子訳、講談社、一九九四年。

Little House on the Prairie. (1935) New York: Harper & Row, Publishers, 1953.
　『大草原の小さな家』こだまともこ、渡辺南都子訳、講談社、一九九二年。

On the Banks of Plum Creek. (1937) New York: Harper & Row, Publishers, 1965.
　『プラム川の土手で』こだまともこ、渡辺南都子訳、講談社、一九九四年。

By the Shores of Silver Lake. (1939) New York: Harper & Row, Publishers, 1953.
　『シルバー湖のほとりで』こだまともこ、渡辺南都子訳、講談社、一九九四年。

The Long Winter. (1940) New York: Harper & Row Publishers, 1953.
　『長い冬』谷口由美子訳、岩波書店、二〇一四年。

Little Town on the Prairie. (1941) New York : Harper & Row, Publishers, 1965.
　『大草原の小さな町』こだまともこ、渡辺南都子訳、講談社、一九九四年。

These Happy Golden Years. (1943) New York: Harper & Row, Publishers, 1971.
　『この輝かしい日々』こだまともこ、渡辺南都子訳、講談社、一九九四年。

ローラの死後に出版された作品

The First Four Years. New York: Harper & Row, Publishers, 1971.
『はじめの四年間』谷口由美子訳、岩波書店、二〇一〇年。ローラの新婚生活最初の4年間。生活は苦しく、新居まで火事で失くしてしまいます。

On the Way Home: The Diary of a Trip from South Dakota to Mansfield, Missouri, in 1894. With a Setting by Rose Wilder Lane. New York: Harper and Row, 1962.
『わが家への道』谷口由美子訳、岩波書店、二〇一三年。7年間も日照りが続き、農民は収穫もないため土地を銀行に取り上げられ、その銀行も次々に破綻して大恐慌となった。ローラとアルマンゾは、小さいローズを連れて両親のいるデ・スメットを離れて新天地を求め旅に出ます。

West from Home: Letters of Laura Ingalls Wilder to Almanzo Wilder. (1915) ed by Roger MacBride. New York: Harper and Row, 1974.
『遥かなる大草原』田村厚子訳、世界文化社、一九八九年。ローラがローズに招かれてサンフランシスコ博覧会に行ったときのアルマンゾに宛てた書簡集。

Pionner Girl: The Annotated Autobiography. ed. by Pamela Smith Hill, South Dakota: South Dakota Historical Society Press, 2014.
『大草原のローラ物語』谷口由美子訳、大修館書店、二〇一八年。第一次資料を元にした「小さな家」シリーズの草稿で、筆者による詳細な注の説明が充実。

A Little House Sampler. Laura Ingalls Wilder & Rose Wilder Lane, ed by William Anderson, New York, Harper Perennial, 1988.
『大草原のおくりもの　ローラとローズのメッセージ』谷口由美子訳、角川書店、一九九〇年。“sampler”とは「選集」のことで、ローラやローズが沢山の新聞雑誌に投稿した記事を集めたものです。

Little House Sampler. Laura Ingalls Wilder and Rose Wilder Lane. New York: Harper Perennial, 1989.

Little House in the Ozarks: Laura IngalsWilder Sampler. The Discovered Writings. ed. by Stephen W. Hines, Nashville:

Thomas Nelson, Inc., 1991.

Laura Ingalls Wilder Farm Journalist: Writings from the Ozarks. ed. by Stephen W. Hines, Columbia: University of Missouri Press, 2007.

Little House Traveler. New York: HarperCollins Publishers, 2011.

『大草原の旅　はるか』谷口由美子訳、世界文化社、二〇〇七年。前掲の West from Home と The Road Back (1931) が収録されています。後者は、ローラが六四歳、アルマンゾが七四歳のとき、約四〇年ぶりにローラが両親と過ごしたデ・スメットに車で旅行（里帰り？）したときの記録です。

The Selected Letters of Laura Ingalls Wilder. ed by William Anderson, New York, Harper Collins Publishers, 2016. ローラの書簡集。

Laura Ingalls Wilder's Most Inspiring Writings: Covering the years 1911 through 1924. Notes and Setting by Dan L. White, San Bernardino: Ashley Preston Publishing, 2010.

参考図書

篠田靖子『アメリカ西部の女性史』、明石書店、一九九九年。フロンティアの時代に女たちはどんな環境に置かれ、どんな役割を果たしていたか、を考察しています。

ヴェルナー・ゾンバルト『恋愛と贅沢と資本主義』（一九一二）、金森誠也訳、講談社学術文庫、二〇〇〇年。無駄な（？）贅沢を消費するほど景気が良くなって豊かになれるってか？　資本主義とはどういうものか、考えさせられます。

ジャン＝ジャック・ルソー『人間不平等起源論・社会契約論』（「人間不平等起源論」は一七五五年出版）、小林善彦、井上幸治約、中公クラシックス、二〇〇五年。格差問題や領土問題など、現在でも深刻な問題に対処するには、このような人類の知的財産を繰り返し学ぶべきでしょう。

ジョアナ・ストラットン『パイオニアウーマン：女たちの西部開拓史』井尾祥子、当麻英子訳、リブロポート、一九八八年。開拓時代の生活を女の視点から記しています。

ジョナサン・ウルフ『ノージック　所有・正義・最小国家』（一九九二）、森村進、森村たまき訳、勁草書房、二〇一六年。ローズが主張したリバタリアニズム思想の元祖ノージックの研究書。

『フランクリン自伝』（一八一八）、松本慎一、西川正身訳、岩波文庫、二〇一九年。アメリカ合衆国建国時代の偉人で、「十三徳」が有名です。こういう考え方が近代的な資本主義社会を作ったのだなあ、と思わされます。

マックス・ヴェーバー『プロテスタンティズムの倫理と資本主義の精神』（一九二〇）、大塚久雄訳、岩波文庫、一九八九年。敬虔なキリスト教信者に限って金儲けに熱心なのはどういう論理なのだろう、という疑問に答えてくれる古典。

ロバート・ノージック『アナーキー・国家・ユートピア』嶋津格訳、木鐸社、二〇一六年。ノージックによるリバタリアニズム思想の著。やはり国家は小さな政府に制限したほうがいいのか。ますます権限と介入が大きくなる日本政府を見ているとそんな気になったりもします。

Anderson, Melissa. *The Way I See It: A Look Back at My Life on Little House*. Connecticut: Globe Pequot Press, 2010. テレビシリーズでメアリー役を演じたメリッサ・アンダーソンによる思い出の記。ローラ役やネリー役の女優さんたちが言うように、ほんとに難しい人だったのか。

Anderson, William T. *Laura's Rose: The Story of Rose Wilder Lane*. South Dakota: Laura Ingalls Wilder Memorial Society, 1984. 『大草原のバラ』谷口由美子訳、東洋書林、二〇〇六年。世界中を旅したローズの伝記。

Arngrim, Alison. *Confessions of a Prairie Bitch*. (2010) New York, Williams Morrow Publishers, 2011. テレビシリーズでネリー役を演じたアリソン・アングリムによる思い出の記。やや暴露本の様相。ドラマ内で結婚するパーシバル役の俳優がエイズで亡くなったエピソードや、自身が子供の頃に性的虐待を受けたことの告白など、驚く内容もあります。

Gilbert, Melissa. *Prairie Tale: A Memoir*. New York: Simon Spotlight Entertainment, 2009. テレビシリーズでローラ役を演じたメリッサ・ギルバートによる思い出の記。まだ子供だというのに、「好きでもない人（アルマンゾ役の俳優）とキスをしなければならないなんて。しかもお母さんの見ているところで！」なんて、子役の苦労や裏話が語られています。

Fellman, Anita Clair. *Little House, Long Shadow: Laura Ingalls Wilder's Impact on American Culture*. Columbia: University of Missouri Press, 2008.　包括的なワイルダー研究書ですが、特にローズとローラのかかわりが詳しく考察されています。

Fraser, Caroline. *Prairie Fires: The American Dreams of Laura Ingalls Wilder*. New York: Metropolitan Books, 2017.　大判で小さい文字でびっしり五〇〇ページを超える「小さな家」シリーズの包括的かつ詳細な研究書。

Friedman, Milton. *Capitalism and Freedom*. Chicago: The University of Chicago Press, 1962.　景気対策で政府が公共事業を拡大しますが、どんどん国の赤字が増えるだけ。政府の経済に対する介入は小さいほどうまくいくのですよ、というリバタリアニズムを提唱。

Lane, Rose Wilder. *The Discovery of Freedom: Man's Struggle against Authority*. (1943) San Francisco: Fox & Wikes, 1993.　ローズのリバタリアニズム思想がこめられた力作。

Tschopp, Marie. *Mary Ingalls: The College Years*. South Carolina: Marie Tschopp, 2017.　メアリーが在籍した盲学校の生活についての調査。学費と寄宿は元々無料で、メアリーはきちんと服を持ってきたから経済状態は「悪くない」と記録が残っています。成績はよかったのですが、体が弱くて大変だったようです。詳しく調べられるものですね。

Woodside, Christine. *Libertarians on the Prairie: Laura Ingalls Wilder, Rose Wilder Lane, and the Making of the Little House books*. New York: Arcade Publishing, 2016.　「小さな家」シリーズにはローズの加筆があったらしく、ローラは開拓の経験をそのままに、ローズはリバタリアン思想を盛り込もうとしたらしいという経緯を検証しています。

Zochert, Donald. *Laura: The life of Laura Ingalls Wilder*. New York, Avon, 1976.　初期のローラの伝記。

ルーシー・モード・モンゴメリによる作品

アンシリーズ

Anne of Green Gables. (1908)
『赤毛のアン』 村岡花子訳、新潮文庫、二〇〇八年。

The Annotated Anne of Green Gables. ed. by Wendy E. Barry, Margaret Anne Doody, Mary E. Doody Jones, Oxford: Oxford University Press, 1997. 詳しい注に加え、解説や補遺も充実した決定版。

Anne of Avonlea. (1909) Toronto: Aladdin, 2014.
『アンの青春』 村岡花子訳、新潮文庫、一九五五年。

Chronicles of Avonlea. (1912) Toronto: George G. Harrap & CO. LTD. 1952.
『アンの友達』 村岡花子訳、新潮文庫、二〇〇八年。

Anne of the Island. (1915) London: Harrap, 1925.
『アンの愛情』 村岡花子訳、新潮文庫、一九五六年。

Anne's House of Dreams. (1917) Toronto: Aladdin, 2014.
『アンの夢の家』 村岡花子訳、新潮文庫、二〇〇八年。

Rainbow Valley. (1919) Toronto: Aladdin, 2015.
『虹の谷のアン』 村岡花子訳、新潮文庫、二〇〇八年。

Further Chronicles of Avonlea. (1920) Fairfield: 1st World Library, 2007.
『アンをめぐる人々』 村岡花子訳、新潮文庫、二〇〇八年。

Rilla of Ingleside. (1920) Toronto: Aladdin, 2015.
『アンの娘リラ』 村岡花子訳、新潮文庫、二〇〇八年。

Anne of Windy Poplars. (1936) Toronto: Aladdin, 2014.
『アンの幸福』 村岡花子訳、新潮文庫、二〇〇八年。

Anne of Ingleside. Toronto: McClelland & Stewart Inc. 1939.
　『炉辺荘のアン』村岡花子訳、新潮文庫、二〇〇八年。
The Road to Yesterday. Toronto: McGraw-Hill Ryerson Limited, 1974.
The Blythes are Quoted. Toronto: Viking Canada, 2009.
　『アンの想い出の日々』上下、村岡美枝訳、新潮文庫、二〇一二年。

その他、本書で言及した作品

The Story Girl. (1911)
　『ストーリー・ガール』木村由利子訳、角川文庫、二〇一〇年。
The Golden Road. (1913)
　『黄金の道』木村由利子訳、角川文庫、二〇一〇年。
Emily of New Moon. Toronto: McClelland and Stewart, LTD, 1923.
　『可愛いエミリー』村岡花子訳、新潮文庫、一九六四年。
Emily Climbs. (1925)
　『エミリーはのぼる』村岡花子訳、新潮文庫、一九六七年。
The Blue Catsle. (1926) Toronto: McClelland and Stewart, LTD, 1947.
　『青い城』谷口由美子訳、角川文庫、二〇〇九年。
Emily's Quest. (1927)
　『エミリーの求めるもの』村岡花子訳、新潮文庫、一九六九年。
Pat of Silver Bush. (1933) Toronto: Ruth Macdonald and John G. McClelland, 1989.
　『銀の森のパット』谷口由美子訳、角川文庫、二〇一二年。
Mistress Pat. (1935)
　『パットの夢』谷口由美子訳、角川文庫、二〇一二年。
Jane of Lantern Hill. Toronto: McClelland and Stewart, LTD, 1937.

『丘の家のジェーン』木村由利子訳、角川文庫、二〇一一年。

The Alpine Path: The Story of My Career. (1917) Markham, ON: Fitzhenry, 1997.
『ストーリー・オブ・マイ・キャリア』水谷利美訳、柏書房、二〇一九年。モンゴメリによる自伝。

日記。よくまあこれだけ書きました。

The Selected Journals of L. M. Montgomery Volume I: 1889–1910. Toronto: Oxford University Press, 1985.

The Selected Journals of L. M. Montgomery Volume II: 1910–1921. Toronto: Oxford University Press, 1987.

The Selected Journals of L. M. Montgomery Volume III: 1921–1929. Toronto: Oxford University Press, 1992.

The Selected Journals of L. M. Montgomery Volume IV: 1929–1935. Toronto: Oxford University Press, 1998.

The Selected Journals of L. M. Montgomery Volume V: 1935-1942. Toronto: Oxford University Press, 2004.

2人のペンフレンドへの書簡集

My Dear Mr M Letters to G. B. MacMillan from L. M. Montgomery. Toronto: Oxford University Press, 1992.　死を意識した最後の手紙が泣かせます。

After Green Gables: L. M. Montgomery's Letters to Ephraim Weber, 1916–1941. Toronto: University of Toronto Press, 2006.

参考図書

L. M. Montgomery and War. ed. by Andrea McKenzie and Jane Ledwell, Montreal & Kingston: McGill-Queen's University Press, 2017.　主に女性による論文が多く、読みごたえあり。『炉辺屋敷のリラ』の表紙絵が時代によって変化する様子の考察や、ドイツの作家エリゼ・ウリーによる戦時中の女性を主人公にした小説を、『リラ』と鏡のように対比した論考などが面白い。

Forster, E. M. *Aspects of the Novel.* London: Edward Arnold, 1927.　英国の小説家による古典的小説論。小説における人物の働きや、絵画的・音楽的効果などの分析。

著者紹介

福田　二郎（ふくだ じろう）
1962年生れ。東京都出身。
獨協大学外国語学部英語科卒。青山学院大学大学院文学研究科英米文学専攻博士後期課程満期退学。University of Newcastle upon Tyne (Master of Philosophy)。
現在は駿河台大学法学部教授。

主要著作
『英米文学に見る男女の出会い』青山富士夫編、北星堂書店、2004 年。
『アルプスの少女ハイジの文化史』国文社、2010 年。

ローラとアンの子育て物語

2022 年 3 月 10 日　初版発行

著　　者　　福　田　二　郎
発 行 者　　山　口　隆　史
印　　刷　　シナノ印刷株式会社

発行所　　株式会社 音羽書房鶴見書店
〒 113–0033 東京都文京区本郷 3–26–13
TEL 03–3814–0491
FAX 03–3814–9250
URL: http://www.otowatsurumi.com
email: info@otowatsurumi.com

ISBN978–4–7553–0427–9 C0097
組版 ほんのしろ／装幀 浅間あす未
製本 シナノ印刷株式会社